Angelica Jacob
Die Spiegelung

Angelica Jacob

Die Spiegelung

Roman

Aus dem Englischen
von Karin Rausch

Deuticke

Erinnerung:
der Raum, in dem etwas
zum zweitenmal
geschieht.

Paul Auster

EINS

An diesem Morgen ging alles langsamer denn je zuvor. Es war, als wateten wir durch endlose Schlammebenen und schleiften die Füße durch zähen Sand, während Vögel vor dem kühlen Blau des Himmels taumelnd kreisten. Wir hatten das Gefühl, schon stundenlang wach zu sein, aber wir kamen nicht von der Stelle. Wie Wassertreten. Die Welt bewegte sich vor uns her, doch Philip und ich waren wieder da, wo wir angefangen hatten, und ich konnte nicht sehen, wo es enden würde. So fühlte es sich an. Warm, verklebt, hoffnungslos.

Wir lagen mit dem Gesicht zueinander. Ich schaute Philip in die Augen und er in die meinen. Ein Augenblick, geteilt durch zwei. Seine Augen waren brauner als Erde, die Pupillen schwarz, und sie spiegelten mein Bild. Ich beobachtete, wie sich seine Pupillen vergrößerten; wie das Schwarze in das Braune sickerte. Einen Moment lang waren sie noch dunkler. Ich dachte: »Wenn ich ihn nicht aus den Augen lasse, dann wird es geschehen. Ich muß nur seinen Blick festhalten und mich konzentrieren.« Der Gedanke setzte sich ab wie Sahne auf der Milch, doch dann blinzelte Philip, und alles schmolz und löste sich wieder auf. Ich hörte meine Stimme sagen: »Macht nichts. Wirklich nicht. Mach dir keine Sorgen.« Meine Stimme klang fern und flach.

Konkret fühlte er sich an wie ein Stückchen warmes Wachs. Ich spürte, wie sich der weiche, leicht feuchte Schwanz gegen meinen Oberschenkel drückte, und Philips Stimme sagte abwechselnd: »Tut mir leid. Ach Scheiße, Scheiße. Tut mir leid.« Vom Kopf her war es wie ein kleines Sandkorn, das sich im weichsten Teil des Gehirns eingenistet hatte. Philip drängte sich näher an meinen Körper und versuchte, sich an meinem Beckenknochen zu reiben.

Ich hatte damit angefangen. Ich wußte nicht, ob aus Gewohnheit oder Verlangen. Philip hatte geschlafen, ich war nach unten gerutscht und hatte seinen Schwanz ganz sanft in den Mund genommen. Er mochte das: überfallen, physisch gefangen zu werden. Unsere Beziehung barg kein großes Geheimnis mehr für uns, aber wir hatten unsere eigenen, ritualisierten Freuden. Mit der Zunge streichelte ich die zarte Haut, mit der Zungenspitze schleckte ich die Schwanzspitze, und langsam rührte sich etwas; dann wachte Philip auf und kraulte mir den Hinterkopf. Wir machten eine Weile so weiter, aber nichts geschah, mein Mund ermüdete; ich manövrierte meinen Körper auf die Seite, und Philip legte sich auf den Bauch. Ich trommelte mit den Fingern an seiner Wirbelsäule entlang und über seinen Hintern. Wir rückten näher aneinander, und nach einer Weile rutschte ich auf ihn, spreizte die Beine über seinem Rücken. Ich nahm mein Haar hoch und ließ es mit einer sanften, schleifenden Bewegung langsam über seine Haut gleiten. Philip mochte das sehr; ich glaube, mein Haar zu spüren gab ihm das Gefühl, beinahe am Ende seiner Wünsche zu sein, und sein Rücken wölbte sich unter mir. Ich schlug ihn mit meinem Haar, und wir kicherten beide. Er warf sich herum, zog mich rasch an sich, dann lagen wir nebeneinander und küßten uns. Meine Hände streichelten seine Seiten, sein Gesicht drückte sich an meines. Seine Oberlippe war von der Kälte aufgesprungen, doch sein Mund war weich und schmeckte entfernt nach Minze. Wir küßten und liebkosten uns, dann versuchte er, in mich zu dringen. Ich lag auf dem Rücken, er drückte mich ganz sanft und begann, seine Beine an mir zu reiben, auf und ab, erst das eine, dann das andere Bein, als schwimme er auf mir wie ein warmer Frosch. Seine Hände lagen seitlich auf meinen Schultern, und meine Beine umklammerten seine Taille. Wir küßten uns wieder, gaben uns tiefe, lange, erstickende Küsse; dann begann Philip, an meinen Ohrläppchen zu knabbern, und ich mußte lachen. Wir änderten den Kurs, wechselten die Stellung und begannen wieder von vorn. Er schob seinen Daumen in mich hinein, und ich machte dazu alle passenden Laute, um ihn anzuspornen, aber nach einer Weile wußten wir beide, daß wir nicht von der Stelle kamen. Es war wie das letzte Mal und das Mal davor; eine seltsame Landschaft, in der nichts von Bedeutung geschah. Ich begann mir vorzustellen, wie ich auf einer langen Straße ging und mein Kopf sich mit merkwürdigen Bildern füllte: straff aufgerollte Bänder, in Kammern eingesperrte Flüsse, weiße Insekten. Die Insekten wurden größer. Ich machte die Augen zu. Ich wollte sie nicht sehen, aber es half nichts. Philip stöhnte ein wenig, dann rutschte er zur Seite und zog seine Arme weg.

»Macht nichts«, sagte ich. »Vielleicht bist du einfach zu müde. Oder du bemühst dich zu sehr.« Ich wollte die Bilder ausblenden. »Das macht doch nichts. Versuch, nicht dran zu denken, ja? Laß uns noch ein bißchen schlafen, komm.« Ich küßte ihn zärtlich, er rollte sich von mir herunter. Ich hörte ihn stöhnen, so als hätte ich die ganze Luft aus ihm herausgesaugt.

»Ich hab gedacht, du hast das gern«, sagte er, und ich antwortete, es mache doch nichts.

»Nein«, sagte er und äffte mich nach. Alte Gewohnheiten sind unverwüstlich, und diese gehörte zu den ältesten. »Es macht nichts«, sagte er. Noch einmal wiederholte ich, nein, es mache nichts, nichts mache irgend etwas aus. Das war unsere Gesprächsebene. Genauso war es schon so viele Male gewesen, und in den letzten Monaten schienen wir immer weniger miteinander zu reden. Nichts ging voran, nichts bewegte sich in irgendeine Richtung. Natürlich hatten wir nicht über das Problem gesprochen; wir hatten uns nur gegenseitig bestätigt, daß es keine Rolle spiele, genauso wie alles andere in unserem Leben zu diesem Zeitpunkt. Es war ereignislos, richtungslos, es machte nichts aus, nicht wirklich. Ich glaube, das beruhigte uns einfach.

Die Uhr auf dem Nachttisch zeigte 9:05. Weder Philip noch ich mußten irgendwo sein, wir wollten auch gar nicht irgendwo sein. Mein Körper fühlte sich schwer und müde an. Ich schloß die Augen und versank wieder in einen tiefen Schlaf; so kam es mir wenigstens vor. Ich glaube, ich hatte einen Traum, aber als ich die Augen wieder aufschlug und auf die Uhr schaute, hatten sich die Zeiger kaum bewegt. Es war 9:18. Durch einen Spalt zwischen den Vorhängen fiel ein schmaler Lichtstreif auf den Boden. Um 9:30 würde das ganze Zimmer von diesem Licht durchflutet sein. Philip hatte mir den Rücken zugewandt. Ich lag da und beobachtete, wie er atmete. Eine seiner Schultern war entblößt, die blasse sommersprossige Haut schaute aus dem Bettzeug heraus. Sollte ich ihn wecken? Ich war hin- und hergerissen. Ein Teil von mir wünschte sich Unterhaltung, doch ich rollte mich auf die andere Seite und schaute an die Decke.

Sonntage waren lange Tage. Es hing immer ein Schatten

über ihnen, etwas Trauriges, doch Vertrautes, vielleicht sogar Nostalgisches. Die Woche lag drohend vor einem, mit all ihren unerfreulichen, belanglosen Aufgaben, doch die Sonntage waren trostlos leer. Nichts war zu tun, und folglich wurde auch nichts Bedeutendes getan. Ich schaffte vielleicht die Wäsche oder einen Spaziergang durch den Park; gewöhnlich las ich die Sonntagszeitungen. Alltägliche kleine Dinge. Früher wären wir aufgestanden, hätten gefrühstückt und wären wieder ins Bett gegangen. Für mich war Sex die wirksamste Form der Flucht. In lustvoller Begierde konnte ich mich verlieren, und Philip genoß diese Spielchen auch. Er setzte sich breitbeinig auf mich, untersuchte meinen Körper Zentimeter für Zentimeter, und wenn er eine Stelle beschrieben hatte, küßte er sie. Meine Augenlider erinnerten ihn an Greta Garbo und meine Ohrläppchen an dünne Champignonscheibchen. Er knabberte an meinen Ohrläppchen. War mein Haar naß, so sagte er, es sei weicher als Wasser; trocken war es für ihn stechender als Feuer. Er sagte, meine Lippen seien seidig wie Asche und die Innenseite meiner Schenkel sei fülliger als Kissen. Er trennte sie, schlug sie auf wie ein Ei. Er fuhr gern mit den Fingern an meinem Schlüsselbein entlang und ließ dann seine Zunge über die Erhebungen gleiten. Er sagte, mein Skelett sei erlesen. Meine Handgelenke seien Armbänder, meine Wirbelsäule sei eine Papiergirlande. Einmal beschrieb er meine Knochen. Sie lagen in einer endlosen Wüste, sonnengebleicht und schimmernd, von Pflanzen durchwuchert. Er liebte es, mit Bildern zu spielen, mit diesen lustigen kleinen Vergleichen jemand anderen zu erschaffen, und die Wörter waren wie Schlüssel zu seinen verborgenen Phantasien. Die Verzerrungen waren Teil des Vergnügens, und je merkwürdiger und bizarrer das Bild, sagte er, desto außergewöhnlicher und einzigartiger sei unsere Liebe. So war es früher. Ich konnte alles sein, was er wollte, aber nichts davon schien jetzt noch wichtig. Vielleicht war das Philips Problem; er hatte das Interesse verloren, weil er alles in- und auswendig kannte. Oder vielleicht hatte er auch den unterschwelligen Mangel an Gefühlen erkannt, meine Angst davor, daß alles bedeutungslos sein könnte, und entsprechend leer und verloren fühlte er sich.

Ich wandte den Kopf ab und starrte auf den Boden. Unser Zimmer war mit Stapeln von Büchern und alten Zeitschriften übersät. Da lagen auch ein paar große Haufen Kleidung und daneben einige Kaffeebecher und ein paar gebrauchte Handtücher. Das Durcheinander war störend, und ich fühlte mich leicht unruhig. Ich rollte mich aus dem Bett, zog einen Wollrock unter einem Stapel hervor und nahm einen Pulli von einem anderen. Der Fußboden war kalt und schickte kleine Schockwellen durch meine Beine. Ich fühlte mich von Philip beobachtet, doch als ich an der Tür war und mich umdrehte, waren seine Augen geschlossen, und sein Atem ging langsam und regelmäßig. Kleine abgehackte Atemzüge. Aus diesem Blickwinkel wirkte es, als klebte er an der Matratze. Körper und Bett eine weiche, sanfte Form. Er schien so verwundbar, so passiv. Ich ließ die Tür offen, ging durch den Flur und betrat das Wohnzimmer.

Den ganzen Herbst über und in den Winter hinein hatte sich die Temperatur mit Mühe über null Grad gehalten. Heute morgen jedoch war die Wohnung eiskalt, es war eine düstere, triste Kälte. Dazu war das Wohnzimmer auch noch dunkel, weil die Vorhänge geschlossen waren, und Zigarettenrauch hing in der Luft. Plötzlich sah ich etwas Flitter glitzern. Er klebte an der Wand und blitzte auf, wenn man es am wenigsten erwartete. Ein paar Kiefernnadeln waren auf den Dielen verstreut. Obwohl ich staubgesaugt hatte, lagen noch ein paar herum. Ich drehte den Heizofen an, um der Kälte im

Zimmer ein wenig die Schärfe zu nehmen, dann zog ich mich an und spähte durch die Vorhänge.

Die Fenster von Wohnzimmer und Küche gingen beide direkt nach Süden, und man schaute auf einen Kanal. Eigentlich ganz harmlos. Es war ein langer, träger Wasserlauf, der nirgendwohin führte. Er war überall gleich breit, und mir gefiel die Vorstellung, daß er immer weiterfloß, sich niemals änderte und ein Abschnitt wie der andere war. Jemand sagte einmal (ich glaube, es war ein alter griechischer Philosoph), daß man nicht zweimal in denselben Fluß steigen könne. Oder jedenfalls sehe der Fluß zwar gleich aus, aber das Wasser sei nicht dasselbe. Unser Kanal war verdreckt, und seit wir in die Wohnung gezogen waren, lag ein alter Einkaufswagen auf dem Grund. Eine Ecke ragte wie ein Ellenbogen aus dem Wasser, und gelegentlich verfing sich Abfall oder ein Vogel im Metallgeflecht. Im letzten Sommer hatte ich viel Zeit an dem schmalen Ufer verbracht und mich gesonnt. Ich hatte eine Matte ausgebreitet, mich auf den Bauch gelegt und die Augen geschlossen. Leute angelten hier auch, aber ich glaube nicht, daß sie etwas fingen; außer einem Jungen, der es fertigbrachte, seine eigene Lippe an den Haken zu kriegen. Er warf die Angel aus, der Haken flog peitschend nach hinten und ihm ins Gesicht. Als er die Leine einzog, riß der Haken ihm die Haut auf. Wir hörten alle die Schreie, dann das Gewimmer. Im allgemeinen war das Wasser für Fische zu stark verschmutzt, und wenn es heiß wurde, fing es an zu stinken.

Draußen war es sonnig, aber ich wußte schon, daß es kalt war. Das Licht war klar und hell. Ich sah die Ulmen und dahinter die Hochspannungsmasten. Hinter den Masten lagen die Bahngeleise, und an dunklen Vormittagen konnte man Funken auffliegen sehen – und hoch oben zwei Scheinwerfer und das goldene Dach eines Wolkenkratzers. Wenn ich zurückschaue, frage ich mich wirklich, ob ich schon wußte, daß etwas geschehen würde. Vielleicht lag etwas Bestimmtes in der Stille, eine Schwingung oder Spannung. Ich bin fest davon überzeugt, daß wir »wissen« können und zugleich »nicht wissen«. Daß der Verstand vohersehen kann, ohne die Koordinaten der Voraussicht präzise zu erfassen.

Eine Fliege brummte, und ein Vogel stürzte sich über dem Kanal hinab. Er glitt über die Wasseroberfläche, und hinter ihm fältelte und kräuselte sich das Wasser. Hätte ich allein gelebt, dann wären diese ruhigen Momente nicht so ein Genuß gewesen, sondern normal, ganz alltäglich, und das Vergnügen hätte sich schon lange zuvor erschöpft gehabt. So aber stand ich da, starrte auf den Kanal hinaus und genoß diese besondere Sonntagsstille. Sie hatte eine ganz bestimmte Gestalt. Wie eine Kirche. Schwer, süß und ungebrochen. In der Einsamkeit lag etwas Wertvolles. Der Mond war noch zu sehen, doch im hellen Tageslicht wirkte er ein wenig fehl am Platz. Die Augenblicke tickten vorüber; jeder langsamer als der zuvor. Dann meinte ich zu hören, daß Philip sich rührte, aber als ich mich umdrehte, um zur Tür zu schauen, war nichts. Philip konnte schlafen, solange ihn der Wunsch gefangenhielt, und manchmal auch auf Kommando. Das gehörte zu den wenigen Dingen, auf die ich neidisch war, obwohl es mich auch verärgern konnte. Wenn ich so lange schlief wie er, dann wachte ich bestimmt mit Kopfschmerzen auf, Philip aber wirkte immer frisch, auch wenn er den ganzen Tag schlafend im Bett verbracht hatte. Er besaß eben diese besondere Fähigkeit. Das war wie eine zusätzliche Dimension, wie ein Anbau an einem Haus. – Die Tür zum Wohnzimmer blieb geschlossen. Das Geräusch mußte von woanders her gekommen sein. Ich sah Philip vor mir, noch immer im Bett, noch immer im Tiefschlaf, in seine Träume versunken.

Das war übrigens auch etwas, womit wir damals unsere Zeit verbrachten: Wir tauschten Geschichten über unsere Träume aus, obwohl Philip viel versessener darauf war als ich. Seine Träume waren meist kompliziert und hatten etwas Verwirrendes, dem Irrgarten einer Romanhandlung gleich. Wenn er sie wiedergab, merkte man, daß ihm die Handlungsstränge und Verzweigungen gefielen. Die Träume waren wie traditionelle Erzählungen – mit einem Anfang, einer Mitte und einem Ende – konstruiert, sie hatten Motive, die man ohne große Mühe mit den Dingen verbinden konnte, die Philip während des Tages gesagt oder getan hatte. Seine Genauigkeit war nervtötend. Meine Träume waren nicht weniger vollständig, doch sie verloren etwas in der Übersetzung. Sie waren nicht so stark verzweigt, bruchstückhafter, und wenn ich sie erzählte, merkte ich, daß Philip uninteressiert war, sobald ich den Mund aufmachte. Er sagte auch, sie wiederholten sich immer, und bis zu einem gewissen Grad hatte er recht. Ich schien Nacht für Nacht dasselbe Gelände abzuschreiten. Dieselben Menschen trafen in denselben Landschaften zusammen und verschwanden wieder. Dieselben Worte wurden immer wieder ausgesprochen, als spürte ich ganz bewußt jedem Satz nach oder rezitierte ein Gedicht. Es tauchte eine bestimmte Kirche auf. Ihr Turm stach in den eisblauen Himmel, und da war auch ein großer Hof. Er war rechteckig, gesäumt von verschiedenen dunkelgrauen Gebäuden, glänzendes Kopfsteinpflaster in der Mitte. Ich wollte ihn unbedingt überqueren, denn auf der anderen Seite wartete jemand auf mich, doch irgendwie mißlang es mir jedesmal, wenn ich es versuchte. Es gab zwar kein unmittelbares Hindernis, doch waren meine Bewegungen nicht fließend. Ich war in meinem Körper gefangen, vom Gewicht einer seltsamen Erwartung behindert, und die Frustration war überwältigend.

Mein Morgenritual ging weiter. In der Küche stellte ich den Wasserkocher an, dann trat ich vor den Badezimmerspiegel und wusch mir langsam das Gesicht. Als ich das heiße Wasser aufdrehte, sprang der alte Boiler an. Ich hörte das Ticken und Surren seiner schwerfälligen inneren Mechanik. Philip würde im Laufe der nächsten Stunde folgen. Er würde seine Kleidung von einem Stapel im Schlafzimmer nehmen, dann ins Bad gehen und Wasser überall auf dem Boden verspritzen. Es war jeden Tag dasselbe. Dieselbe Spur, dasselbe Muster. Vielleicht gab es eine kleine Abweichung, etwas Unvorhergesehenes konnte geschehen; gelegentlich wusch sich Philip, bevor er sich anzog, oder er machte sich Kaffee, doch entsprechend unserem täglichen Programm benutzte ich das Bad zuerst und Philip nach mir. So lief bei uns alles mechanisch ab; vorhersehbar, vielleicht sogar nachlässig.

Ich starrte mich im Spiegel an, verzog das Gesicht zu einem flüchtigen Lächeln. Eine Wange war wund und gerötet. Ich hatte das Gesicht ins Kissen gepreßt, und da waren Druckstellen auf der Haut. Ich konnte auch eines von Philips Fotos an der Wand hinter mir sehen. Die Fotos waren überall in der Wohnung: in der Küche, im Flur, im Wohnzimmer. Philip fotografierte Gebäude, und die Bilder machten aus unseren Wänden eine Landkarte, einen Reiseführer in das Innere einer Stadt. Einige Fotos zeigten Plätze, die nicht mehr existierten, und Philip stellte sie dem Gebäude oder den Gebäuden gegenüber, die ihre Stelle eingenommen hatten. Sie sollten getrennt betrachtet und beurteilt werden, doch häufig überlappten sich Altes und Neues. Da war eine Kirche aus dem 18. Jahrhundert, die man zu einem Krankenhaus umgebaut hatte. Ich schaute mir das neue Gebäude mit seiner klaren Linienführung an und zeichnete in Gedanken die Kirche hinter den glänzenden Glaswänden nach. Philips Lieblingsfoto zeigte ein altes Waisenhaus, das vor drei Jahren planiert worden war. An seiner Stelle hatte die Gemeinde eine Abtreibungsklinik errichten lassen; die größte in der Stadt. Philips Fotos waren alle in Schwarzweiß. Aus unserem Gästezimmer hatten wir eine Dunkelkammer gemacht, mit rotem Licht und Rollos. Da verbrachte Philip die meisten Tage eingebunkert und entwickelte, fixierte, machte Abzüge. Manchmal rochen seine Hände sehr unangenehm, und die Chemikalien verfärbten die Haut an seinen Fingern. Er meinte, so könne man sie leichter lesen. Ständig betrachtete er seine Handflächen und erzählte mir von unserer wunderbaren gemeinsamen Zukunft. Er sagte dann: »Kann ich mal deine sehen?« Aber ich antwortete ihm immer, ich zöge es vor, meine Hände für mich zu behalten.

»Ach komm. Nur ganz kurz?« Herzlinien, Liebeslinien, Lebenslinien. Unsere Zukunft reduziert auf einen Handabdruck.

»Such dir jemand anderen mit deiner Kragenweite.«

Das Foto im Bad hing über dem Handtuchhalter. Es zeigte einen Kinokomplex, und die Töne waren verschwommen und gedämpft. Der Himmel war von einem durchsichtigen Grau, und das paßte zu den dicken Betonwänden des Gebäudes. Keine Menschen, weder im Vordergrund noch im Hintergrund, nur eine lange Reihe von Autos, die wie eine Rüsche um den unteren Rand eines Kuchens wirkte, und darüber Schichten von Wolken, die zu sinken schienen, anstatt zu schweben. Ich mochte das Foto nicht. Es machte mir ein unangenehmes Gefühl, doch das hatte ich Philip nie gesagt. Wir hatten zwar schon einige Jahre zusammengelebt, und obwohl – oder vielleicht weil – wir einen bestimmten Grad von Intimität erreicht hatten, war die geringste Andeutung, daß einer von uns nicht mochte, was der andere tat, so, als schlüge die rechte Hand die linke. Wir dachten dieselben Gedanken, zogen aber nicht dieselben Schlüsse.

Ich trocknete mir das Gesicht ab und lauschte den sanft gurrenden Lauten von zwei Tauben. Sie drängten sich auf der Fensterbank aneinander; ihre grauen Gestalten drückten sich flach an das dicke, vereiste Glas. Wir waren so lange mit der Umgebung vertraut, daß wir selten Geräusche hörten, die uns unerklärlich waren. Gelegentlich drang ein Laut vom Markt zu uns oder das Bremsgeräusch eines Zuges, und Philip war sicher, daß er Flugzeuge über uns hörte. Doch abgesehen davon fühlten wir uns ganz abgeschirmt. Die grauen Gestalten gurrten und flatterten weiter. Eine Feder klebte am Glas.

Als ich fertig war, hatte das Wasser schon gekocht. Im Spülbecken stapelte sich der Abwasch; Pfannen, die über Nacht einweichen sollten. Ich schaute auf das Barometer, ein Geburtstagsgeschenk von Philip. Es war das letzte in einer langen Reihe von kleinen Geschenken: Parfum, Blumen, manchmal Schmuck. An meinem ersten Geburtstag nach unserem Kennenlernen schenkte Philip mir einen Anhänger aus Marmor. Der Stein war eiförmig, blaßblau, mit Venen von einer satten Erdfarbe. Als ich ihn auspackte, sagte er, der Stein erinnere ihn an mich. Ich sei in mich gekehrt und irgendwie undurchschaubar. Eigenschaften, die ich in mir nicht sehen konnte, doch ich denke, es gefiel Philip, daß ich meine eigenen Entscheidungen traf, niemals hilflos wirkte. Zum nächsten Geburtstag kaufte er mir ein Buch. *Ich habe recht. Du hast unrecht.* Die Widmung war mit schwarzer Tinte gekritzelt. »Es gibt immer zwei Gesichtspunkte.« Philip sagte, er habe es scherzhaft gemeint. Das Barometer war wahnsinnig häßlich. Ein kleiner Mann und eine kleine Frau standen in einem Häuschen, und wenn es sonnig war, schwang sich der Mann in einem bis zur Taille aufgeknöpften Hemd hinaus, eine Sichel in der Hand. Bei schlechtem Wetter tauchte die Frau in Regenmantel und Hut auf. Es sah so aus, als würde sie nichts anderes tun als im Regen oder im Schnee zu stehen. Persönlich zog ich die althergebrachten Zeichen vor. Einen Himmel mit Schäfchenwolken, der Donner und Blitz vorhersagt. Kühe auf Almen, die Sonnenschein ankündigen. Um festzustellen, woher der Wind weht, leckt man den Finger und hält ihn in die Luft. Doch an diesem Tag ging kein Wind, jedenfalls war nichts zu spüren. Statt dessen tanzte ein Sonnenfleck über den Boden. Ich zündete mir eine Zigarette an und schaute zu, wie das Licht ziellos unter den Tisch wanderte. Es machte den Raum größer. Die Wände schienen sich auszudehnen und zusammenzuziehen, je nach Länge der Strahlen. Es war ein bißchen wie Blinzeln oder Atmen oder eine Hand, die sich spreizt und dann zur Faust ballt. Erst glänzte das Licht, dann verblaßte es, erst schwoll es an, dann wich es zurück. Ein Riß erschien an der Wand. Die Farbe blätterte ab. Eine der Fliesen über dem Rand des Spülbeckens hatte sich abgelöst und hing schief. Man konnte sehen, wo ich versucht hatte, eine alte Tapete abzuscheren. Ich hatte die Wände zweimal mit weißer Lackfarbe gestrichen, aber da waren immer noch schwache Spuren von winzigen blauen und grauen Blumen, Überreste eines früheren Lebens.

Ich starrte auf den Tisch, schnippte die Asche auf eine Untertasse; dann öffnete ich den Kühlschrank, um Milch herauszunehmen. Die Fächer waren ziemlich voll. Im obersten waren Orangensaftkartons und Schüsseln mit Essensresten gestapelt. Eine Plastikdose mit Hackfleisch und ein Glas mit Roter Bete. Aber die Milch war schlecht geworden, und das bedeutete einen Ausflug zum Laden. Vielleicht war es ja etwas so Banales, das zu dem führte, was dann geschah. Ich habe mich das oft gefragt, aber zu dem Zeitpunkt war es ganz unwichtig. Wie alles andere. Die Milch war schlecht, das war nichts Ungewöhnliches. Es war sogar ganz alltäglich. Ich goß sie ins Spülbecken. Dann nahm ich meine Schlüssel und mein Portemonnaie.

Eine zweite Fliege flog gegen ein Fenster, nur diesmal war es im Flur, und als ich durch den Vorraum ging und mir den Mantel anzog, blieb ich stehen und schaute in den Spiegel. Philip hatte ihn in einem Müllcontainer neben dem Wohnblock gefunden. Doch es war kein gewöhnlicher Spiegel. Es war einer von der Sorte, die man auf der Kirmes sehen kann; sie verzerren das Spiegelbild, so daß man entweder stark übergewichtig aussieht oder beängstigend dünn. Unserer war von der zweiten Art. Wie ein Gedicht, in dem die Reime nicht ganz stimmten. Ich hielt die Hand hoch, und am oberen Ende des Glases wurden meine Finger länger und zitterten. Mein Gesicht sah aus, als ob die Schwerkraft mein Kinn auf den Boden zöge; meine Augen waren unangenehm wäßrig. Es wirkte theatralisch, wie eine Parodie; eine Welt, in der nichts seine Form behielt. Ich starrte mich an, fuhr mit den Fingern durch etwas, das mein Haar sein sollte. Das Spiegelbild lächelte, und ich spürte, wie meine Lippen dasselbe taten. Seit meiner Kindheit hatte ich nicht mehr daran gedacht, daß da ein anderes Leben hinter dem Spiegel war. Wieviel Spaß hatte ich damals, als ich mit dem Mädchen im Spiegel spielte. Ich malte sein Gesicht an, erzählte ihm Geheimnisse. Jetzt wischte ich mir ein kleines Schlafkorn aus dem Auge. Die Fliege flog wieder gegen die Scheibe und brummte immer noch. Zu anderen Jahreszeiten konnte die Fliegenplage ziemlich dramatisch sein. Es sollte etwas damit zu tun haben, daß wir neben den Gasometern wohnten; jedenfalls wollte uns der Vermieter das einreden. Die Fliege schlug ans Glas, dann fing sie wieder an zu brummen. Ich knöpfte mir den Mantel zu und ließ mein Portemonnaie in die Manteltasche gleiten.

Manchmal, wenn ich so zurückschaue, kommt es mir vor, als sähe ich einen Film; einen, den ich viele Male gesehen habe, und doch hoffe ich jedesmal tief in meinem Herzen, daß er anders endet. Ich hoffe, der Junge wird der Gefangennahme entgehen und über die Berge fliehen; ich hoffe, das Mädchen wird den Zug erreichen, anstatt ihn zu verpassen, und den Mann treffen, den sie ihr ganzes Leben lang gesucht hat; ich hoffe, die alte Frau wird nicht unter so schrecklichen Umständen sterben. Ich mag keine Lösungen, kein Ende, keinen Schluß, und ich möchte, ganz diskret, die Geschichte umformen und mir eine List ausdenken, um dem Handlungsablauf zu entgehen. Aber das Ende ist immer dasselbe. Oder, um es anders auszudrücken, die Zeit ist angeblich linear, doch die Zeiger der Uhr behaupten etwas anderes. Sie bewegen sich im Kreis. Zwölf Uhr mittags ist auch zwölf Uhr Mitternacht. Wir alle bewegen uns in diesen Kreisen, in großen oder kleinen, tiefen oder flachen, so daß die Ereignisse, aus der Rückschau betrachtet, außerhalb unserer Kontrolle liegen. Sie sind begrenzt, unverrückbar und unbarmherzig erschütterungssicher.

Die Wohnungstür führte direkt auf einen Außengang. Ich drückte auf die Sperrvorrichtung, zog den Riegel zur Seite und machte die beiden Sicherheitsketten los. Sie warfen seltsame filigrane Muster auf die weiße Wand. Sie sahen auch wie billige Armbänder aus dem Supermarkt aus. Dann machte ich einen Schritt nach draußen, und als die Sonne mir in die Augen schien, sah ich die junge Frau vor mir stehen. Nur stand sie eigentlich gar nicht, sie hing. Ein leichter Wind ging, und der Körper schwang sanft hin und her, als die Tür hinter mir ins Schloß fiel.

ZWEI

Zwischen dem Sekundenbruchteil, in dem ich die Tür öffnete, und dem Erkennen dessen, was da draußen war, wuchs ihr Körper von den bodenlosen Füßen in die Höhe. Die junge Frau hing einen Meter entfernt an einem Strick vom oberen Geländer. Ihr Hals war verdreht, die Arme baumelten locker an den Seiten herunter. Doch an eines erinnere ich mich überdeutlich: Ihre riesigen, toten Augen starrten mich direkt an, und von irgendwo in der Ferne hörte ich Musik über die Häuser ziehen. Eine Spannung lag in der Luft, die Noten dröhnten mir in den Ohren. Es war eine Klavierstunde; jemand mußte immer wieder die gleichen Tonleitern spielen. Ich nahm einen süßlichen Geruch wahr, weder angenehm noch unangenehm, lediglich durchdringend. Es war noch etwas anderes an der Frau, etwas Merkwürdiges, das mir auffiel, doch in jenen ersten Sekunden konnte ich es nicht festmachen oder benennen. Eine Hälfte von mir wollte woanders sein. Die andere stand da und starrte blind vor sich hin. Meine Beine waren weich, und ich dachte, sie würden nachgeben. Ich erinnere mich, daß ich mich umdrehte, obwohl ich die Frau gleichzeitig immer noch anzusehen schien. Ich steckte den Schlüssel ins Schloß und öffnete die Tür wieder.

Nach der Helligkeit des Sonnenlichts schien der Flur dunkel. Die Klaviermusik spielte im Hintergrund, nur wurde sie jetzt von meiner Stimme begleitet. Ich rief nach Philip; kühl, steinern und fest kamen die Worte.

»Geh nicht raus«, sagte ich, als er auftauchte. »Bitte. Es ist zu schrecklich.«

»Was soll das heißen? Was ist los?« Er sah zerzaust aus. Seine Stimme klang verschlafen und tonlos. »Du hast den Heizofen angemacht«, sagte er, als hätte ich etwas wahnsinnig Wichtiges getan. »Alles in Ordnung? Du siehst müde aus.«

»Da draußen ist jemand. Sie ist tot.«

Philip wollte an mir vorbei, aber ich stellte mich ihm in den Weg. Seltsamerweise wollte ich nicht, daß er nachsah. Ich glaube, in dem Moment wollte ich ihn beschützen. Allerdings frage ich mich jetzt, ob meine Motive weniger edel als selbstsüchtig waren. Philip schaute trotzdem nach. Er machte die Tür auf und starrte die Tote an. Ich hörte, wie er nach Luft schnappte und ein wenig stöhnte. Aber er rührte sich nicht. Er stand nur da und starrte auf das Bild, während ich am anderen Ende des Flurs stand und schweigend seinen Rücken betrachtete. Am unteren Ende seiner Wirbelsäule war eine feine Linie von Haaren. Philip zitterte und schlang sich die Arme um die Taille. Seine Schultern waren breit und seine Hüften stämmig. Er wirkte kompakt, so wie eine Statue kompakt wirkt, ganz Kurven und Muskeln. Seine Beine waren hinten weißer als Marmor. Während ich das alles dachte, seinen Körper begutachtete, waren meine Gedanken zugleich bei der, die da draußen hing. Die beiden schienen sich zu verflechten, es war ein makabres Mosaik.

Als Philip endlich die Tür schloß und sich umdrehte, war sein Gesicht ruhig, aber schrecklich weiß. Ich stand da und schaute zu, während er durchs Zimmer ging und den Telefonhörer abnahm. Er wählte eine Nummer, und als er verbunden worden war, erklärte er, was geschehen war. Seine Worte waren ruhig, er nickte immer wieder und sagte »ja«, als ob die Stimme am anderen Ende der Leitung detaillierte Anweisungen für eine Flugzeuglandung gäbe. Ich setzte mich auf die Couch: Wir bewegten uns in der Wohnung, während da draußen eine Frau hing. Was war da nur passiert? Wie konnte das geschehen? Und hatte sie es sich so vorgestellt? Sie mußte sich doch gefragt haben, wer sie finden würde. Sie mußte sich gefragt haben, ob wir schliefen oder wach waren. Wie der Schock auf uns wirken würde.

Philip legte den Hörer auf und sagte, die Polizei werde in ein paar Minuten dasein. Er schüttelte immer wieder den Kopf und meinte dann, er ziehe sich jetzt an.

»Wie geht es dir?« fragte ich.

»O.k. Und dir?« Seine Stimme war sanft.

»Es ist einfach so widersinnig. Schrecklich ...«, hörte ich mich sagen, aber die Worte hatten keine Bedeutung. Es war wie eine Szene aus einem Film. »Mir ist kalt«, flüsterte ich, und Philip nickte.

»Ich muß mir was anziehen. Ich bin in einer Sekunde wieder da. Warte.« Das Unpassende seiner Worte brachte ihn zum Lächeln. Er verschwand, um sich anzuziehen, und ich holte mir meine Zigaretten aus der Küche und legte mir eine alte Jacke um die Schultern. Ich kann nicht sagen, daß ich wirklich wußte, was ich tat. Es war, als hätte man mich immer wieder im Kreis gedreht, ich fühlte mich orientierungslos und benommen. Ich starrte in den Raum. Die leere Milchtüte stand auf der Anrichte. Die Pfannen lagen im Spülbecken. Einer der Griffe ragte aus dem Wasser und glänzte. Nichts Grundlegendes hatte sich geändert, und doch fühlte sich der

Raum anders an, vielleicht angegriffen oder herausgefordert? Ich nahm irgend etwas in die Hand, das auf dem Tisch lag, und überlegte, ob ich mir eine starke Tasse Tee machen sollte. Ja, Tee mit Zucker war gut in einem Notfall, aber wir hatten ja immer noch keine Milch, also ging ich wieder ins Wohnzimmer und setzte mich. Ich fühlte mich schwer und beschwert. Wenn man stirbt, dann legen sie einem die Arme auf den Körper, weil man es selbst nicht mehr kann. Sie waschen und ziehen einen an, als wäre man ein Säugling, und dann legen sie einem blanke Münzen auf die Augenlider und Brot auf die Zunge. Ich stellte mir meine Mutter vor, wie sie eine Form mit Teig auslegte und darauf Pennystücke, damit der Teig nicht aufging. Die Erinnerung kam wieder: ihr blasses ovales Gesicht, die mehligen Hände, aber auf die Intensität war ich nicht vorbereitet. Ich wollte die Augen schließen und wieder schlafen. Sie war so lange krank gewesen, monatelang ans Bett gefesselt, und als sie starb, wollte mir der Tod nicht in den Kopf. Er war unverständlich; ein Trick oder eine List. »Meine Damen und Herren, ich werde diese Frau vor Ihren Augen verschwinden lassen.« Nur kam sie nie mehr zurück. Es war die einzige wahrhaft unannehmbare Tatsache in meinem Leben. Wie konnte jemand, den ich liebte, für immer verschwinden? Sie war gestorben, aber ich mußte damit leben.

Ich zündete mir eine Zigarette an und vergrub die Erinnerung wieder. Philip war gerade auf dem Weg vom Schlafzimmer durch den Flur. Seine Schritte waren schnell. Er ging erst in meine Richtung, drehte sich dann auf der Stelle um, und ich hörte, wie er ins Bad schlurfte.

»Machst du Tee?« rief er.

»Es gibt keine Milch.«

»Dann mach Kaffee. Ich trink ihn schwarz.« Die Tür zum Bad wurde geschlossen, und ich stand auf. Ich wollte die Tote noch einmal sehen, bevor Philip herauskam. Bevor irgend jemand sie fand. Ich nahm einen langen Zug, inhalierte tief, drückte die Zigarette aus und ging auf die Eingangstür zu. Philip putzte sich die Zähne. Ich hörte ihn gurgeln, dann das Geräusch des Wassers, wie es ins Waschbecken plätscherte. Meine Finger berührten die Klinke und zogen die Tür auf.

Das zweite Mal war der Schock nicht weniger intensiv, nur diesmal hielt ich stand, anstatt mich abzuwenden, und um das Gleichgewicht zu halten, umklammerte ich das Geländer. In der Ferne drängten sich die vertrauten Dächer und Türme am Horizont. Ein geometrisches Muster; eine Landschaft aus Glas und Schiefer, Außengängen, gelegentlich Feuerleitern. Die Linien waren diagonal, vertikal, horizontal. An einer Stelle sah man die Wölbung einer Überführung, an einer anderen die struppigen Wipfel einiger Bäume. An einem klaren Tag konnte man vielleicht das Krankenhaus erkennen, die Flughafenhotels und die Überreste der alten Stadtmauer, die in unregelmäßigen Abständen auftauchte und verschwand, meist aber durch Smog oder tiefliegende Wolken verdeckt war. Die Aussicht war nicht unangenehm, da sie vertraut war, doch sie war auch nicht einladend. Die älteren Stadtteile, die schöneren Bezirke, lagen im Zentrum. Die Vororte waren näher am Stadtrand und zogen sich hin, so weit das Auge reichte. Hier aber war das Zwischen-Land, weder das eine noch das andere. Dieser Teil der Stadt war auch der größte, man konnte sich darin leicht verirren, ihn leicht geringschätzen, es sei denn, man hatte einen Grund, hier zu wohnen. Wenn ich die Wohnung am Morgen verließ, erspähte ich gewöhnlich am Horizont oder nahe dabei irgendein Objekt, das womöglich meine Aufmerksamkeit erregte und sie fesselte. Diesmal jedoch trat der Hintergrund zurück, der Blickwinkel verschob sich. Die Wahrnehmung war verzerrt, es war, als betrachte man einen

Hautfetzen durch ein Mikroskop. Die Poren öffneten sich, das Gewebe vergrößerte sich. Die Tote beherrschte alles: Himmel, Gebäude, Bäume. Sie war Dreh- und Angelpunkt im sprichwörtlichen Rad, und mein Blick verfing sich an ihr, sobald ich durch die Tür trat.

Zuerst bemerkte ich, wie lang ihr Haar war. Es reichte ihr bis zur Taille und war so hell, daß es silbern wirkte. Das war es, was mir aufgefallen war, als ich sie zum ersten Mal erblickt hatte: das lange silbrige Haar, das sie kalt und uralt aussehen ließ. Aber sie war nicht uralt, sie war in meinem Alter, vielleicht jünger. Das Haar verwirrte mich, und ich konnte meinen Blick nicht davon lösen: wie es im Wind hin und her flatterte. Und die Farbe ihrer Lippen, die ein sanftes bläuliches Violett war. Und dann wieder das süße Parfum. Es war ein vielschichtiger Geruch, sowohl erdig als auch süß. Es war auch etwas in dem Gesicht, das ich kannte. Sie erinnerte mich an jemanden, oder vielleicht bildete ich es mir nur ein. Schließlich übertreibt der Verstand oft, was das Auge sieht. Vor allem sah die Frau wie ein seltsam geformter Eiszapfen aus; der schmale Rumpf, das holzschnittartige Gesicht, und so wie bei Eiszapfen, die sich über eine lange Zeit bilden, hatte man das Gefühl, sie wäre schon immer hiergewesen. Sie reiste mit mir; ein uralter Körper, zeitlos. Das Eiswasser tropfte ihr übers Gesicht, ergoß sich über ihr Haar, lief nach unten, schmelzend, und dann wurden ihre Gesichtszüge schärfer, und ihre großen glasigen Augen starrten direkt durch mich hindurch. Sie war durchsichtig; grau, silbern und kalt. Und ich stand da und starrte, und sie hing an dem Strick.

Die Klavierstunde ging weiter. Die Töne schwollen an und ebbten ab. In der großen Ordnung der Dinge waren sie klar und voneinander abgesetzt. Alle Noten waren an ihrem Platz, entschwanden dann – und wieder die unnatürliche Stille. Auch der Körper der Frau war unnatürlich. Ja, auch sie hatte Arme und Hände und Beine, aber irgendwie stimmte alles nicht. Die Haut unter ihrem Kinn war gespannt, und der Strick, an dem sie in dieser schrecklichen Stellung hing, war so dick, daß ihr Hals unverhältnismäßig dünn wirkte. Ihr Kopf war zur Seite geneigt, als würde sie etwas fragen wollen, als wäre sie ein Stück Geflügel, das mit gebrochenem Genick in einem Metzgerladen hing, und ihre Füße baumelten und tanzten in der Luft. Ich bemerkte auch, daß sie nur einen Schuh trug und daß der Fuß ohne Schuh nackt war und von einem hellen Stahlblau. Ich konnte ihre Fingerspitzen sehen. Der Mantel, den sie trug, hatte lange Ärmel, aber ihre schmalen Fingerspitzen schauten hervor, weiß wie Schneeflocken. Und unter dem Mantel trug sie ein kleines T-Shirt. Es war hochgerutscht, und ihr Rumpf war entblößt. Etwas glitzerte. Ihr Nabel war mit einem Diamanten gepierct, jedenfalls sah der Stein so aus. Man bemerkte ihn nicht sofort, weil er so klein war, aber wenn der Körper sich bewegte, dann traf die Sonne den Stein, und das Ding funkelte. Niemand anderer war da. Ich dachte, vielleicht wären einige der anderen Mieter inzwischen auf; hätten vielleicht etwas Ungewöhnliches bemerkt und kämen heraus, um es sich anzuschauen. Aber das Treppenhaus und auch der Gang waren leer. Philip und ich wohnten im zwölften Stock, und unser Treppenabsatz war der letzte. Über uns gab es nur noch einen Außengang. Philip meinte, es sei wie im Kino in der ersten Reihe, niemand sei zwischen uns und der Leinwand. Er mochte Köpfe, die ihn ablenkten, überhaupt nicht. Zwischen unserer Wohnung und dem Himmel war niemand. Wir hatten eine klare Sicht auf den Himmel, und jetzt waren wir auch die einzigen, die diese Tote gesehen hatten. Es war unsere Tote; oder genauer gesagt, meine Tote, meine eigene private Entdeckung, und plötzlich war ich sehr besitzergreifend.

»Was machst du da?« Philips Stimme kam aus einiger Entfernung hinter mir. Ich hörte, wie er sich räusperte. »Anna? Das ist nicht zur Unterhaltung da.«

»Vielleicht sollten wir versuchen, sie herunterzunehmen? Findest du nicht?« An ihrem Gewicht war etwas, das nach Befreiung verlangte. Das Hängen war nicht nur physisch. Sie flehte, sie bettelte darum, losgelassen zu werden, aber Philip meinte, wir sollten nichts anrühren. Sein Ton war bestimmt. Dann hörten wir Schritte von unten, das Geräusch von Stimmen. Ich lehnte mich über das Geländer und sah die Polizisten.

»Hier oben«, sagte ich. Ich mußte gar nicht rufen, weil es im Treppenhaus ganz still war. – Eine graue Wolke trieb langsam über uns hinweg.

Es waren zwei, aber nur einer kam in die Wohnung; er blieb etwa eine halbe Stunde. Es ging mir besser, als er erst einmal da war. Seine Uniform wirkte beruhigend, obwohl er einen ziemlich dichten Bart hatte, der seine Lippen sehr rot machte. Er schien nicht sehr glücklich darüber, hiersein zu müssen. An seiner Uniform war eine Reihe von glänzenden weißen Streifen befestigt. Ich sagte ihm, ich sei diejenige, die sie gefunden habe, und er schrieb es mit meinem Namen und dem Zeitpunkt der Entdeckung in sein Notizbuch. Er schien unbedingt wissen zu wollen, ob wir sie gekannt hatten. Er ging wohl davon aus, daß es so sein müßte, aber sowohl Philip als auch ich schüttelten den Kopf. Wir konnten Stimmen von draußen hören. Ich stellte mir vor, wie sie sie herunternahmen, ihren Körper einwickelten, sie dann auf eine Bahre schnallten.

»Wir haben sie noch nie im Leben gesehen«, sagte Philip. Er drehte sich eine Zigarette. Seine Hände zitterten. Der zweite Polizist kam herein und flüsterte dem ersten etwas zu. Er hatte die Tür offengelassen, und ich konnte Stimmen hören und ganz deutlich das Klicken von Kameras.

»Rose Hessler«, sagte der erste Polizist, nachdem der zweite gegangen war. Er strich sich über den Bart und starrte uns an. »Sieht so aus, als wäre das ihr Name. Da draußen stehen jetzt eine ganze Menge Leute herum. Warum, glauben sie, wollen die Menschen so was sehen?« Ich zuckte die Schultern. »Und der Name Rose Hessler. Sind Sie sicher, der sagt Ihnen beiden nichts?«

»Nein«, sagten Philip und ich einstimmig.

»Er sagt uns nichts«, fügte ich hinzu, obwohl das nicht ganz zutraf. Einem Körper einen Namen zu geben bedeutete eben *doch* etwas. Es veränderte meinen Blickwinkel, brachte mir die Frau einen oder zwei Grad näher. Der Polizist lächelte, dann kritzelte er noch ein paar Notizen, und wir redeten noch ein bißchen, hauptsächlich über Verwandte und wie schwierig es sein könnte, sie zu finden. Welch ein Schock, so etwas gesagt zu bekommen. Das Klopfen an der Tür; der Polizist draußen, der sagt, er hätte eine schlechte Nachricht zu überbringen; dann die Weigerung, ihm zu glauben, was er da gesagt hatte. Die ganze Welt verändert sich in nur einer Sekunde. Würden sie die Kleider dieser Frau schicken? Würden sie die Sachen reinigen lassen? Vielleicht fand sich eine Notiz in ihrer Tasche, die erklärte, warum sie es getan hatte? Philip fragte, ob Selbstmordopfer immer noch von der Kirche geächtet würden, aber das Gesicht des Polizisten war ausdruckslos, und so versuchte Philip ihm zu erklären, daß Selbstmörder früher außerhalb der Friedhöfe begraben werden mußten, weil ihre Sünde in den Augen der Kirche nicht vergeben werden konnte. Ich dachte die ganze Zeit an die Augen der Frau. Wie sie mich völlig abwesend angestarrt hatte. Wenn jemand

Leuchtmunition abfeuert, kann man noch Licht sehen, selbst wenn der Strahl verglüht ist. Ich konnte die Augen tausendmal schließen, doch wieviel Zeit auch verging, ich sah sie immer noch vor mir hängen, hin- und herschwingend.

Der Polizist stand auf und ging nachsehen, wie weit die Sache gediehen war. Auf dem Tisch stand ein Glas Wasser; ich erinnere mich, wie Philip sich vorbeugte und seine Zigarette hineinfallen ließ. Das Wasser zischte. Wir hörten noch mehr Stimmen und Schritte. Als der Polizist zurückkam, sagte er, daß man die Leiche weggebracht habe und er uns nun in Ruhe lasse. Er notierte sich unsere Telefonnummer für den Fall weiterer Nachforschungen und beendete die Befragung, indem er sein Notizbuch zuklappte. Philip stand auf, er und der Polizist schüttelten einander die Hände.

»Sie hat es absichtlich getan«, sagte ich. Ich wollte es eigentlich nicht so herausschreien, aber meine Stimme gewann einfach die Oberhand. »Ja«, antwortete der Polizist. Ich merkte, daß er ziemlich verwirrt war.

»Ich meine, sie hat direkt auf unsere Wohnungstür gestarrt. Es war doch ganz eindeutig Absicht. Sie wollte, daß wir sie sehen, sie so finden.« Der Polizist blinzelte.

»Aber Sie sagen doch, daß Sie sie noch nie gesehen haben?« Ich schüttelte den Kopf. Ich fühlte mich leicht schwindlig, und mir war übel.

»Nein«, sagte ich, und Philip wiederholte meine Antwort. Schließlich ging der Polizist. Er sagte, er werde sich mit uns in Verbindung setzen, wenn es irgendwelche weiteren Entwicklungen geben würde.

Nachdem er gegangen war, wirkte die Wohnung sehr leer und stiller als zuvor. Philip und ich drehten uns jeder eine Zigarette, dann setzten wir uns auf die Couch und besprachen alles. Philip stand viel mehr mit beiden Beinen auf der Erde als ich. Sein Verstand funktionierte so, besonders wenn er sich mit einem Problem beschäftigte. Er konzentrierte sich auf die Fakten, die praktischen Aspekte eines Ereignisses, und vermischte sie nur selten mit Gefühlen. Wie, zum Beispiel, war es ihr gelungen, auf den Vorsprung über dem Geländer zu klettern, um hinunterzuspringen? Die Treppe zum oberen Außengang war nicht ohne weiteres einsehbar. In der Tat würde jemand, der nicht wußte, daß es sie gab, sie nur sehr schwer finden. War die Frau schon früher hergekommen und hatte geplant, wie sie es tun würde? Hatte sie es überhaupt geplant, oder war es eine spontane Entscheidung gewesen? Philip schien nicht sonderlich daran interessiert, um ihre Tat eine Geschichte zu spinnen, ihn interessierte nur der Vorgang selbst, die Technik. Seine Gedanken arbeiteten sich weiter vor. Vielleicht hatte sie sich auf den Außengang hochgestemmt, indem sie auf das Geländer geklettert war? Es überraschte ihn, daß der Ruck ihres Körpers den Knoten im Seil nicht gelöst hatte. Und warum hatte sie sich für das Erhängen entschieden? Der Tod war nicht mehr beliebig, wenn man beschlossen hatte, daß er geschehen sollte. Zeitpunkt, Ort, Methode. Das Leben war nicht mehr endlos. Laut Philip waren das die wesentlichen Elemente.

»Wie würdest du es machen?« fragte er. »Ich glaube, ich würde eine Flasche Whisky trinken, dann ein heißes Bad nehmen und mir die Pulsadern aufschneiden. Das ist so ähnlich wie eine Überdosis. Man versinkt in einen sehr tiefen Schlaf. Glaubst du, Selbstmörder träumen davon, daß sie sich umbringen werden? Was kommt wohl zuerst? Hat man erst das Gefühl, daß man sich umbringen will, und dann träumt man davon, oder umgekehrt?« Ich zuckte die Schultern. Wie er sprach, klang es, als führe er einen Versuch durch. Er wollte, daß ich genauso aufgeregt war wie er. Doch ich war nervös, und was sie getan hatte, machte mich seltsam verlegen. Es führte mich in Gefilde, die ich nicht betreten wollte.

»Vielleicht keins von beidem«, sagte ich. »Ich frage mich, woher sie das Seil hatte.« Es hatte so schwer ausgesehen, und sie mußte gewußt haben, wie man den richtigen Knoten machte. Das Seil mußte auch eine bestimmte Länge haben, um ihr Körpergewicht halten zu können. Das waren ganz präzise Berechnungen.

»Ich würde mich nicht erhängen«, fuhr Philip fort. Er streckte sich und gähnte. »Oder mich erschießen oder mich von irgendwas hinunterstürzen. Das wäre ein Horror, findest du nicht?« Wir saßen uns gegenüber, und Philip nahm meine Hand und küßte die Handfläche. Es war eine friedliche Geste, aber sie berührte mich unangenehm. Er ließ seine Hand über meinen Arm gleiten. »Wie würdest du es machen? Los, sag schon? Der Tod steckt im Detail.«

Ich schloß die Augen. Zum zweiten Mal an diesem Tag fühlte ich mich etwas aus dem Gleichgewicht gebracht, und mir war ein bißchen übel. Meine Stirn prickelte.

»Ich weiß nicht«, sagte ich nervös. Die Worte kamen undeutlich heraus. »Aber warum hier? Warum wir?«

»Nimm das doch nicht persönlich. Sie war krank, Anna. Leute wie sie haben keine logischen Maßstäbe. Die haben sie verloren. Ein Schubs, und sie sind weg.«

»Haben sie doch. Es muß so sein. Sie hat ihr eigenes Ende doch inszeniert, Herrgott noch mal. So was macht man nicht umsonst. Die Leute haben ihre Gründe dafür.« Ich stolperte über den Gedanken, spürte die vertraute Traurigkeit; dann hielt ich inne und versuchte das Thema zu wechseln. Ich holte zweimal tief Luft. »Warum machen wir nicht einen Spaziergang?« Heimlich hoffte ich, daß Philip nicht mitkommen wollte, und als er sagte, er würde lieber in der Wohnung bleiben, nickte ich und sagte, das sei in Ordnung. Ich beugte mich vor und schlang die Arme um seine Taille, und er streichelte mir über den Kopf, versuchte mich zu beruhigen und vergrub sein Gesicht in meinem Haar. Sein Atem war warm, und er küßte meinen Hals. Ich umschlang ihn noch fester und drückte ihn so sehr ich konnte.

In vieler Hinsicht liebte ich Philip wirklich. Er war immer zärtlich und sanft gewesen und hatte nie viel verlangt. Daß er keine Arbeit hatte, die viel Geld einbrachte, und daß er sich eigentlich für nichts leidenschaftlich interessierte, hatte mich nie gestört. Philip hatte in einer Bar gearbeitet, war Kellner gewesen, Bote, hatte in einem Zeitungsausschnittsbüro gejobbt. Und jetzt die Fotografie. Die Tatsache, daß ihm Antrieb und Ehrgeiz fehlten, war mir unwichtig. Außerdem konnte ich mich nicht beklagen, denn ich war genauso. Und Philip kritisierte mich nie. Wir waren uns ähnlich, und gleich und gleich gesellt sich gern. Wir sprachen über Kinder, aber ich nahm weiter die Pille. Wir sprachen übers Heiraten, aber es war mir nicht so wichtig. Erst jetzt, zweieinhalb Jahre und etwas, nachdem wir uns begegnet waren, begannen die Dinge allmählich, sich abzunutzen und sich voneinander zu entfernen. Ich wußte, er würde meine Gefühle für die tote Frau nicht verstehen, oder vielleicht wollte ich auch nicht, daß er sie verstand. Denn ich empfand sie als so intim und konnte mich selbst kaum mit dieser Tatsache abfinden.

Alles das dachte ich, während Philip mich umarmte. Liebe war eine Annäherung; voll von Halbwahrheiten, gemeinsamen Augenblicken, die niemals ganz gemeinsam waren. Manchmal stellte ich mir vor, ihn zu verlassen. Andere Männer zogen mich manchmal an, zumindest die Vorstellung von ihnen. Ich fragte mich, wie es sich anfühlen würde, wenn ein anderer Mann mich küßte, wenn ich ein anderes Leben hätte. Was Philip von mir wußte, berührte nicht, was ich dachte.

Sein Pullover kratzte. Meine Gedanken wanderten langsam nach draußen, und wieder sah ich die Umrisse des Körpers vor dem Blau des Himmels und das blasse, reglose Gesicht, das wie entschlossen in meines starrte. Es war etwas schrecklich Vor-Vorbereitetes an der Szene. Es war nichts allmählich sich Aufbauendes, sondern eine vorgefertigte Momentaufnahme. Das Gesicht des Mädchens war so weiß, das Haar hatte einen so harten Glanz. Als ich noch nicht lange in der Stadt war und mich erst zurechtfinden mußte, ging ich an einem späten Nachmittag durch eine Straße und sah plötzlich diesen Mann. Es war Winter, und er trug einen dunklen Fischgrätmantel, der ihm bis an die Waden reichte, und eine beigefarbene Hose. Ich sah gerade ihn an, weil er die kleine papierene Mohnblume zum nationalen Trauertag am Revers trug. Wir gingen aufeinander zu. Ich blickte in ein Schaufenster und sah mir einige Bücher an. Als ich mich wieder umdrehte, lächelte der Mann, der einen oder vielleicht eineinhalb Meter entfernt war; dann schlug er seinen Mantel auf, und zwischen den dunklen Stoffteilen sah ich seine Erektion. Der Schock war ziemlich groß. Die unerwartete Röte des Fleisches und die merkwürdige Stille, als er den Mantel öffnete. Ich bin nicht prüde, aber ich war auf den Anblick nicht vorbereitet. Er war so öffentlich, die Interaktion so ungerecht einseitig.

Philip küßte mein Gesicht, und die Berührung seiner Lippen war wie ein spitzer Lichtpunkt. Ich spürte ihre Wärme und ihren Druck, und als ich mein Gesicht an seinen Pullover preßte, roch ich den abgestandenen Qualm. Meine Gedanken schleppten sich wieder ins Zimmer. Das Glas Wasser stand auf dem Tisch, und der Zigarettenstummel schwamm an der Oberfläche. Das Wasser hatte das Papier durchweicht, auf dem Boden hatte sich ein brauner Fleck gebildet. Philip küßte weiter meinen Hals.

Die Wärme seines Körpers überdeckte die meines eigenen. Philip tat so, als wolle er mich beißen, und schob die Hand unter meinen Pullover; spielerisch zwickte er Hautröllchen mit Zeigefinger und Daumen. Er klammerte sich an mich, und ich zog seinen Kopf hoch und küßte ihn. Im Zimmer war es ganz still, und Philip starrte mir in die Augen. Wir brauchten einander; das war es, was der Blick sagte. Ich hatte Vertrauen in seine Augen. Ich konnte lesen, was sie mir erzählten, und dieser Blick sagte, daß wir einander brauchten. Vielleicht steckte da auch ein Anflug von Verzweiflung dahinter. Doch kaum fing er wieder an, löste ich ihn aus meinen Armen und lehnte mich zurück.

»Es tut mir leid«, sagte ich. »Die ganze Zeit sehe ich sie. Ich krieg das nicht aus dem Kopf. Wie ihr Hals ...« Meine Stimme verlor sich. Das Schweigen machte den Schmerz nur noch schlimmer. Philip sagte nichts. Er wirkte verloren. Ich wußte, er wollte helfen, wußte aber nicht wie. Er brauchte Trost, aber ich konnte ihm nicht helfen. Statt dessen ging ich durch das Zimmer und drehte den Heizkörper herunter. Durch das Fenster sah man einen schmalen Streifen blauen Himmel und eine Handvoll Wolken. Sie jagten zwischen den hellen Stellen dahin, schlossen sich zusammen und strebten auseinander. Philip trommelte mit der Hand auf die Sofalehne.

»Vielleicht sollten wir woanders hin?« sagte er.

»Ich dachte, du wolltest nicht rausgehen?«

»Ich meinte ›ausziehen‹, aus der Wohnung. Es ist ja nicht so, daß wir an der Wohnung kleben – und an dem, was sie getan hat. Na ja, es ist alles irgendwie nicht richtig. Vielleicht sollten wir drüber nachdenken, was? Vielleicht fühlst du dich dann besser. Vielleicht hilft es sogar uns beiden?«

Unter anderen Umständen wäre das genau jene Art von

Lösung, die ich selbst vorgebracht hätte. Ich konnte Philip nichts vorwerfen. Was er sagte, war vernünftig, obwohl ich das, was diese Frau getan hatte, nicht als »nicht richtig« bezeichnet hätte. Das setzte ein »sie« und ein »uns« voraus, das Gesunde und das Ungesunde, eine Art von Moral, als könnte man so eine Linie ziehen. Ich hatte das Gefühl, daß Philip völlig danebenlag.

»Vielleicht«, sagte ich vage. »Laß uns abwarten und mal sehen. Ein paar Wochen?« Philip rutschte auf seinem Platz hin und her. Ich wußte, er wollte mehr von mir, eine stärkere Reaktion, und was er übers Umziehen gesagt hatte, war vernünftig. Er mußte die Dinge konstant halten, ausgewogen. Er wollte eine Intimität, die Anpassung verlangte. Ich starrte weiter aus dem Fenster. Der Himmel war jetzt mit Wolken zugedeckt.

»Anna?«

»Laß uns darüber nachdenken, hm? Es ist noch zu früh, um etwas zu tun.« Der Schock saß tief. Er hatte sich verdichtet, war physisch spürbar.

»Aber wenn es dich so bedrückt. Es *war* schrecklich. Direkt vor unserer Tür.«

»Du warst doch derjenige, der gesagt hat, man solle es nicht so persönlich nehmen. Ich will nicht umziehen.«

»In Ordnung.« Er sprach ruhig, aber ich wußte, daß er verärgert war. Er wollte, daß ich ihm auf halbem Wege entgegenkam, und weil ich das nicht tat, ignorierte ich seinen Versuch, Mitgefühl zu zeigen. Schlimmer noch, ich bestritt jetzt direkt, es zu brauchen. Er wirkte verschlossen, ein wenig kindisch. Ich streckte die Hand aus und schnippte ein paar Fusseln vom Tisch. Philip klopfte wieder mit den Fingern auf die Sofalehne. Ich hatte den Eindruck, das Geräusch wäre zu laut. Es war irritierend. »Du glaubst doch nicht wirklich, daß sie etwas Unrechtes getan hat, oder? Ich versteh das nicht.«

»Ich meinte, daß sie es vor unserer Tür gemacht hat. Aber es ist nicht richtig. Wie es auf Verwandte, Freunde wirkt, gar nicht zu reden von Leuten wie uns. Warum?«

Ich strich mit der Hand über meinen Rock. »Nichts.«

»Du glaubst doch nicht, daß irgendwas damit gelöst ist, wenn man so was macht?«

»Vielleicht doch. Für manche Leute jedenfalls«, sagte ich. »Wir sind nicht alle wie du.«

»Das hab ich auch nie behauptet, aber du kannst doch nicht wirklich glauben, daß Selbstmord eine Lösung ist?« Philips Ton kletterte ein paar Noten höher. Sein Gesicht war jetzt gespannt und ungeschützt. Wenn er mich anschaute, konnte ich ab und zu das Blinken der Kamera tief in seinen Augen sehen. Er wollte jedes Detail aufnehmen, meine Reaktionen, wie ich die Stirn runzelte, lächelte, wie sich meine Haut anfühlte. Manchmal dachte ich, er würde es vorziehen, wenn ich aus Papier wäre. Er könnte dann seine eigenen Bilder auf die Oberfläche projizieren, mich dunkler oder heller machen, die Teile, die ihm nicht mehr gefielen, ausblenden. Philips Augen öffneten sich langsam und schlossen sich wieder. »Das löst überhaupt nichts. In Wirklichkeit macht es das Leben wahrscheinlich viel verwirrender. Besonders für die, die zurückbleiben. Denk mal an den Schmerz, die Fragen. Sie kann kein reines Gewissen gehabt haben.«

»Aber sicher ...«

»Nein.«

»Für den Menschen, der es getan hat, ist alles zu Ende. Kein Leiden mehr. Sie hat sich geweigert weiterzumachen. Du verstehst das einfach nicht, weil du noch nie verzweifelt warst.« Philip zögerte.

»Ich glaube, das kann man so sagen. Aber du hast trotzdem unrecht. Man kann sich nicht einfach weigern, weiterzumachen. Das ist unerträglich. Das Leben ist zu kostbar. Das ist ein Verbrechen.«

»Denk einfach nicht mehr dran. Das sind nur Gedanken. Ich meine eigentlich gar nichts damit.«

»Dann red auch nicht so.«

Kaum zwei Sekunden später klingelte das Telefon. Das Geräusch überraschte uns beide. Philip beugte sich vor, und als er sprach, wußte ich sofort, daß es seine Mutter war. Er hatte eine besondere Stimme, die er nur verwendete, wenn er mit ihr sprach. Sie wurde weicher, beinahe zu einem Flüstern, und ich spürte einen scharfen Stich. Eifersucht. Jedesmal wenn sie anrief, war es das gleiche. Nicht wegen Philip, sondern weil ich mit meiner eigenen Mutter sprechen wollte. Ich vermißte ihre Stimme. Ich fühlte mich einsam ohne sie. Philip plauderte weiter. Ich nahm einen Füller und fing an, auf einem leeren Blatt Papier herumzumalen. Ich schrieb die Worte »Rose Hessler« in großen Blockbuchstaben. Ich schrieb sie noch einmal. Nur dieses Mal in meiner eigenen, geschwungenen Handschrift. Rose Hessler. Es war nichts Besonderes an dem Namen, nur die Tatsache, daß ich ihn schrieb. Ich zeichnete ein kleines Haus mit vier Fenstern und einem Schornstein. Ich zeichnete einen Baum und eine dreidimensionale Kiste; dann kehrte ich wieder zu dem Namen zurück und malte jeden einzelnen Buchstaben nach. Die Spitze kratzte über das Papier, und die Linien wurden entsprechend dicker; das »s« verband sich mit dem »l«. Die Tinte floß über das Papier, und ein großer Klecks bildete sich und breitete sich aus. Ich schrieb ihren Namen noch zehnmal, aber das erhöhte nur seine Absurdität. Schließlich knüllte ich das Papier zu einer Kugel und warf es in den Papierkorb. Mein Mantel hing über der Rückenlehne des Sessels. Philip stand auf und hielt die Hand über die Sprechmuschel.

»Geh nicht weg«, sagte er. Seine Stimme war hoch, fast winselnd, doch die Worte glitten an mir ab, und mein Mund formte sich zu einem Lächeln.

»Nur ein bißchen«, flüsterte ich. »Ich brauch etwas frische Luft. Ich bin bald zurück.« Ich ging durch den Flur und hörte Philip sagen: »Ja, ja. Mir geht's gut. Ja. Stell dir vor, jemand hat sich heute morgen vor unserer Wohnung umgebracht.« Seine Stimme änderte sich. Jetzt war sie frohlockender. »Anna hat die Leiche gefunden. Ja, sie war direkt vor unserer Tür. Na ja, vielleicht nicht heute morgen. Es kann in der Nacht passiert sein. Wir hatten auch die Polizei hier. Hat uns befragt. Sie war noch jung. In unserem Alter oder vielleicht noch jünger.«

Ich trat auf den Gang und hielt inne. Da lagen ein paar Sachen, die die Polizisten zurückgelassen hatten; Papierschnipsel, ein kleines Stück Klebeband hing am Geländer, und ein blaues Kreidezeichen war an der Treppenecke zu sehen. Die Klaviermusik hatte aufgehört, aber ich vernahm das träge Murmeln des Verkehrs, und es roch nach Reinigungsmittel, obwohl ich mich täuschen konnte. Ich hatte diesen Geruch zuvor nicht wahrgenommen, nur den süßen Duft des Parfums. Ich hob das Papier auf und nahm das Klebeband weg, und als ich das tat, tauchte Philip auf.

»Ich kann dich doch nicht allein gehen lassen«, sagte er, zog sich den Mantel an und schloß die Tür. »Laß uns mal den Park versuchen. Okay?« Ich nickte, und als wir durch das Treppenhaus hinuntergingen, ließ er seine Hand in meine gleiten.

Draußen kam es mir jetzt noch kälter vor als den ganzen Vormittag.

DREI

Auf der Straße vor dem Haus war kaum jemand. Ein paar Leute trieben sich an der Ecke herum; eine ältere Frau ging an uns vorbei und zog einen Korb hinter sich her, und Philip lächelte, aber sie lächelte nicht zurück. Auf einer Bank in der Nähe der Unterführung tauschten zwei Kinder Bonbons. Die meiste Zeit redeten Philip und ich nicht. Wir gingen durch die Unterführung, und unsere Schritte hallten. Philip hatte den Park erwähnt, aber wir gingen nicht in die Richtung. Wir liefen ziellos herum. Wir kamen an der Bibliothek vorbei. Wir kamen an einer Kirche vorbei und an der Statue eines unbekannten Mannes. Seine grauen Gesichtszüge waren beinahe völlig verwittert, und der Sockel, auf dem er stand, hatte eine goldene Inschrift. »Das Licht, das strahlt, strahlt immerdar.« Die Buchstaben waren matt und blätterten ab.

Im Walken-Memorial-Garten spazierten die Menschen auf und ab. Ein junges Paar stand unter einer Linde. Das Mädchen fotografierte seinen Freund; der lächelte in die Kamera, während sie stirnrunzelnd durch den Sucher blickte und versuchte, die Schärfe einzustellen. Wir gingen über die Straße zu einer schmalen Gasse mit einer Reihe von Läden. Sie waren geschlossen, doch die Schaufenster waren voll von Elektrogeräten, Möbeln, Lederkleidung, Schuhen.

»Guck dir das an«, sagte Philip, und ich schaute, wohin er zeigte. Im Fenster stand eine Lavalampe. Das Innere glühte orangefarben und rot. »Vielleicht sollten wir eine kaufen? So was könnten wir im Schlafzimmer gebrauchen.«

»Wenn du meinst«, sagte ich.

Wir gingen durch eine andere Straße auf ein Hotel an der Ecke zu. Auf einem roten Neonschild stand: »Zimmer frei«. Philip blieb stehen und starrte einen Hund an. Er saß an einem der Fenster und hatte seine schwarze Nase flach an das Glas gedrückt. Da war ein breiter, unansehnlicher Schmierfleck. Mir war es gleichgültig, wohin wir gingen. Die Straßen wanden und schlängelten sich. An einer Stelle gingen wir über eine Brücke, an einer anderen durch einen Bogengang. Gebäude glitzerten über uns. Je weiter wir gingen und je weniger wir redeten, desto tiefer versank ich in meine eigenen Gedanken. Zu einem bestimmten Zeitpunkt nahm ich Philip gar nicht mehr wahr.

Selbst ohne das Geschehen vor unserer Wohnung hätte ich irgendwann an diesem Tag an meine Mutter gedacht. Dafür waren nicht nur äußerliche Faktoren ausschlaggebend. Nein, doch ich bemühte mich sehr, die Erinnerungen zu verdrängen, sie auszulöschen, denn sie waren schmerzlich oder vielleicht ist »wund« das richtigere Wort. Körper und Seele waren wund, und die Schmerzen konnten immer noch zunehmen, solange ich mich an die Vergangenheit klammerte. Auch hatte ich den Eindruck, daß es zwei Jahre nach dem Tod nicht mehr ganz angebracht sei, den Verlust noch immer zu betrauern. Die Leute erwarteten von mir, daß ich ihn überwunden hätte. Sie sagten das zwar nicht ausdrücklich, aber ich merkte, daß es so war und sie unangenehm berührt waren, weil mir das nicht gelungen war. Ich tat mein Bestes, um sie nicht mit hineinzuziehen. Ich hatte mich sehr bemüht, nicht zu weinen, nicht auszusehen, als wollte ich mich nur zusammenrollen und sterben. Ich behielt diese Gedanken für mich, versteckte sie. Obwohl ich mich sehr dagegen wehrte, gelang es meiner Mutter noch immer, mich zu verfolgen. Es gibt Verbindungen, die lösen sich niemals. Ihr Bild blitzte auf. Es drang in die Gegenwart ein, glühte und glänzte, ganz so wie Bäume oder Steine nach einem Gewitter glänzen. Der Selbstmord war, als sähe ich mein Spiegelbild im Wasser. Tatsächlich schimmerte die Frau.

Philip ging jetzt voraus. Ich blieb einen Moment stehen, und es gelang mir vielleicht für fünfzehn Sekunden, einen klaren Kopf zu behalten. Ich lauschte dem gleichmäßigen Rhythmus seiner Schritte, sah auf dem Pflaster kurz etwas aufblitzen. Ich wollte allein sein. Seine Gegenwart irritierte mich. Er hätte zu Hause bleiben sollen. Dann tauchte dieser Gedanke unter, und die alten Bilder kehrten wieder zurück.

Meine Mutter war eine sehr schöne Frau, und nicht nur das, sie war auch noch liebevoll. Diese beiden Eigenschaften verschmolzen miteinander. Ihr Gesicht hatte ausgeprägte klassische Züge, die Menschen in den Bann ziehen, und um die Augenwinkel hatte sie diese kleinen Lachfältchen. Unsere Beziehung war sehr eng. Wenn ich als Kind einen Alptraum hatte, schlief ich in ihrem Bett. Als ich älter war, lieh sie mir ihre Kleidung und ihren Schmuck. Sie kaufte mir ständig Bücher, spornte mich zum Lesen an. Ich sollte meine eigenen Sachen machen. Ihre Lebensphilosophie war eine der Konzentration. Wenn sie über etwas sprach – Theater, Musik –, waren ihre Beobachtungen scharf; sie hatten einen Inhalt und eine Form. Sie sagte, mit harter Arbeit und Hingabe könnte ich alles tun, was ich wollte. Ich höre sie das immer noch sagen. Die Wärme ihrer Stimme und die Art, wie sie etwas erklärte, waren ein Lichtstrahl, eine unauflösliche Kette. »Konzentriere dich auf das, was du willst, Anna. Auf den einen Punkt.«

Sie hatte einige Eigenheiten. Auf dem einen Ohr war sie völlig taub, weigerte sich aber, ihr Hörgerät zu tragen, außer wenn wir Gäste hatten. Sie verlegte es ständig und verbrachte dann Stunden damit, im Haus herumzusuchen und auszurufen, daß sie ihr rechtes Ohr verloren habe. Sie spannte stets ihren Schirm auf, lange bevor es zu regnen begann, und sie schnitt mir gern die Fingernägel, während ich schlief. Und sie sammelte auch Dinge: Papiertüten, Sicherheitsnadeln, Bleistifte, alte Dosen und Pappkartons.

»Wozu brauchst du das?« fragte ich dann und hielt eine Kiste voller Eierkartons hoch.

»Vielleicht sind sie noch mal ganz nützlich.« Schon in dem Moment wußte ich, daß es eine Lüge war. Die Gegenstände wurden niemals gebraucht, sie konnte nur einfach nichts wegwerfen. Ich lachte dann, und sie knuffte mich in die Rippen. Sie sagte mir dann, ich solle aufhören, mich über sie lustig zu machen. Ich erinnere mich daran, als ob es gestern gewesen ist.

Sie fütterte auch gern Fasane. Sie hatte eine Schar von mehr als fünfunddreißig Vögeln gezüchtet. Am Morgen sammelten sie sich um das Haus und peckten an die Fenster. Meine Mutter ging dann in Nachthemd und Gummistiefeln nach draußen, um die Tiere zu füttern, und ich hörte ihre Stimme schnalzen und sprechen, als wäre sie halb Mensch, halb Vogel. Oft verfingen sich Federn in ihrem Haar, oft hatte sie Tütchen mit Samen in der Tasche stecken.

Das Haus war idyllisch; es stand hinter hohen Platanen auf einem Grundstück von zehn Hektar. Meine Mutter arbeitete sehr gern im Garten, und seit unserem Einzug hatte sie Hunderte von Büschen gepflanzt und den alten Obstgarten hinter dem Haus wieder in Ordnung gebracht. Im Sommer war der Garten ein Blumenmeer. Meine Mutter kannte alle Namen, auf Lateinisch und auf Englisch. Paeonia obovata alba, Sanguinaria canadensis, Rosa Arvensis. Ihr Gehirn war wie ein gigantischer Samenkatalog, und Freunde neckten sie oft, daß sie ihre Pflanzen mehr liebe als das Leben. Einer sagte, er habe sie dabei erwischt, wie sie einem Topf Geranien etwas zuflüsterte. Ein anderer, wie sie die Lavendelbüsche massierte, damit diese mehr Ableger produzierten. Wenn jemand für sich in Anspruch nehmen konnte, ein Händchen für Pflanzen zu haben, war sie es. Sie legte Herz und Seele in ihren Garten, und abgesehen von gelegentlichen Warnzeichen ihrer Finanzen, dem gelegentlichen Streit, waren wir mit unserem gemeinsamen Leben sehr zufrieden. Natürlich gerieten wir manchmal aneinander, und dann fing sie an zu schreien. Sie sagte dann, alles, was sie tue, sei nur zu meinem Besten. Die Auseinandersetzungen schaukelten sich hoch, bis wir beide schrien. Doch ich habe nicht ein einziges Mal gedacht, daß sie mich nicht liebte. Solange sie lebte, hatte mein Leben eine Ordnung, es war beständig und fließend. Kurz gesagt, wir hatten es ganz gut miteinander. Die einzige Schattenseite in unserem Glück begann und endete mit dieser schrecklichen Krankheit.

Meine Mutter war ein paar Tage krank gewesen. Zuerst dachten wir, es sei eine Grippe, weil sie sich müde fühlte und ihre Glieder schmerzten, und dann, als sie zu erbrechen begann, schoben wir es auf eine leichte Lebensmittelvergiftung. Sie mußte das Bett hüten, doch die Symptome wurden nicht schlimmer, oder jedenfalls konnte ich nichts feststellen. Ich fragte sie dann, wie sie sich fühle, und sie antwortete immer:

»Gut. Viel besser. Morgen werde ich wie ein Phönix aus der Asche steigen.« Natürlich sagte sie nicht die Wahrheit. Sie muß große Schmerzen gehabt haben, aber weil ich wollte, daß sie gesund war, gab ich mich der Täuschung hin.

»Du siehst besser aus«, sagte ich dann.

»Entweder das, oder ich bin eine großartige Schauspielerin. Aber ich fühle mich wirklich stärker. Ich glaube, morgen stehe ich auf.«

»Du hast mehr Farbe auf den Wangen.«

»Also morgen ist es soweit.« Und eine Zeitlang schien es ihr wirklich besser zu gehen, aber die Unwahrheit ist auch eine Lüge. Eines Nachmittags kam ich vom College nach Hause. Ein Lieferwagen stand auf halbem Weg in der Einfahrt, und als ich an der Tür war, stand ein Mann davor. »Ich hoffe, ich bin nicht zu früh«, sagte er.

»Wofür?«

»Ich bin die Unterhaltung.« Ich drehte mich zum Wagen um. Er war knallrosa und blau. Undeutlich sah ich darin die Umrisse von Ballons hüpfen.

»Falsche Adresse«, sagte ich. »Wohin wollen Sie denn?« Er nannte mir den Namen, und ich ging ins Haus, um zu sehen, ob meine Mutter helfen konnte. Sie lag im Bad auf dem Boden. Ihre Beine hatten versagt, und sie war bewußtlos.

Die folgenden Wochen waren mit einer endlosen Reihe von Krankenhausbesuchen gefüllt. Man diagnostizierte Krebs; sie flüsterte mir das Wort ins Ohr. Ich fuhr hin und her, packte sie in den Wagen und wieder heraus; sie machte einen Terminplan. Die onkologische Abteilung war riesig. Sie breitete sich wellenartig aus, alles war aus Glas und schäumend weißem Beton. Ich saß im Warteraum. Schaute zu, wie der Teewagen durch den Flur geschoben wurde. Die Räder drehten sich schnell auf dem eisigen Linoleum, die Teemaschine dampfte.

Ich las Zeitschriften, betrachtete einen grünen Wasserkühler. Wartete. Hoffte.

»Hier bin ich geboren worden«, sagte meine Mutter eines Tages, als wir an der Geburtenstation vorbeifuhren. »Drei Kilo und 370 Gramm.« Es war still, während wir beide verdauten, was sie da gesagt hatte. Der gleiche Gedanke kam uns beiden zur selben Zeit. Hier würde sie vielleicht sterben. Der Kreis schloß sich. Aber das durfte nicht geschehen. Ich würde es nicht zulassen. Ich stellte Tausende von Fragen in der Hoffnung, daß jemand eine andere Möglichkeit nennen würde, aber alle meine Worte waren umsonst. Inzwischen gab meine Mutter sich selbst die Schuld. Sie redete ständig darüber, wie schlecht sie sich ernährt habe, daß sie zuviel geraucht, sich übermäßig viele Sorgen gemacht habe. Sie hatte offensichtlich Angst, aber ich kämpfte immer noch dagegen an. Obwohl es ihr schlechter ging, obwohl der Arzt uns sagte, daß sie unheilbar krank sei, war ich überzeugt davon, daß sie wieder gesund werden würde. Schließlich gab es täglich Geschichten von Leuten in der Zeitung, die sich gegen alle Wahrscheinlichkeit wieder erholt hatten. Heutzutage starb doch kaum jemand an einer Krankheit. Ich war eisern entschlossen, daß sie einer von diesen Menschen sein würde. Der Krebs würde sich zurückbilden; die guten Zellen würden kämpfen und die bösen Zellen besiegen. Licht gegen Dunkel. Etwas anderes zu glauben war einfach zu schwierig.

Sie konnte weder kochen noch lesen, da ihr von beidem übel wurde, und wenn der Schmerz am schlimmsten war, zitterten ihre Hände unkontrolliert. Statt dessen konzentrierten wir uns auf den Garten. Wir verbrachten Stunden damit, neue Beete anzulegen, zu graben und zu pflanzen. Ihr Bauch schwoll an. Es begann ziemlich langsam, eine kleine Wölbung, doch im Laufe der Wochen blieb es nicht dabei. Die Schwellung wurde größer, und meine Mutter mußte immer weitere Kleidung tragen, damit der Knoten hineinpaßte. Als sie noch gesund war, hatte sie Hosen vorgezogen, es sei denn, jemand kam zu Besuch. Für solche Gelegenheiten hatte sie einige gut geschnittene lange Röcke. Mit der losen Kleidung sah sie schwanger aus, doch ihr Gesicht und ihre Arme wurden immer dünner.

»Ich fühle mich wie ein Zelt«, sagte sie. »Man könnte drei Leute darin unterbringen. Hat du Lust zu zelten?« Der Stoff blähte sich. Ihre Glieder waren die Heringe.

Schließlich konnte sie nicht mehr gehen. Sie schaffte kleine Entfernungen, indem sie sich an Möbeln festhielt, und ich stellte überall im Haus Stühle auf. Einer stand in der Mitte des Flurs, ein anderer in der Einfahrt, ein dritter beim Bad. An den meisten Tagen saß sie am Fenster.

Ich füllte das Haus mit Blumen. Ich wußte, sie vermißte es, sie zu berühren und zu riechen, und wenn der Prophet sich einen Berg kommen lassen konnte, warum dann keinen Garten. Ich grub einige Büsche aus und topfte sie ein, damit sie im Haus wachsen konnten. Ich füllte ihr Schlafzimmer mit Blumen und machte es mir zur besonderen Aufgabe, ihnen stets frisches Wasser zu geben und welke Blumen durch frisch geschnittene zu ersetzen, damit die Zimmer immer süß und frisch dufteten.

Neben der Pflege meiner Mutter hatte ich nicht sehr viel mehr von meinem Leben. Sie stand im Vordergrund; das war der Bereich, dem ich am meisten Aufmerksamkeit schenkte. Der andere Teil meines Lebens, die eher sozialen Aspekte, waren auf Eis gelegt. Ich dachte darüber nach, dachte daran, mit meinen Freunden ins Ausland zu fahren und an das, was ich nach dem College tun würde, aber dieses Leben war fern. Es spielte sich an einem Ort ab, an dem ich nicht existierte, und darüber nachzudenken war wie ein Verrat. Allerdings muß ich sagen, daß meine Mutter mich niemals bat, irgend etwas aufzugeben. Es war meine Entscheidung. Ich wollte sie pflegen. Ich wollte dafür sorgen, daß es ihr besser ging. Dann wurde es noch schlimmer.

Wegen der Behandlungen, die sie im Krankenhaus bekam, verstärkte sich ihre Übelkeit, und als ich eines Morgens in ihr Zimmer trat, hob sie den Kopf vom Kissen, und ich sah ein riesiges Büschel weiches goldenes Haar auf dem Laken.

»Wie ein Phönix aus der Asche«, sagte sie. Sie hatte nicht bemerkt, was geschehen war, aber ich bekam eine Gänsehaut. Später an dem Tag schnitt ich ihr das übrige Haar ab und versteckte alle unsere Spiegel. Im Krankenhaus hieß es, man werde ihr eine Perücke schicken. Nichts Synthetisches. Echtes Haar, sagten sie. »Wir haben alle Farbtöne. Sie brauchen nur zu wählen.«

Dann war da noch das Baden. Wir waren uns alle einig, daß sie nicht ständig im Krankenhaus sein sollte. Nicht, wenn wir es verhindern konnten. Der Arzt meinte, es sei nicht nötig, solange ich es schaffte, und eine Krankenschwester kam jeden Tag und half für ein paar Stunden. Doch die Vorstellung, meine Mutter zu baden, schreckte mich. Ich wollte sie nicht nackt sehen, und ich hatte Angst, ihren Bauch zu sehen. Er wurde jeden Tag größer. Er hatte etwas Pilzartiges, und so wie Pilze über Nacht wachsen, wuchs auch ihr Bauch. Er schien unter dem Mantel der Nacht aufzuquellen und wurde immer dicker. Das Sprechen wurde durch die Medikamente beeinträchtigt. Sie sprach langsamer. Sie schwor, daß sie Spinnen sah.

Wir begaben uns ins Badezimmer, wo ich meine Mutter langsam auszog. Sie saß auf dem Stuhl, während ich ihr die Kleider über den Kopf zog und mich dann hinkniete, um ihr die Schuhe aufzuschnüren. Ich versuchte ihren Körper nicht anzuschauen. Ich scheute davor zurück, war gehemmt und fühlte mich wegen meiner Verlegenheit schuldig, doch ihr machte das alles schon lange nichts mehr aus. Ihre Glieder waren schwach. Und dann schaute ich nach unten. Es war nur ein ganz kurzer Blick, doch der Schock saß tief. Ihr Unterleib war nicht nur groß, die Haut war über der Wölbung stark gespannt, nicht cremigweiß wie am übrigen Körper, sondern rosa-beigefarben. Als sie sich schließlich in die Wanne legte, flutschte die Geschwulst nach oben wie ein hartgekochtes Ei. Es war obszön. Sie fing an zu lachen.

»Was ist los?« fragte ich errötend. »Was?« Aber sie lachte nur weiter. Es war ansteckend, und ich fing auch an zu kichern.

»Dein Gesicht«, sagte sie. »Guck nicht so besorgt.«

Ihr Lachen brach den Bann. Ich verspritzte überall Wasser. Außerhalb der Badewanne war jetzt mehr Wasser als drinnen, und als wir fertig waren, hatte ich überhaupt keine Scheu mehr vor ihrem Körper. Es machte mir nichts mehr aus, hinzuschauen oder ihren Bauch zu berühren.

»Gut gemacht«, sagte sie.

Gut gemacht.

Danach badete ich sie jeden Abend. Es wurde zu einem Ritual. Ich machte das Abendessen, dann badete ich sie, und danach aßen wir. Es war leichter, nach diesem Plan zu arbeiten. Später am Abend, wenn sie im Bett lag, las ich ihr vor, oder wir hörten vielleicht Musik.

Die Tage vergingen. Manche waren besser als andere. Gelegentlich war der Schmerz so unbarmherzig grausam, daß sie aufschrie und danach stundenlang weinte. Manchmal waren ihre Schreie so laut, daß man das Gefühl hatte, es konnte nicht eine Person allein so einen Lärm machen. Ihr Körper war ein

Wrack, ihre Glieder waren schwer, der Kopf zersprang ihr vor Schmerz. Sie verlor die Kontrolle über ihren Darm, und dadurch ging es ihr noch schlechter. Sie schluchzte, wenn das geschah, und sprach davon, daß sie sich schäme. Sie war wie ein kleines Kind. In Wirklichkeit war sie während ihrer Krankheit ganz viele verschiedene Personen, so daß ich völlig die Übersicht verlor. Sie war eine wütende Frau, dann eine traurige, dann ängstlich und stark, infantil, aggressiv, ältlich. Ich haßte es, daß sie nicht sie selbst war, doch ich überwachte jede Veränderung, und je nach ihrer Stimmung änderte ich mein eigenes Verhalten und paßte es an. Jeden Morgen, wenn ich durch ihre Tür schritt, fragte ich mich, was ich wohl vorfinden würde. Gelegentlich schockierte sie mich. Ich kam dann zu ihr herein, und wegen der Medikamente oder wegen der Schmerzen erkannte sie nicht, wer ich war. Sie gaben ihr Morphium; sie meinte, ich sei eine Fremde. Ich nannte ihr meinen Namen, und sie fragte dann: »Anna wer? Wer ist Anna?«

»Ich bin es«, sagte ich dann. »Ich bin Anna.« Und zehn Minuten später ertappte ich sie dabei, daß sie durch mich hindurchstarrte.

»Wer bist du?« fragte sie nochmals, und so begannen wir wieder von vorn.

»Ich bin Anna.«

»Wer ist Anna?«

»Ich bin es«, sagte ich, obwohl es mir immer weniger real erschien, je öfter ich es wiederholte. Sie prüfte lächelnd mein Gesicht.

»Ich fühl mich ein bißchen verloren«, sagte sie, und die Tränen standen ihr in den Augen. »Wo bin ich?«

»Du bist zu Hause. Ich bin Anna, deine Tochter.«

»Ja«, sagte sie dann. »Ich erkenne dich. Du bist Anna. Ich

kenne den Namen gut.« Sie schloß die Augen, aber die Lider standen noch ein wenig offen. Ich konnte das Weiße in ihren Augen sehen. Sie schlief, und zugleich schlief sie nicht. Ihre Zähne begannen zu knirschen, und eine Träne lief ihr über die Wange. Ich beugte mich vor, um sie wegzuwischen, und sah, wie die Träne die Haut darunter vergrößerte.

In der Zeit weinte sie viel. Ich versuchte mir vorzustellen, was sie durchmachte, wie es wäre, sie zu sein. Was für eine Vorstellung, daß man dem nicht entfliehen konnte, was da geschah. Wir sterben alle irgendwann, doch sie sah den Tod ja wirklich vor sich. Dann wieder war ich diejenige, die weinte, und sie tröstete mich. Nichts anderes spielte eine Rolle. Alles, was außerhalb des Hauses stattfand, alles jenseits unserer vier Wände ging über das Notwendige hinaus. Meine Sinne konzentrierten sich nur auf die Dinge um mich herum. Der Geruch des Desinfektionsmittels, das ich benutzte. Wie sich die dünne Haut meiner Mutter anfühlte. Gestärkte Laken. Iris. Mahlzeiten und Badezeiten. Ich maß jeden Tag an ihrer Krankheit, und vielleicht waren die Dinge ein wenig verzerrt. Die Angst verdrehte die Dinge. Zum Beispiel fiel mir auf, daß ich Angst bekam, sobald sie einschlief. Ich verbrachte Stunden damit, sie zu beobachten, versicherte mich, daß sie noch atmete, und wenn ich ausging und wieder zurückkam, nahm die Stille schreckliche Formen an.

Dann war da das eine Mal, als ich versuchte, ihre Medizin zu nehmen. Meine Mutter schluckte riesige Pillencocktails und bekam auch eine kleine Kanüle, durch die das Morphium in ihren Körper injiziert wurde. Auf dem Sideboard lag die ganze Sammlung ihrer Pillen. Eines Tages nahm ich eine Flasche, während sie schlief, und schüttelte ein paar heraus. Ich wollte wohl wissen, ob mir davon schlecht würde, oder vielleicht wollte ich auch, daß mir schlecht würde. Vielleicht dachte ich, daß es mir davon besser gehen würde. Jedenfalls steckte ich mir die Pillen in den Mund. Sie schmeckten bitter, und später, als ich in mein Zimmer ging und einen Spiegel hervorkramte, war meine Zunge hellblau. Davon abgesehen spürte ich keine echten Nebenwirkungen. Meine Hand kribbelte ein wenig, ich fühlte mich ein bißchen benommen, aber davon abgesehen, nichts.

In einem ihrer klareren Momente mußte ich mich schließlich zu ihr setzen, und sie sagte, sie müsse mit mir reden. Ich wollte nicht, aber sie gab mir ihre Standardantwort. Es sei »zu meinem Besten«. Es gebe ganz viele Dinge, die sie sagen wolle, aber sie werde sich kurz fassen. Zuerst sagte sie mir, daß sie Angst habe. Sie wisse, daß auch ich Angst hätte, aber mein ganzes Leben läge ja noch vor mir. Sie sagte, sie wolle nicht sterben, sie könne sich die Welt nicht ohne sie vorstellen, aber sie fühle sich besser in dem Wissen, daß ich in dieser Welt sein würde. Ich glaube, sie erwartete von mir, daß ich an dieser Stelle etwas sagen würde, aber ich konnte nicht, weil ich so viel weinte. Für mich gab es keine Welt, wenn sie nicht da war. Es würde ein anderer Ort sein oder ein traurigerer Ort oder ein verlassenerer Ort; er wäre halbiert. Die wirkliche Welt würde nicht existieren. Ich starrte sie an, und sie lächelte. Für mich war nur wichtig, daß sie festhielt, so fest sie konnte. Das wollte ich sagen, aber statt dessen schluckte ich schwer und nickte. Eine Welle von Übelkeit durchlief meinen Körper.

»Braves Mädchen, Anna. Man bekommt das, was man gibt. Das ist alles, was ich sagen wollte.« Sie griff nach meiner Hand, doch ihre Finger waren schwach, und ihr ganzer Körper zitterte. »Der Rücken tut mir weh«, sagte sie.

Am nächsten Morgen wachte ich auf, und die Sonne ergoß sich durch die Vorhänge. Sie malte ein silbriges Muster auf den Boden.

Phönix aus der Asche. Phönix aus der Asche.

Ich brachte meiner Mutter etwas Tee ins Zimmer. Sie saß aufrecht, mit einem Buch in der Hand.

»Schau mal«, sagte sie. »Erinnerst du dich daran?« Ich stieg aufs Bett. Kleine Schweißperlen lagen auf ihrer Oberlippe und auf der Stirn. Ihre Haut glitzerte, aber sie sagte, sie fühle sich wohl, und wir blätterten durch das Fotoalbum. Ein Bild zeigte mich bei einem Handstand auf dem Rasen vorm Haus. Mein Rock war mir über den Kopf gerutscht, es sah aus, als hätte mich jemand kopfüber neben die Blumenbeete gepflanzt. Ein anderes war an einem Strand aufgenommen worden. Ich hatte mir rosa Eiscreme über die Nase geschmiert. Auf einem dritten stand ich in alten Sachen meiner Mutter auf dem Hinterhof. Ich trug eines ihrer Kleider, einen Hut und ein Paar rote Kodakcolorschuhe. Sie waren viel zu groß für mich. Es war das typische Kindheitsfoto, aber ich konnte mich nicht erinnern, wann es aufgenommen worden war. Es waren Fotos von jemandem, den ich erkannte, aber das Kind war nicht mehr ich. Ich starrte die Bilder an und die lustige kleine Gestalt, die hinter dem glänzenden weißen Papier gefangen war.

Meine Mutter war auf keinem der Bilder. Das einzige Foto von ihr war ein Studioporträt. Sie sah sehr gelassen, sehr streng aus. Der Fotograf hatte sie vor einem Hintergrund posieren lassen, und durch den Kontrast wirkten ihr Gesicht und ihre Kleider golden. Sie trug ein Abendkleid mit einem tiefen Ausschnitt, der ihr Rubinhalsband zur Geltung brachte.

»Kaum zu glauben«, sagte sie und zeichnete mit dem Finger das Gesicht auf dem Foto nach. Dann sagte sie heiterer: »Du siehst ein bißchen so aus wie ich in dem Alter.« Sie klappte das Album zu. Ich sah eine entfernte Ähnlichkeit, aber als ich ihr Gesicht vor dem hohen Kissenberg anschaute, fiel mir auf, wie schmerzlich dünn sie geworden war, und ich hatte Angst. Sie war nicht wiederzuerkennen; man konnte ihr Skelett sehen, die Knochen und die wächserne Schädelkuppel. Ihr Inneres war nach außen gekehrt, und der lockere Zusammenhalt des Gerüsts ließ alle Nähte erkennen.

In der Nähe des Hauses war ein Wald, und als ich den Weg entlangging, bildeten die Buchen und Eichen einen Baldachin über meinem Kopf. Manchmal hörte ich einen Vogel durch die Bäume, klopfende Spechte. Das Moos war dunkel, schillernd. Ich ging weiter. Ich kam an eine Lichtung und legte mich hin, die Hände hinter dem Kopf. Ich döste eine Weile. Als ich die Augen öffnete, sah ich, daß in der Luft nicht nur Hunderte von Samen schwirrten, sondern auch Tausende von Insekten. Licht fiel schräg durch ihre unsichtbaren Flügel. Die Luft war voll von ihnen, und eine Zeitlang beobachtete ich ihre winzigen durchsichtigen Körper, die hin und her schwebten. Ein Blatt fiel. Es war zapfenförmig, golden, es drängte sich durch die weißen Insekten. Manchmal schien es, als wäre kein Platz zwischen ihnen. Sie füllten den Himmel von oben bis unten, bleich und weich, sie vermehrten sich und preßten die Luft aus der Atmosphäre. Ihr Volumen überwältigte den Himmel und die Bäume und das Gras. Tausende und Abertausende versammelten sich zu einem seidigen, zitternden Körper. Dann wieder schien es, als fielen sie, wie das Blatt, und ich würde unter ihren Flügeln begraben.

Auf meinem Rückweg war der Wald von hellem, luftigem Licht durchflutet; Rosa, Gelb, das reine, beinahe heftig leuchtende Grün. Ich glaubte hinter mir etwas zu hören, doch als ich mich umdrehte, war niemand da. Nur die Sonne. Sie glänzte auf der Krümmung eines Astes. Ich näherte mich dem Haus. Die Stille hallte tatsächlich.

Meine Mutter lag auf dem Bett, ihr Bauch wölbte sich unter den Laken, ihre Mundwinkel hingen herab, und ein silbriger Speichelfaden lief von ihren Lippen. Ihre Augen waren geschlossen. Ich stand ein paar Minuten in der Tür. Ich mußte die Szene in mich aufnehmen, ein Teil von ihr werden. Der Tod ist der unwirklichste Augenblick. Ich erinnere mich, daß ich dachte, wie undenkbar er sei, und daß ich später Gott dankte, weil sie wenigstens nicht im Krankenhaus war. Das hatten wir vermieden. Dann ging ich zum Bett und berührte ihre Hand. Sie war kalt. Und plötzlich blieb alles stehen. Das Zimmer wurde zum Schweigen gebracht. Ich wurde zum Schweigen gebracht. Ich konnte nicht einmal mein Herz schlagen hören.

Der Rettungswagen brauchte kaum mehr als zehn, fünfzehn Minuten bis zu unserem Haus. Man erkannte ihn am Blaulicht, es schwirrte und wirbelte immer rundherum. Danach kam der Arzt. Er mußte ihren Tod feststellen. In der Zwischenzeit war ich zu ihr aufs Bett geklettert und hatte selbst auch die Augen geschlossen. Ich versuchte, die Dinge auf die Reihe zu bekommen. Als ich das Zimmer verlassen hatte, lebte sie. Als ich das Zimmer wieder betrat, war sie tot. Gestern um diese Zeit hatte sie mit mir gesprochen. Letzte Woche um diese Zeit hatten wir miteinander Kaffee getrunken. Irgendwie hatte sie sich in zwei geteilt. Ich klammerte mich an ihren Körper, in der Hoffnung, daß sie zurückkehren würde. Ich hielt noch fest, als die Sanitäter eintrafen und verlangten, ich solle loslassen. Sie sagten, wie wunderbar die Blumen dufteten, und dann fragte einer von ihnen, ob ich vielleicht zur Seite rücken würde, damit sie die Tote auf die Bahre heben könnten. Er beugte sich nah über mich, sein Atem stank nach Bier und Wurst, aber ich wollte nicht vom Bett herunter. Ich glaube, jemand trug mich. Ich glaube, daß ich ihnen sagte, ich wolle sterben.

Was danach tatsächlich geschah, weiß ich kaum. Meine Erinnerungen sind wie Negative. Ich weinte nicht. Ich aß nicht. Ich wollte niemanden sehen, und niemand sollte mich sehen. Mein Körper fühlte sich unbewohnbar an. Ein Teil von mir, der weichere, kroch davon, und zurück blieb eine unwirtliche Hülle, die wie ein Gefängnis oder ein Raum war, aus dem es kein Entrinnen mehr gab. Ich wollte nicht dort sein, aber ich konnte es auch nicht beenden.

Wochen und Monate gingen vorüber. Meine Mutter wurde an einem Donnerstag verbrannt. Der Pfarrer schüttelte mir die Hand. Ich schlief viel. Manchmal hörte ich das Telefon klingeln. Die Sonne schien, als der Arzt vorbeikam. Wir verstreuten ihre Asche im Garten. Sie war weich und grau, ein paar Flocken verfingen sich in meinem Haar. Ein Glas rutschte mir aus den Fingern. Es zerbrach in sechs Stücke. Ich nahm noch ein paar von ihren Pillen. Mein Körper fühlte sich schwer an, beladen, als hätte jemand Gips in mich gegossen. Ein Teil von mir wollte die Haut abschälen, spüren, wie sich Leere anfühlte. Ich tat Dinge, und nachher fragte ich mich, wie sie geschehen waren. Im Laufe einer Woche war alles im Haus zusammengepackt. Die Zimmer leerten sich. Jedes von ihnen war weiß, außer an den Stellen, wo die Farbe abblätterte. Echo imitierte meine Schritte, Staub sammelte sich. Dann schaute ich die Kisten an, und eine große Traurigkeit überkam mich. Da war Kochgeschirr, das sie ihr ganzes Leben lang benutzt hatte, Bettwäsche, Schmuck. Ich mußte nur einen bestimmten Gegenstand anschauen, und da sah ich sie wieder, als wäre sie entschwunden und hätte die Form eines geliebten Gegenstands angenommen, einer Vase, eines Ringes. Ich fand eine Schachtel, und als ich den Deckel hochhob, sah ich ihr Hörgerät, eingerollt wie ein Schneckenhaus. Es war das Ohr, das noch hören konnte. Ich wollte mich vorbeugen und flüstern, wie sehr ich sie liebte. Die Trauer ließ nicht nach. Im Gegenteil, sie wuchs mit jedem Tag.

Ein anderes Mal packte ich meine Sachen in einen Koffer und nahm den Zug in die Stadt. Hinter dem Fenster wirkte die Landschaft trübe. Die Hügel, die Bäume, die winzigen grauen Häuser. Es entrollte sich alles rückwärts und zog mich immer weiter die schnurgeraden Gleise hinunter. Ich mußte eine Mauer bauen. Ich wollte mich nicht stellen; ich konnte mich nicht stellen. Der einzige Weg nach vorn schien zu sein, die Dinge zu verdrängen.

Philip ging immer noch vor mir her. Wir hatten beinahe eine Stunde nicht geredet, hatten uns einfach schweigend treiben lassen. Ich betrachtete seinen Rücken. Die Umrisse seiner Gestalt zeichneten sich deutlich vor dem Weiß zweier tiefliegender Gebäude ab, und eine Wolke von Tauben erhob sich in die Lüfte. Er spähte hinauf zu den Dächern, starrte in Fenster. Wäre ich ansprechbarer gewesen, hätte er meine Aufmerksamkeit bestimmt auf diverse interessante Objekte gelenkt. Auf eine Kathedrale zu unserer Rechten oder einen Bauplatz, den er sicher schrecklich gern fotografiert hätte. Er erfüllte alle Bedingungen: rostende Träger, das ausgebombte Innenleben des Wohnzimmers von jemandem, eine alte, mit Ziegeln gefüllte Badewanne. Ich fühlte mich fehl am Platz. Ich spazierte ein Stückchen weiter, mein Schatten fiel auf das Pflaster, zickzackförmig in einen Eingang. Eine graue Markise flatterte über uns. Alles wirkte kalt und diesig. Alles erinnerte mich an die Frau.

Jetzt blieb Philip stehen. In diesem Teil der Stadt war mehr los. Menschen strömten in die Geschäfte hinein und kamen heraus, doch ihre Stimmen waren seltsam verstreut. Ich konnte die Worte nicht mit den Menschen verbinden. Ich schaute zum Himmel hinauf. Da waren ein paar Risse in den Wolken, eher wie Sprünge im dunklen Farbanstrich, nichts Natürliches. Irgendwo in der Ferne heulte eine Polizeisirene. Philip stand an der Ecke. Eine kleine Gruppe von Straßenkünstlern hatte seine Aufmerksamkeit angezogen. Ich ging näher heran und sah einen Mann, dessen Körper rundherum mit Ketten gefesselt war. Neben ihm ein Assistent, der zu der Menge sprach, doch der Mann in Ketten hatte den Zuschauern den Rücken zugewandt. Er war bis zur Taille nackt, und mir fiel auf, wie gelb seine Haut war. Auf beiden Schultern hatte er eine Tätowierung, und während er sich abmühte, sich zu befreien, zogen sich seine Muskeln zusammen und schwollen an. Man konnte sehen, wie die Venen an beiden Armen sich verdickten und die Haut sich spannte, während er versuchte, sich zu befreien. Endlich drehte er sich um, und ich sah, daß er ein sehr alter Mann war. Sein Kopf wirkte geschrumpft, sein Adamsapfel war groß und welk. Wenn er lächelte, streckte er der Menge die Zunge heraus und grinste uns alle anzüglich an. Es war nur ein ganz kurzer Augenblick, doch ein Gefühl des Irrealen überkam mich. Es war das gleiche Gefühl, das ich schon früher an diesem Tag gehabt hatte, der gleiche abrupte Verlust der Perspektive. Und der Eindruck war physisch spürbar. So kam es mir vor. Ein kleiner körperlicher Ruck, dann glitten die Ketten über seine Brust und schlugen auf dem Boden auf. Ein winziger Kälteschock lief durch meine Arme.

»Okay?« sagte Philip, und ich nickte.

»Nur ein bißchen kühl.«

Wir gingen weiter über den Platz, und nach einer Weile legte er mir den Arm um die Schultern und zog mich so nah, wie er konnte, an sich heran.

VIER

Träumen ist nur eine andere Art, im Dunkeln zu sehen. Meine Mutter sagte das immer. »Was wir auch träumen, Anna, es ist genausoviel wert wie alles, was wir am Tag erleben. Träume sind die Unterglasur.«

Am nächsten Morgen wachte ich nur langsam auf. Die Marktstände wurden draußen an der Straße aufgestellt. Philip nannte das unfreundlich den »Buckel-Schnüffel-Markt«, weil die meisten Kunden, die dort einkauften, ältere Leute waren. Ihre Rücken waren gebeugt, und er meinte, egal was sie kauften, sie schnüffelten immer zuerst daran, bevor sie ihr Geld herausholten. Das traf für Kleidung und Haushaltsgegenstände ebenso zu wie für Lebensmittel. Ökonomisch gesehen war unsere Gegend arm; man sagte von den Leuten, daß sie »vernünftig« einkauften, man meinte damit »billig«. Was mich weckte, war das Geräusch, das beim Aufstellen der Marktstände entstand. Der Lärm holte mich aus meinen Träumen. Stimmen hallten, und ich quälte mich durch den Nebel der Ereignisse des Vortags, durch die flimmernden Bilder. Ich hatte mit Rose geredet. Sie hatte von der Gestalt der Zukunft gesprochen. Wörter wie kleine Blasen, die platzten, wenn man sie anstach. Ich fing ein oder zwei auf, dann kehrte ich in das Zimmer und in die Wohnung zurück.

Die Geräusche waren beruhigend vertraut. Ich hörte einen Hammer, der auf Metall schlug, das scharfe Kratzen von Eisen auf Beton. Ein Schrei ertönte, dann ein zweiter und ein dritter. Ein Hund bellte. Ich ließ mich aus dem Bett gleiten und begann mich für die Arbeit anzuziehen.

Um Philip nicht unrecht zu tun: Er hatte vorgeschlagen, daß ich mir ein paar Tage freinehmen sollte. Er sagte, das könne vielleicht helfen, und es wäre schön, ein bißchen mehr Zeit miteinander zu verbringen, aber mir lag viel daran, aus der Wohnung herauszukommen. Es war keine Flucht, ich wollte einfach zur Arbeit gehen; lieber etwas »tun« als »denken«. Ich zog mir ein paar Sachen an, entschied mich gegen die erste Wahl und nahm mir etwas Wärmeres. Philip rührte sich nicht. Er lag mit dem Gesicht zur Wand, aber ich wußte, er war wach. Es war etwas Unbeholfenes darin, wie er dalag. Sein Körper wirkte steif und angespannt. Ich war gerade dabei zu gehen, als er sich endlich aufrichtete.

»Geh nicht.« Er gähnte und reckte die Arme. »Die verstehen das schon, wenn du ihnen erzählst, was passiert ist. Wenigstens ein bißchen? Geht's dir gut?« Ich setzte mich aufs Bett.

»Mir geht's gut, aber ich muß gehen.«

»Das ist alles zu komisch. Als wenn es jemand anderem passiert wäre und uns hätte man die Geschichte erzählt. Wie ein schlechter Scherz. Hast du Kaffee gemacht?« Ich schüttelte den Kopf.

»Das war kein Scherz. Jemand hat sich umgebracht, Philip.« Mein Hirn stolperte über die Wörter. Ich schaute durch das Zimmer, durch das gedämpfte graue Licht. Was ich sagte, gab uns beiden ein unangenehmes Gefühl.

»Das hab ich nicht gemeint. Bleib hier. Nur ein bißchen? Es ist doch nicht so eilig, oder?« Ich schüttelte den Kopf und stand auf. Ein Schleier von Kondenswasser lag auf der Fensterscheibe, und ich zeichnete mit dem Finger ein Herz. Wassertröpfchen liefen hindurch und sammelten sich auf dem Sims. »Ein klitzekleines bißchen? Ein paar Minuten können doch nicht schaden? Wir frühstücken zusammen? Oder gehen spazieren?« Er schaute auf seine Uhr, und ich drehte mich um.

»Nein. Tut mir leid. Ich komm zu spät. Bis heute abend.« Jeder kurze Satz schob mich ein Stück weiter aus dem Raum. Es war mir damals nicht bewußt, wie sehr Philip mich brauchte. Ich vermute, Verlegenheit ist in Beziehungen nicht vorgesehen. Wir sind stets zu sehr mit uns selbst beschäftigt. Vielleicht verstand Philip die Furcht, die ich empfand. Vielleicht spürte er selbst auch so etwas, konnte es aber nicht ausdrücken. Schließlich war ja uns beiden etwas geschehen. Das Erlebnis gehörte nicht nur mir. Und doch wußte ich, er würde lediglich zugeben, daß die Dinge, die er gesehen hatte, ihn nur kurz schockiert hätten. Nicht mehr. Und ich fühlte mich elend, wütend. Seine Sichtweise nahm nur das auf, was gegenwärtig war. An der Tür wiederholte ich, daß ich ihn am Abend sehen würde, aber dieses Mal antwortete er nicht. Er hatte die Augen geschlossen, mich ausgesperrt, so gut er konnte.

Finmark lag in der Mitte eines großes Einkaufszentrums. Jeden Tag ging ich denselben Weg zur Arbeit. Ich kannte ihn auswendig: die Risse im Asphalt, die grüne Billardhalle, die kleine gewölbte Fußgängerbrücke über den Bahngeleisen. An einer Stelle überquerte ich einen Platz mit Wohnhäusern, an einer anderen kam ich an eine Kreuzung, wo ich mir gewöhnlich einen Kaffee kaufte. Eine Kette mit Weihnachtsbeleuchtung klirrte. Man hätte sie schon vor Wochen herunternehmen sollen, aber die Birnen glühten immer noch gespenstisch.

Finmark war nur einen Katzensprung von dort entfernt. Es war ein normales Gebäude, zwischen zehn bis zwölf ebenso normale Gebäude gepfercht. Das Geschäft wurde von einem Mann namens Toklas geführt. Ich ging durch die Straßen und war froh, allein zu sein. Ich war immer noch erschüttert und nervös. Einige Menschen gingen vorbei. Ich sah sie und doch irgendwie nicht. Ich ging durch das Einkaufszentrum, und die Sicherheitskameras ließen ihre großen Augen über die Szene schweifen. Als ich bei Finmark ankam, lehnte Toklas im Eingang. Er hatte einen großen Bierbauch und trug gewöhnlich sehr grelle Hemden. Sie waren ihm immer um mindestens zwei Nummern zu klein. Man sah dunkle Haare auf seinem Bauch, die zwischen den Knöpfen herausstanden, und seine Haut war weiß wie Papiertücher.

»Schönes Wochenende gehabt?« fragte er, und ich nickte automatisch und ging, um mir meine Arbeitskleidung anzuziehen.

Mein Job im Laden war einfach. Ich konnte um neun anfangen, um fünf hinausspazieren und Lebensmittel, die ich billiger bekam, mit nach Hause nehmen. Zwei Tage, nachdem ich in der Stadt angekommen war, hatte ich ein Kärtchen im Fenster eines Zeitungsladens gesehen. Darauf stand »Ladenpersonal gesucht«, also rief ich an, ging zu einem Bewerbungsgespräch und konnte am nächsten Tag anfangen. Ich mußte ein paar Lügen erzählen. Ich sagte, ich hätte schon in einem Laden gearbeitet – ich erfand den Namen und erklärte, daß er zugemacht hätte, so daß ich auf keinen Fall ein Empfehlungsschreiben besorgen könnte. In einer Stadt war so etwas möglich, man konnte verschwinden und sich wieder neu erfinden. Natürlich war der Job kein richtiger Job. Aber als Mittel zum Zweck war er perfekt geeignet. Ich verdiente damit genug Geld zum Leben, und er verlangte kein echtes Engagement. Ich war nur eine weitere Verkäuferin. Das einzige, was mir an der Arbeit nicht gefiel, war der Overall aus Nylon. Er hatte die Farbe von Babynahrung, ein blasses Pfirsichrosa, und an der Brusttasche war mein Namensschild befestigt. Als Philip mich zum ersten Mal besuchte, war es mir zutiefst peinlich, aber entweder fiel es ihm nicht auf oder es war ihm egal, wie ich aussah. Jetzt zog ich mich um und fing an, die Tiefkühltruhen vollzuräumen. Fast alle Angestellten im Laden waren Frauen, und wir arbeiteten gut zusammen. Ich kann nicht sagen, daß ich die anderen außerhalb der Arbeit gern traf. War ich dort, wollte ich einfach meine Arbeit tun und nicht über das Leben außerhalb des Ladens nachdenken, und wenn ich zu Hause war, dann war die Arbeit das letzte, woran ich erinnert werden wollte. Die Mädchen gingen manchmal auf einen Drink oder zum Essen aus, aber ich ging selten mit. Sie erzählten sich gern intime Geschichten und Klatsch. Als ich am Montag ankam, sagte ich nichts über Rose Hessler. Sie hätten nicht verstanden, was Rose getan hatte. Ihr Tod wäre für sie Tratsch gewesen, eine gute Story. Sie hätten mißdeutet, was geschehen war.

Auf der rechten Seite des Ladens gab es Süßes und auf der linken Salziges, und beide Seiten waren weiter unterteilt in kleinere Abteilungen, wie Fisch, Geflügel, Gemüse. Von oben beleuchtete hartes Neonlicht die Ware, und in jeden Gang hatte Toklas riesige Eisbären gepflanzt. Sie waren aus Plastik und grinsten freundlich über pfefferminzgrünen Kassen. Darüber hinaus gab es eine Reihe von kleinen Eiscremeinseln: Schokolade, Banane, Erdbeer. Hoch aufgetürmte Waffelpyramiden. Alles war geplant, und alles gab mir ein Gefühl von Kälte.

Ich öffnete die Fleischtruhe, und das Eis knackte. Es überzog die Seitenwände der Truhe, und ein Schwall kalter Luft schlug mir ins Gesicht. Wenn Rose Hesslers Tod unabsichtlich Erinnerungen an meine Mutter wiedererweckt hatte, dann verstärkten diese wiederum die Gegenwart von Rose Hesslers Tod. Alles hatte sich verschworen, mich an diese Frau zu erinnern, die draußen vor unserer Wohnung gehangen hatte. Zum Beispiel würde sie in der Leichenhalle in einer Kühltruhe wie dieser hier liegen. Sie würde kalt sein, kälter als das Fleisch in der Truhe. Sie würde auf einer Bahre liegen, die man hineinschieben und herausziehen konnte. Sie bemächtigte sich meiner. Alles, was ich tat, jede Handlung war mit Rose verbunden, und die Gedanken häuften sich. Der Polizist, der Notizen in sein Buch machte. Der Diamant in ihrem Nabel. Das schimmernde Haar wie altes Weihnachtspapier, selbst der Mann in Ketten. Sie kamen mit einer traumwandlerischen Intensität zurück. Ich stellte mir ihre Lippen vor und dachte an großen violetten Fingerhut; die Flora und Fauna der Verwesung. Asseln, Pilze, Käfer. Auf toten Körpern wachsen Dinge.

Ich dachte immer noch an sie, als ich am Abend nach Hause ging und plötzlich Schritte hörte. Ich war durch den Park gegangen, und auf halbem Weg sah ich die rosa und grünen Lichter des Jahrmarkts. Jeden Winter wurde er an der Nordseite des Parks aufgebaut. Die Musik und die Lichter sickerten durch die beschnittenen Bäume. Das Riesenrad, die Spielsalons und die Tontaubenschießstände.

Erst als ich die Straße an der Ampel überquerte, hörte ich die Schritte. Wenigstens glaubte ich, sie zu hören, doch als ich mich umdrehte, war niemand da. Ein Licht blitzte auf. Es konnte ein Autoscheinwerfer sein oder eine Taschenlampe. Ich ging zur Unterführung und vergewisserte mich, daß sie leer war. Ich warf einen Blick über die Schulter, blieb stehen, und einen Moment später ging ich weiter. Erst als ich auf der anderen Seite ankam, glaubte ich sie wieder zu hören, nur diesmal klang es, als wären sie vor mir und ich folgte ihnen. Ich bog um eine Ecke, doch die Straße war verlassen. Niemand ging in die eine oder die andere Richtung, es sei denn, jemand hätte sich in einen Eingang geduckt, was ihn verborgen hätte.

Das Treppenhaus war auch verlassen. Es war aus Stein und Zement gebaut, und je nachdem, wo man sich befand, hallten die Geräusche im Hauptschacht. In der Nacht waren die Geräusche bedrohlicher. Recht häufig konnte man Leute flüstern hören, oder es schrie ein Kind, man hätte schwören können, es wäre ganz nah. Die Akustik neigte zur Verzerrung. Ich stieg nach oben und hielt mich am Geländer fest. In polizeilichen Rekonstruktionen spielt der Schauspieler oder die Schauspielerin die Ereignisse nach, und man hofft, daß sich jemand so an den Tathergang erinnert. Ich erreichte unser Stockwerk und stand an der Stelle, wo die Leiche gefunden worden war. Unsere Tür war das letzte Bild, das Rose Hessler gesehen hatte; mein einziges Bild von Rose Hessler war das von ihrer Leiche, die vor meiner Tür hing. Nichts Greifbares markierte diesen Austausch, doch die Stelle war unausweichlich ein Ort, an dem etwas geschehen war. Es war wie einer dieser provisorischen Schreine, die vor allem für Kinder errichtet werden. Blumensträuße tauchen plötzlich wie aus dem Nichts auf. Kleine Wiederauferstehungen, kleine Erinnerungshilfen in der Gestalt einiger Blütenblätter. Da gab es besonders eine Stelle; eine Brücke, wo ein kleines Mädchen an einem späten Sommernachmittag verschwunden war. Es war genau auf der Mitte der Brücke zum letzten Mal gesehen worden. Drei Tage nach seinem Verschwinden lag da plötzlich ein kleiner Strauß Rosen. Die gute Zahnfee ersetzte Milchzähne durch hübsche kleine Münzen. Die Kinderfee brachte Blumen im Austausch für hübsche kleine Kinder. Doch wo Rose Hessler gewesen war, lag nichts. Hätte sie sich geschnitten, dann hätte ihr Blut zweifellos den Stein verfärbt, und niemand hätte es ganz wegwischen können. Hätte sie sich vom Gebäude gestürzt, wäre ihr Abdruck zweifellos auf dem Pflaster zurückgeblieben. Oder wenn sie sich mit Gas vergiftet hätte, dann wäre der Gasgeruch durch das ganze Gebäude gedrungen. Aber das Erhängen hinterläßt nichts, keine schwachen Eindrücke, keine schmutzige Wäsche, nur ein Bild; das Bild in meinem Kopf.

Ich sammelte mich und starrte weiter auf die Eingangstür. Einige Menschen, darunter Philip, würden sagen, ihr Tod sei sinnlos gewesen. Sie sei grundlos gestorben, sei verrückt geworden, habe offenbar untypisch gehandelt; nicht daß wir etwa wüßten, was typisch für sie war. Aus meiner Sicht begann ihr Leben mit diesem Tod, und je länger ich auf die Eingangstür starrte, desto mehr hatte ich das Gefühl, sie wollte herausfordern. Es war eine Möglichkeit zu erklären, was geschehen war. Wir alle erben Verpflichtungen, und diese war meine. Meine Suche oder Aufgabe, denn ich war es ja, die hatte sterben wollen, und ich konnte oder wollte meinen Verstand nicht vor dieser Tatsache fliehen lassen. Roses Leiche klebte wie ein Schatten.

Philip hatte den ganzen Tag geputzt. Als ich die Tür öffnete und eintrat, erkannte ich die Wohnung kaum wieder. Sie sah makellos aus. Er hatte das Bett in unserem Zimmer gemacht. Er hatte alle Kleider weggeräumt, die auf dem Boden verstreut gelegen hatten. Das Wohnzimmer war gesaugt, und ich nahm den Geruch von Möbelpolitur wahr. Alle Bücher und die alten Zeitschriften waren ordentlich gestapelt, frische Blumen standen auf dem Tisch. Küche und Bad glänzten.

»Du mußt den ganzen Tag gebraucht haben.«

»Fast«, grinste Philip. »Gefällt's dir?«

»Wahnsinnig. Phantastisch.« Ich gab ihm einen flüchtigen Kuß und schlüpfte aus dem Mantel. »Danke.«

»Im Ofen ist was für nachher. Ich hab mir gedacht, wir könnten baden, während es schmort.« Er ließ seine Hand in meine gleiten und zog mich dann sanft durch den Flur.

»Warum?« fragte ich. »Was ist los?«

»Ich hatte Lust dazu. Hab gedacht, es wär ganz nett nach gestern. Baut uns ein bißchen auf.«

Im Winter war das Badezimmer kalt. An der Wand über dem Waschbecken war ein kleiner elektrischer Heizkörper angebracht. Genaugenommen war er wohl verboten, weil er gefährlich war, aber es war die einzige Möglichkeit, den Raum zu heizen. Philip knipste ihn an und ließ ein Bad ein, und als die Wanne voll war, ließen wir uns mehr als 45 Minuten einweichen. Philip öffnete eine Flasche Wein. Er saß hinten, ich saß zwischen seinen Beinen und trank und redete. Er sagte, wir seien Otter und ich sei das Junge, das auf seinem Bauch läge, wie sie es im Fernsehen tun. Er wusch mir die Ohren und den Hals, ich wusch ihm die Füße. Aus seinen Zehen staken kleine schwarze Haare. Er sagte, ich sei Maria und er sei Christus, und dann fragte ich, warum Maria Christus die Füße gewaschen habe.

»Er war der Boß«, sagte Philip. »Er wollte ihr zeigen, wer das Sagen hat. Und jetzt schrubb mir den Rücken.« Ich lachte und rollte mir das Haar wie eine Spirale hoch, dann seifte ich es ein, bis es naß und weich wie ein Schwamm war. Wir tauschten die Plätze, und ich rubbelte es über seine Haut. Philip hatte Phantasien, in denen er mir das Haar abschnitt; nicht weil er es kurz haben wollte, sondern weil der Gedanke, es abzuscheren, ihn irgendwie erregte, was ich nie ganz verstand.

Ich sagte, daß ich mich fragte, ob Friseure der gleichen kleinen Sünden schuldig seien. Philip meinte, daß ihm solche Wörter wie flechten, ondulieren, stutzen und rasieren gefielen; die Vorstellung, daß man Haare immer wieder in andere Formen bringen konnte. Und ich sagte, ich wüde ihm eine von diesen Puppen kaufen, deren Haar man einfach durch Ziehen länger und kürzer machen könne. So eine Art Barbie-Puppe; eine entfernte Verwandte mit kecken Brüsten und harten aspikartigen Brustwarzen. Der Körper ist glatt und rosa, und das Haar ist im Bauch zusammengerollt. Man kann es hineindrücken und herausziehen, je nachdem, wie lang man es haben will.

»Kann man denen eine Dauerwelle machen?« fragte er, und ich grub ihm den Ellenbogen in die Rippen, und Wasser platschte auf die Badematte. Wir gaben uns beide Mühe.

Als das Abendessen fertig war, servierte Philip es vor dem Kamin. Es gab Lasagne mit Meeresfrüchten; eines von den tiefgekühlten Fertiggerichten, die ich aus dem Laden mitgebracht hatte. Man spürte die Konsistenz der Krabben und den leichten Nachgeschmack der Verpackung. Alle Lebensmittel aus der Tiefkühltruhe hatten einen ähnlichen Geschmack. Leicht metallisch, leicht kühl, wie sehr man sie auch erhitzte. Philip brachte die erste Flasche Wein aus dem Bad und eine zweite, falls wir die erste austrinken sollten, und wir tranken, und wir aßen. Unvermeidlich bahnte sich unser Gespräch den Weg zurück zu Rose Hessler. Sie war wie ein Pendel. Wir konnten uns nur eine bestimmte Strecke in die Zukunft bewegen, bevor das unablässige Schwingen ihres Körpers uns wieder zurück in die Vergangenheit zerrte. Darin lag eine Choreographie, ein Hinziehen und Zurückziehen, ein unmöglicher Tanz.

Ich beschrieb, wie schockiert ich war, als ich sie dort hängen sah. Die merkwürdige Form ihres Körpers. Obwohl es ihre Augen waren, die mich hinschauen ließen. Sie waren direkt auf mich gerichtet, wie auf diesen Porträts, bei denen man sich einbildet, daß einem der Blick durch den Raum folgt. Ich fühlte mich unter ständiger Beobachtung. Ich wollte auch mehr darüber wissen, warum sie es getan hatte. Es mußte eine innere Logik geben oder ein Muster, etwas, das wir nicht sehen konnten. Philip zuckte die Achseln. Er sagte, ihr Körper habe unglaublich steif gewirkt, als wäre er aus Pappe und nicht ganz echt.

»Sie sah ausgestopft aus«, sagte er. »Wie eine Schaufensterpuppe.«

»Das ist unfair. Man sollte nichts Schlechtes über Tote sagen.«

»Die hören ja nichts mehr, Anna. Außerdem war das nur eine Beobachtung, keine Kritik. Es war doch nicht unsere Schuld, daß sie sich umbringen wollte.«

»Glaubst du ... sie wollte ...«

»Was?«

»Ich weiß nicht. Es war irgendwas Besonderes an ihr. Irgendwas beinahe Ewiges. Wie bei einem antiken Gegenstand, der poliert worden ist.«

Philip hob die Hand und fing an, mit den Fingerspitzen auf meinen Rücken zu trommeln.

»Ich versteh nicht«, sagte er. »Was meinst du?«

»Wie wenn sie irgendwie anders war. Aber zugleich vertraut. Irgendwie anachronistisch.«

»Aber anders als was?« Ich schüttelte den Kopf. So oft wollte ich, daß er Dinge mit meinen Augen sah. Doch ich wußte, das war unmöglich, und das machte mich traurig. Manchmal dachte ich, es wäre unsere einzige Hoffnung, dann wieder, es wäre vielleicht unsere Erlösung. Ihm fehlte das Verständnis, und doch war er wie ein Gegengewicht oder ein

Resonanzkörper. Philips nüchterne Vernunft erwuchs ganz natürlich aus seiner Sicherheit. Dagegen war ich zurückhaltender, unentschiedener. Vielleicht entwickelten sich die Dinge darum in der Weise, wie es dann geschah. Ich schloß die Augen, ließ die Wärme auf meinem Gesicht spielen.

»Offensichtlich empfindest du etwas, das ich nicht spüre«, sagte Philip. Seine Worte waren zögernd. Dann erwähnte er noch einmal seine Umzugsidee. Beim zweitenmal war ich sanfter. Ich wollte zwar keine Gründe angeben, sagte ihm aber, daß wir abwarten sollten, wie wir uns nach ein, zwei Wochen fühlen würden. Ich bewegte mich auf unsicherem Boden, doch im Moment wollte ich nirgendwohin gehen. Wenn man uns in Ruhe ließe, würde sich vielleicht alles in Luft auflösen.

Philip kniff die Augen zusammen. Er zog eine merkwürdige kleine Grimasse und sagte mir, daß ich zu tief in meinem eigenen Kopf lebte. Es war etwas Wahres an dem, was er sagte. Soviel erkannte ich, aber es lag auch ein zynischer Ton in seiner Stimme. Ich starrte auf den Tisch und dann wieder zu ihm. Was wußte er denn schon von dem, was in mir vorging? Wie konnte er denn beurteilen, ob es so etwas Schlechtes war? Einige Gedanken gehörten einem allein. Ich hatte das Recht zu wählen, was ich offenbaren wollte.

»Wenn das nicht so wäre, würde ich ja verrückt. Du bist anders als ich.«

»Du wirst verrückt, wenn du so weitermachst. Probleme fangen immer im Kopf an. Beruhige dich. Laß es ein bißchen langsamer angehen.« Ich goß uns beiden noch etwas Wein ein. Seine Stimme war jetzt eine Mischung aus Gönnerhaftigkeit und Mitleid; sie machte jedes gute Gefühl unmöglich. Hätte es nicht an der Tür geläutet, hätten wir uns jetzt zweifellos gestritten. So aber erschreckte die Türklingel uns beide.

»Ich mach schon auf«, sagte ich, doch Philip erhob sich vor mir. Bei dem Geräusch war er buchstäblich aufgesprungen.

»Du bleibst da.«

»Wenn es die Polizei ist, dann sag ihnen, sie sollen morgen wiederkommen. Das ist nicht fair. Es ist zu spät«, rief ich ziemlich laut, aber es war nicht die Polizei. Ich hörte Philips Stimme und die Stimme eines Mannes und dann wieder Philips Stimme. Das Gespräch ging weiter. Knappe Sätze gingen hin und her, die beiden Stimmen verschmolzen erst und trennten sich dann. Ich schnappte ein paar Wörter auf, aber es klang, als flüsterten sie. Ich konnte mir kein klares Bild davon machen, wer da gekommen war. Eine Pause, danach fiel die Tür ins Schloß, dann waren Schritte zu hören. Sie näherten sich dem Wohnzimmer, und ich wollte gerade aufstehen und ins Schlafzimmer gehen, weil ich niemanden sehen wollte, als sich die Wohnzimmertür öffnete.

»Anna, das ist Luke«, sagte Philip, ohne mich anzuschauen. Er starrte den Mann an, der neben ihm stand. »Luke war ein Freund von Rose Hessler.«

Der Mann, der in unserer Tür stand, war ein wenig größer als Philip, doch er war schmaler gebaut. Seine Augen waren von einem scharfen arktischen Blau. Ich mußte an diese viktorianischen Romane denken, in denen die Heldinnen blond waren und vergißmeinnichtblaue Augen hatten, und die verführerische Schlange hatte zwangsläufig dunkles, widerspenstiges Haar. Die Haut des Mannes war beinahe durchsichtig, sein Haar war ganz nah am Schädel rasiert. Etwas an ihm erinnerte mich an Rose. Beide hatten sie etwas merkwürdig Anämisches. Ich raffte mich aus meiner zusammengekrümmten Stellung auf, und er zog einen Lederhandschuh aus und schüttelte mir die Hand. Sein Griff war fest, aber er wirkte sehr nervös.

»Wollen Sie sich nicht setzen?« sagte ich lächelnd. »Kann ich Ihnen etwas zu essen anbieten?« Es war höflich, miteinander zu essen. In dem Moment war es das Richtige, doch er schüttelte den Kopf.

»Nein danke. Wirklich nicht. Ich wollte Sie nicht stören. Ich wollte nur ... Die Polizei hat gesagt, Sie hätten sie gefunden, und ich habe mir gedacht, ich sollte mal vorbeischauen. Während ich hier bin. Sie besuchen.« Er sprach mit einem weichen Akzent, aber dieser war zu vage, um ihn zuzuordnen. Er wirkte wie ein verlorenes Schaf, erschöpft und müde.

»Etwas zu trinken?« fragte Philip und holte ein drittes Glas aus der Küche. Er bemühte sich, nett zu sein. Das taten wir alle, jeder auf seine Weise. Ich gab Luke ein Zeichen, er solle sich setzen, was er diesmal auch tat, und dann nahm er kleine Schlucke Wein, während wir lächelten und Philip sich eine neue Zigarette drehte.

Obwohl Philip und ich eben gebadet hatten, vermittelte unser Gast mir das Gefühl, schmuddelig zu sein. Seine Kleidung war zwar leger, aber sauber. Er trug einen dunklen Mantel und darunter einen dicken dunkelblauen Pullover und Jeans. Seine Hände waren, im Gegensatz zu Philips Händen, sehr gepflegt, und der Geruch seines Rasierwassers zog durch den Raum. Wir füllten einige Zeit mit kleinen Nettigkeiten, dann fragte ich ihn, woher er komme. Es war mir durchaus bewußt, daß meine eigentliche Frage darauf zielte, woher Rose gekommen war, und ich glaube, Luke spürte das auch.

»Wir sind beide aus ...«, sagte er und erwähnte einen Ort, von dem ich gehört hatte, an dem ich aber noch nicht gewesen war. Er lag in einiger Entfernung von der Stadt. »Die Polizei hat mich gestern aufgesucht.«

»Aber Sie haben hier gelebt? Oder Rose?« Philip sagte das. Seine Stimme war nicht ganz fest. Er streichelte mir die Hand, während er sprach. »Ich meine, sie hat doch nicht den ganzen Weg hierher gemacht, um das zu tun, oder?« Seine Stimme brach abrupt ab, und Luke zögerte. Dann schüttelte er den Kopf.

»Wir haben nicht hier gewohnt. Sie ist vorgestern mit dem Zug hierhergefahren. Sie haben die Fahrkarte in ihrer Tasche gefunden.« Dann sagte er: »Es tut mir leid. Es muß ein schrecklicher Schock für Sie beide gewesen sein.« Aber er schaute mich dabei an.

»Für Sie muß es schrecklich gewesen sein«, antwortete ich.

»Wir wohnen ja nicht mal in Bahnhofsnähe. Das ist mindestens eine halbe Meile entfernt.« Philip sprach ruhig. »Warum hier? Gibt es jemanden hier im Haus, den sie gekannt hat? Anna und ich haben sie nämlich nicht gekannt. Wir hatten sie nie in unserem Leben gesehen. Und sie muß mit dem Bus oder mit dem Taxi hierhergefahren sein. Warum nicht irgendwo in der Nähe des Bahnhofs? Was hatte sie davon? Was war mit ihr los?« Die Worte sprudelten heraus. Sie waren nicht unfreundlich, aber es war etwas Schneidendes in Philips Stimme.

Luke starrte auf seinen Schoß. Seine Finger waren miteinander verschränkt, die Knöchel ziemlich weiß.

»Es war nichts mit ihr los«, sagte er. »Ich meine, sie wirkte nicht unglücklich. Als ich sie das letzte Mal gesehen habe, war sie völlig normal.« Philip zündete sich die Zigarette an und streichelte mir weiter die Hand.

»Wenn wir irgend etwas tun können ...«, sagte ich, aber ich wußte, daß der Satz überflüssig war. Luke wirkte verloren. »Gibt es eine Beerdigung?«

»Ihre Schwester kümmert sich darum. Sie lebt im Ausland. Rose wird dort begraben werden.«

Ich fragte ihn, ob er hinfahren würde, aber er schüttelte den Kopf und murmelte etwas in die Richtung, daß es zu weit sei. Er sagte, er fühle sich nicht danach. Das Ganze sei ein so schrecklicher Schock gewesen. Er würde es niemals zum Begräbnis schaffen, ohne zusammenzubrechen, und außerdem sei die Reise sehr teuer. Ich rutschte auf meinem Platz hin und her. Wir kannten den Mann kaum, und doch war da schon eine Intimität. Er vertraute sich uns an, ließ uns an seinen Gefühlen teilhaben. Er sprach weiter, doch seine Stimme war kaum hörbar. Er fügte hinzu, daß er derjenige sei, der die Leiche identifiziert habe; der zur Leichenhalle gehen mußte. Doch man habe ihm nicht erlaubt, sie zu berühren. Das hatte etwas mit Gerichtsmedizin zu tun. Er knetete die Hände, dann sagte er, wie sehr es ihm leid täte, daß wir solche Unannehmlichkeiten durch Rose hätten. Auf komische Weise vermittelte er den Eindruck, daß sie solche Dinge immerzu getan hatte, daß er ständig hinter ihr hergetrottet war und sich für ihr Verhalten entschuldigt hatte.

Nachdem er gegangen war, räumte ich die Teller und Gläser weg. Die Weinflaschen waren leer, und ich stellte sie draußen vor die Tür. Ein kaltes gelbes Licht sickerte durch das Treppenhaus, und ein Nachtzug war von weitem zu hören. Der Lärm war durchdringend. Kam er näher oder entfernte er sich?

»Der Arme. Er hat so verloren ausgesehen«, sagte ich, als ich zurückkam. »Stell dir das mal vor. Wer hätte an so was gedacht?« Philip nickte, als bestätigte er einen unausgesprochenen Gedanken, dann zuckte er die Schultern.

»Laß mich das machen«, sagte er. Er drehte die Wasserhähne auf, um das Spülbecken zu füllen, und ich stellte das Geschirr auf das Sideboard und wühlte mit den Fingern in seinem Haar. Es wurde oben spärlicher, war aber an den Seiten noch dicht genug, daß man daran ziehen konnte.

»Ich liebe dich, weißt du«, sagte ich. Es war einfach so dahin gesagt, doch Philip kehrte die Worte sogleich um.

»Und ich liebe dich auch.« Er beugte sich zu mir und gab mir einen Kuß. Ich spürte, wie seine Finger meine Wangen streichelten. Er wiegte meinen Kopf in den Handflächen. Wenn ich zurückschaue, habe ich die Küche vor mir, und durch das Fenster sehe ich den Kanal glitzern. Die Atmosphäre des Tages schwand. Die nächtliche Landschaft breitete sich aus. »Geh ins Bett«, flüsterte Philip. »Ich bin in einer Minute fertig.« Aber als ich am nächsten Morgen in die Küche kam, lagen die Teller noch neben den drei Gläsern im Spülbecken.

Ich wachte zur gewohnten Zeit auf. Draußen war es dunkel, doch das vertraute Kratzen von Metall versetzte mich eindeutig in unser Zimmer. Die Ereignisse des vergangenen Abends stellten sich langsam wieder ein. Daß Luke so einfach aufgetaucht war, hatte uns beide überrascht. Später im Bett hatten wir darüber geredet; und diskutiert, ob es richtig war, daß er unangemeldet gekommen war. Ich sagte, es habe mir nichts ausgemacht. Ich fand es verständlich. Philip fragte mich, was es da zu verstehen gebe. Seiner Meinung nach hätte Luke erst anrufen sollen, um herauszufinden, ob wir nichts gegen einen Besuch hätten. Für so einen Fall gebe es bestimmte Handlungsmuster. Lukes Probleme hätten schließlich nichts mit uns zu tun. Ich sagte Philip, er sei unfair (um nicht zu sagen altmodisch), Lukes Besuch sei ganz höflich gewesen. Danach sprachen wir über Rose. Das Gespräch zog sich hin, bis Philip einschlief, und ich lag wach da und dachte an Luke. Ich stellte ihn mir vor, wie er in der Pathologie ankam; wie man ihn zu Rose brachte. Alles in diesem Raum war schlicht, zeitgemäß, einfach. Dann die Identifizierung, die seltsamen Leichenhallenrituale. Sie kannten ihren Namen, aber der Name mußte verifiziert werden. Meine Phantasievorstellung ging weiter.

Der Raum war leer bis auf die Leiche. Die lag auf einer Bahre, in ein Baumwollaken gehüllt. Luke beugte sich so nahe, wie er konnte, darüber, während ein Assistent das Tuch wegzog. Natürlich wollte Luke sie küssen, vielleicht ließ er die Finger über das Tuch gleiten. Nach dem Besuch war er dann zu unserer Wohnung gegangen, war ihren Schritten gefolgt. Die Bilder waren undeutlich. Luke hatte einen Eindruck gemacht, trotzdem fiel es mir schwer, mich an sein Gesicht zu erinnern. Ich zog mich an, und bevor ich ging, bückte ich mich und hob ein Papiertaschentuch auf. Philip öffnete ein Auge.

»Wie spät ist es?«

»Früh«, sagte ich und zeichnete seine Lippen mit den Fingern nach. Dann nahm ich meine Tasche und wickelte mir einen Schal um den Hals. Ich war an der Tür, als er wieder sprach.

»Anna? Was hast du wirklich über Luke gedacht? Er war ein bißchen komisch, findest du nicht? Und einfach so aufzutauchen. Er hätte anrufen sollen, findest du nicht?« Ich drehte mich um und schaute zurück. Philip saß gegen die Kopfkissen gelehnt und leckte sich die Lippen.

»Ich weiß nicht. Es ist eine komische Situation. Er tut mir mehr leid als alles andere. Wahrscheinlich steht er unter Schock. Denk nicht mehr dran.« Philip öffnete den Mund, als wollte er noch etwas sagen, aber die Worte schienen ihm zu fehlen, und er rutschte wieder unter die Bettdecke.

Drei Tage später war Luke bei uns eingezogen.

Ich war wie gewöhnlich im Geschäft gewesen. Es war noch kalt, die Straßen glänzten vom Regen. Ich hatte es eilig. Ich wollte nach Hause, wo ich mich vorm Kamin wärmen konnte. Ich rannte die Treppe hoch und nahm immer zwei Stufen auf einmal, dann schwang ich mich um die Ecke, und da sah ich die weißen Blumen. Jemand hatte einen Rosenstrauß auf die oberste Stufe gelegt. Es war genauso, wie ich es mir vorgestellt hatte. Sie waren in Zellophan eingewickelt. Ohne nachzudenken blieb ich stehen und kniete mich hin, um sie zu untersuchen. Es war keine Karte dabei, und ich erinnere mich, daß ich dachte, wie merkwürdig sie aussahen, wie sie da lagen, mitten im leeren Treppenhaus, als hätte jemand sie hingelegt, um etwas anderes aufzuheben, ein Paket oder ein Kind, und sie dann vergessen. Ich schaute mich um, aber natürlich war niemand da. Erst als ich zurückblickte, dachte ich daran, daß die Blumen für Rose waren. Ich berührte das Zellophan, und die kalten Blütenblätter knisterten. Sie sahen so hübsch aus, die festen weißen Knospen. Ich ließ die Hand unter das Papier gleiten und brach eine ab. Ich fühlte mich ein wenig verunsichert, weil ich das getan hatte, aber den Blumen tat es ja nicht weh. Ich steckte die Knospe in die Tasche, dann stieg ich über den Strauß und ging zu unserer Wohnung.

Drinnen war es unnatürlich still. Philip rief nicht, wie er es gewöhnlich tat, wenn er mich hereinkommen hörte. Ich schaute mich kurz im Spiegel an, richtete mir das Haar und ging ins Wohnzimmer. Luke saß auf der Couch und las eine Zeitschrift. Er hätte auch im Wartezimmer eines Arztes sitzen können. In seinem Gesicht waren Geduld und Schmerz zu lesen. Er schaute auf, als ich eintrat, und lächelte. »Hallo, da sind Sie also wieder«, sagte ich.

»Hallo. Philip ist im Schlafzimmer.« Er deutete mit dem Kopf in die Richtung unseres Zimmers, dann legte er die Zeitschrift auf den Tisch und stand auf, um mir die Hand zu schütteln. Seine Bewegungen waren förmlich, präzise. Seine Haut fühlte sich im Gegensatz zu meiner warm an. »Sind die Rosen von Ihnen?« fragte ich. »Ich hab sie auf der Treppe gesehen.« Luke nickte.

»Ich habe sie heute morgen gebracht. Ich war draußen, und Philip hat mich gesehen, als ich sie dorthin gelegt habe. Wir kamen ins Gespräch. Rose hatte Blumen gern.« Er ließ meine Hand los, blieb aber stehen.

»Rosa Myoram«, sagte ich und war erstaunt über mich selbst, weil ich mich an den Namen erinnerte. Ich konnte einmal über zwanzig verschiedene Sorten erkennen. »Sie sind sehr schön, aber ich weiß nicht, wie lange sie da liegen werden. Nicht hier.« Ich glaube, meine Stimme muß aggressiv geklungen haben, denn Luke wirkte leicht verlegen.

»Es tut mir leid, wenn sie Sie gestört haben. Ich hätte das letzte Mal sagen sollen, daß ich welche bringen werde. Haben sie Sie gestört?«

»Nein. Ich habe nur gemeint, daß die Leute hier in der Gegend gern Sachen mitgehen lassen. Besonders wenn es schöne Sachen sind«, fügte ich hinzu und betastete die Knospe in meiner Tasche. Ich fühlte mich müde, und mir lief ein kleiner Schauer den Rücken hinunter. Vielleicht bemerkte Luke das.

Er sagte sehr ruhig: »Wollen Sie nicht lieber zum Arzt gehen? Es muß Sie sehr erschreckt haben. Ein Schock?« Ich schüttelte den Kopf.

»Mir geht es gut. Wirklich. Nichts, was ein heißes Getränk nicht in Ordnung bringen könnte.« Ich zog den Mantel aus und warf ihn über einen Stuhl; dann ging ich, um nach Philip zu sehen. Er war im Schlafzimmer, wie Luke gesagt hatte, und suchte unter dem Bett herum.

»Was suchst du?«

»Tabak.« Er tastete noch ein bißchen herum, dann richtete er sich auf und schwenkte ein kleine gold-grüne Dose. Sie war sehr alt und verbeult. »Er ist doch nicht so übel. Sogar ganz interessant. Hat einige Zeit Medizin studiert, dann hat er's aufgegeben und Kunst gemacht. Er hat ein paar Blumen gebracht. Er ist ziemlich am Boden zerstört.«

»Das sieht man«, sagte ich. »Hat er noch irgendwas erwähnt, was sie seiner Meinung nach hier gemacht hat?«

»Nein.« Philip nahm den Deckel von der Dose und schnüffelte an dem Tabak, dann stand er auf und schlang mir die Arme um die Taille. Er drückte mich und streichelte mir über den Rücken. »Du siehst erschöpft aus. Komm, wir machen was zu essen.«

»Bleibt er denn zum Abendessen?«

»Ich hab nicht dran gedacht«, sagte Philip, »aber ich nehme an, er könnte schon, wenn du nichts dagegen hast.«

Es war während des Essens, als Philip Luke fragte, in welchem Hotel er wohne. Die beiden sprachen über Philips Vater, seine exzentrischen Seiten, seinen Lebenswandel. Luke war sehr sanft, und es gefiel mir, wie er auf jedes Detail achtete. Ab und zu unterbrach er Philip und stellte eine Frage, die sein Interesse bewies, und Philip genoß die Aufmerksamkeit. Er erzählte die Geschichte über einen seiner Lieblingsonkel, dessen Sohn mit drei Freunden im Meer ertrunken war. Der Onkel war damals Mitte fünfzig gewesen und in Frühpension gegangen. Er baute sich einen Schuppen hinten im Garten, und seine Frau bekam ihn wochenlang kaum zu Gesicht. Sie trauerte allein, während ihr Mann in dem Schuppen wohnte und hämmerte und klopfte. Nach fünf Monaten erlaubte er ihr, zu sehen, was er gebaut hatte. Es war ein Boot. Nichts konnte mit Erfolg den Gedanken auslöschen, daß sein Sohn auf dem Meer gestorben war. Er brauchte etwas, um die Distanz zu überbrücken.

Ich bin nicht sicher, ob die Geschichte sehr passend war, aber Luke schien sie zu gefallen. Unsere Stimmen bewegten sich auf und ab. Manchmal gab es Pausen, aber im allgemeinen floß das Gespräch dahin.

Luke machte eine Bemerkung über die Aussicht von unserem Fenster. An jenem ersten Abend war sie klar. Der Regen hatte aufgehört, und die Wolken waren fortgezogen und hatten eine Handvoll Sterne und den Mond freigegeben. Er stand gleich weit entfernt zwischen zwei Türmen am Himmel. Ein vollendetes Rund, durchflutet und leuchtend.

»Wann werden Sie zurückfahren?«

»Ich denke, morgen. Vielleicht übermorgen.«

»Wo wohnen Sie denn?«

»Ungefähr zwei Straßen weiter. Ich weiß den Namen nicht, aber die Polizei war sehr nett. Sie haben es mir empfohlen.«

»Bleiben Sie doch hier«, sagte Philip. »Wir haben ein Bett. Das geht doch in Ordnung, Anna?«

Ich nickte und schluckte. »Klar«, sagte ich. Wenn eine Spur von Zögern in meiner Stimme lag, dann bemerkte es niemand, und Philip schon gar nicht. Plötzlich schien Großzügigkeit seine Spezialität zu sein, und er wurde noch überschwenglicher.

»Bleiben Sie doch ein paar Tage.«

Luke hielt inne. Er wirkte nervös. »Sind Sie beide sicher? Vielleicht muß ich morgen zurück.«

»Ja«, sagte ich. »Das geht in Ordnung.« Dann wiederholte Philip meine Antwort, aber wir schauten einander nicht an. Statt dessen aßen wir beide weiter. Ich brach etwas Brot ab und starrte den Mond an. Die Sonne war notwendig, aber der Mond war romantisch. Jeden Monat stieg er auf, wuchs, verschwand, kehrte wieder. Derselbe Mond, aber nicht derselbe Moment.

Philip fragte Luke noch etwas. Diesmal nach seiner medizinischen Ausbildung. Er wollte den Riß übertünchen. Ich nahm mir noch etwas Gemüse, und dann, als ich an einem kleinen Stück Fleisch kaute, spürte ich etwas Fremdes im Mund. In dem Essen hatte sich ein Haar verfangen. Ich versuchte es aus allem anderen herauszufischen, aber es war zu tief hineingeflochten. Ich spuckte alles in meine Hand und ging in die Küche.

»Kannst du etwas Salz mitbringen, wo du schon da bist?« Ich schaute auf den warmen Brocken Essen. Das Haar in dem Fleisch war wie reines Silber.

Ich konnte nicht zu Ende essen. Jedesmal wenn ich auf meinen Teller sah, mußte ich an das Haar denken und würgen, mein Magen krampfte sich zusammen. Es war wie ein Edelstein, schimmernd. Ich sagte, ich würde mich nicht so wohl fühlen. Ich goß noch etwas Wein ein, und während Philip und Luke etwas knabberten und weiterplauderten, saß ich auf der Couch und tat so, als hörte ich zu.

Später ging Luke, um seine Tasche aus dem Hotel zu holen.

FÜNF

Man käme der Sache sehr nahe, wenn man sagen wollte, ich hätte wegen Lukes Bleiben gemischte Gefühle gehabt. Einerseits schätzte ich meine Privatsphäre, und die Vorstellung, einen Fremden zu uns nach Hause zu bitten, wie höflich und wie nett er auch sein mochte, lag mir nicht. Es brachte mich ein wenig aus der Fassung. Andererseits ertappte ich mich dabei, daß ich mehr über Rose herausfinden wollte. Wir horchten, wie Lukes Schritte sich entfernten, dann begannen wir, die Teller wegzuräumen. Philip war nervös. Er verstand mehr als jeder andere, wie sehr ich Störungen haßte. Er wußte, daß ich sehr gern ganz für mich war. Die Teller klapperten.

»Es tut mir leid«, sagte er. Er spielte mit dem Besteck und goß sich noch etwas Wein ein. »Ich hätte erst fragen sollen. Ich weiß nicht, warum ich ihn eingeladen hab. Das Gästezimmer ist okay.«

Ich nickte und lächelte dann.

»Er muß sich schrecklich fühlen. Es war sehr nett von dir. Und lieb.«

»Es ist ja nur für ein paar Tage. Es wird schon gutgehen. Komm, wir machen noch einen Kaffee.« Philip legte die Arme um meine Taille und schloß meinen Körper ein.

Ich strich mit der Hand über Philips Hand.

»Du siehst sehr sexy aus, wenn du dir Sorgen machst.«

Später lagen wir im Bett. Luke schlief auf der anderen Seite der Wand. Ich hatte nicht viel mit ihm gesprochen, nachdem er zurückgekommen war. Philip hatte seine Fotoausrüstung weggeräumt, und als Luke wieder da war, führte Philip ihn in der Wohnung herum und zeigte ihm, wo alles zu finden war. Ich tat so, als läse ich mein Buch, obwohl ich mir seiner Gegenwart mehr als bewußt war. Er kam mir in der Tat viel größer vor, als ich zuerst angenommen hatte. Als er beim Bücherregal stand, wirkte der Raum im Vergleich zu ihm zwergenhaft. Er blätterte in einem von Philips Fotobänden und hatte sich eine kleine Lesebrille aufgesetzt. Die Brille veränderte sein Gesicht. Irgendwie verstärkte sie das Blau seiner Augen, machte es aber gleichzeitig blasser. Lukes Backenknochen waren auch sehr ausgeprägt. Das kurze Haar unterstrich den Knochenbau, und die Backenknochen wirkten leicht hohl. Er hatte dunkle Ringe unter den Augen. Ich nahm an, daß es am Schlafmangel lag. Daran, daß er unglücklich war. Es war beinahe unmöglich, ihn nicht im Licht der Ereignisse zu beurteilen.

Ich beobachtete, wie er das Buch durchblätterte, hin und wieder innehielt, um ein Bild genau anzusehen oder sich im Zimmer umzuschauen. Er starrte den Kaminsims an und das bunte Gemisch von dekorativen Gegenständen, das darauf versammelt war. Er ließ die Finger über die Bücherregale gleiten und warf einen Blick auf eine Vitrine, in der ich Weingläser und Porzellan aufbewahrte. Und dann dämmerte mir, daß Luke uns ebenso begutachtete, wie wir ihn beurteilten. Zum Beispiel, wenn er Philip ansah, bemerkte ich, wie sein Blick an Philips Gesicht herabglitt, zuerst die Stirn und die Augen registrierte, dann die Nase und den Mund. Er stellte Philip noch mehr Fragen: Wie lange hatten wir in der Wohnung gewohnt? Gefiel uns die Gegend? Wo arbeitete ich? Er bildete sich sein Urteil langsam. Das sah ich. Er beobachtete lieber, anstatt teilzuhaben. Philip beantwortete jede Frage, und manchmal sah Luke zu mir herüber, als suchte er Verstärkung. Er lächelte. Es war intim, locker, als würde er mich seit Jahren kennen, und ich lächelte zurück und machte bei dem Spielchen mit. Keiner von uns sprach über Rose, aber ich wußte, wenn sie in meinem Kopf war, konnte man dasselbe von Luke behaupten. Er wollte mehr über die Menschen herausfinden, vor deren Zuhause sie gestorben war. Das war doch nur natürlich? Und er lächelte viel, denn das tut man in fremder Gesellschaft.

Der Abend schleppte sich dahin. Philip und Luke plauderten und tranken. Philip war seit langem nicht mehr so lebhaft gewesen. Er genoß Lukes Gesellschaft. Einmal ging er hinaus und machte Kaffee. Ein wenig später stellte er eine Flasche Brandy auf den Tisch, und die beiden saßen da und redeten. Ich hatte das unheimliche Gefühl, daß sie alte Freunde waren – wie sie so natürlich aufeinander reagierten. Es war alles so vollkommen selbstverständlich. Schließlich deutete Luke an, daß er müde sei, und wir sagten alle gute Nacht.

Jetzt lag Luke nebenan, und ich fragte mich, woran er wohl dachte. Es mußte ihm in den Sinn gekommen sein, daß Philip und ich sicher und geborgen nebeneinanderlagen, während er ganz allein dalag. Ich fragte mich, ob er uns hören konnte, ob er einsam war. Wenn ich wegen seiner Gegenwart gemischte Gefühle hatte, mußte er das wahrscheinlich doppelt so stark empfinden. Hier war er, in einer fremden Umgebung, und ihm fehlte der eine Mensch, den er liebte. Ich rückte näher an Philip heran, schob die Arme um seine Brust, und obwohl er nicht reagierte, war mir wesentlich wärmer als an dem ganzen bisherigen Abend.

Im Schlaf sah Philip wie ein Kind aus. Sein Gesicht war entspannt. Seine Lippen waren voller und weicher, und die Linien um seinen Mund verschwanden fast völlig. Bei geschlossenen Augen flackerten die Lider ständig; sie hatten die Farbe von Teeblättern. Die Wimpern waren lang und dunkel, die Augenbrauen geschwungen und seine Wangen bemerkenswert glatt und blass. Ich studierte gern sein Gesicht, wenn er schlief. Das weiche Grübchen zwischen Nase und Oberlippe, die starke Kontur seines Kiefers, die bis zum Ohr und dem kleinen flaumigen Ohrläppchen reichte. Mit geschlossenen Augen sah er beinahe wie eine Skulptur aus. Philips Mund hätte aus Marmor gemeißelt sein können. Er hatte einen leicht bläulichen Ton. Während des Essens hatte ich zugehört, als er Luke verschiedene Geschichten erzählt hatte. Ich hatte die meisten schon zuvor gehört. Wenn Philip einen Witz erzählte, wußte ich genau, wo die Pointe kommen würde. Er sprach von seinem Vater, und ich wußte, er würde den Ausdruck »moderner Philister« gebrauchen. Und die Geschichte, wie er sich als Kind einmal verirrt hatte, hatte ich in den letzten beiden Jahren dreimal gehört. Er gab mehrere Anekdoten zum Besten, und als Luke ihn etwas fragte, wußte ich ohne nachzudenken, was Philip antworten würde. Es hatte mich nicht gelangweilt, aber ich war auch nicht interessiert. Wenn Philip schlief, war ich versöhnlicher.

Jetzt schweiften meine Gedanken ab. Der Aufruhr der letzten beiden Tage, wie sich die Dinge entwickelt hatten, alles war irgendwie irreal. Immer wenn ich die Augen zumachte, sah ich Rose vor mir. Ich konnte sie nicht berühren, aber sie war da, zeigte mir schweigend ihr Bild und prägte sich ein. Ein schrecklicher Gedanke beschlich mich.

»Wenn du so alt bist wie ich«, hatte meine Mutter gesagt, »gibt es nicht mehr viel Neues zu entdecken. Das Leben neigt zu Wiederholungen.« Vor mir erstreckte sich eine Straße. Die Orientierungspunkte waren alle nur zu vertraut. Schatten von Gebäuden tauchten aus dem Hintergrund auf, aber selbst wenn ich einen neuen Abschnitt entdeckte, legte sich die Vergangenheit über die Gegenwart, und ich mußte einfach eins mit dem anderen vergleichen. »Regnet es denn schon wieder?« fragte meine Mutter laut. »Ich erinnere mich, daß es einmal zehn Tage lang nicht aufgehört hat. Das Wasser hat die Küche überschwemmt.«

Endlich schlief ich ein. Ich träumte und wachte ein paarmal auf, und dann, beim drittenmal, stand ich auf und ging ins Bad. Als ich durch den Flur ging, strich mir ein Luftzug über die Füße. Mein Verstand sagte mir, daß Rose nicht mehr da war, aber mein Kopf wollte nicht davon lassen. Ich starrte auf die Eingangstür. Vielleicht hatte Rose draußen gestanden, als ich am Abend ihres Todes Wasser geholt hatte? Oder vielleicht hatte sie es getan, als Philip und ich am nächsten Morgen herumgefummelt hatten? Ich klammerte mich an diese Gedanken. Der letzte war zu grauenhaft, um auch nur darüber nachzudenken, und als ich durch den Vorraum ging, kroch mir ein schwacher prickelnder Schauer über den Körper. Ich erreichte das Bad und knipste das Licht an.

Vor langer Zeit, als wir in den Wohnblock gezogen waren, erzählte mir Philip, daß ich niemals Wasser aus dem Hahn trinken sollte. Er sagte, es sei unsauber, denn jedesmal, wenn es die Toilette hinuntergespült würde, bereiteten die Wasserwerke es wieder auf und schickten es retour und behaupteten, es sei frisch. Er bestand darauf, Wasser aus Flaschen zu trinken oder zumindest abgekochtes Wasser, aber ich teilte seine Besorgnis nicht. Ich füllte mein Glas und trank es leer; dann machte ich es noch einmal halb voll und trank noch ein paar Schlucke. Auf dem Waschbecken lag alles mögliche herum. Luke hatte seine Seife, Zahnbürste, Zahnpasta, sein Rasierwasser etc. auf den Waschbeckenrand gelegt. Mir fiel auch eine schöne Dose auf, in der ein altmodischer Rasierer lag – und ein Rasierpinsel mit einem Griff, der wie ein polierter Knochen aussah. Ich trank das Wasser aus und nahm dann den Rasierer in die Hand. Er war aus Silber, und der Griff war gegossen und schwer. Ich ließ den Rasierkopf über die Handfläche gleiten und dann, aus welchem Grund auch immer, gut oder schlecht, bückte ich mich und zog die Klinge an meinem Bein hoch. Ich weiß, das war sehr seltsam, und ich weiß wirklich nicht, woher mir diese Idee kam. Das Metall war kalt, und meine Haut war trocken; der Rasierer machte ein lautes, raspelndes Geräusch. Als ich mein Schienbein streichelte, war da ein kleines kreisrundes Stück glatter Haut.

Philip rührte sich nicht, als ich ins Schlafzimmer zurückkam. Er lag auf dem Bauch, und seine weißen, wurzelartigen Füße staken unter der Bettdecke hervor. Ich hörte ihn sprechen. Ich hielt inne, dann sagte ich: »Philip?« und er antwortete, aber die Antwort ergab keinen Sinn. Die Worte waren wirr. Er sprach mit sich selbst, und er zuckte und war nervös. Es gab eine Zeit, in der er regelmäßig schlafwandelte. Einmal wachte ich auf, und er stand auf dem Bett und riß den Lampenschirm in Stücke. Papierfetzen schwebten von oben herunter, und er hörte nicht auf, bis das Bettzeug fast ganz bedeckt war. Damals fand ich das beunruhigend. Seine Hände bewegten sich heftig. Wie sie blindlings an dem Schirm rissen. Er mußte einfach zerstören, was er in die Hände bekam. Doch im

Rückblick wirkte es auch friedlich. Wie das Papier im Zimmer herumflog. Wie er nichts sagte.

Jetzt stieg ich zu ihm ins Bett und streichelte ihm den Rücken, und einen Moment lang schien es, als beruhige er sich. Er lächelte. Erst als ich mich über ihn beugte, um ihn zu küssen, fing das Gerede wieder von vorn an. Ich vermeinte zu hören, wie er meinen Namen flüsterte, doch wie schon zuvor waren die Worte undeutlich, und ich rollte mich herum und schlief wieder ein.

Am nächsten Morgen begann der bislang kälteste Tag. Draußen fror es, doch auch die Luft in unserem Schlafzimmer fühlte sich eisig und schneidend an. Als ich die Vorhänge zur Seite zog, sah ich, daß sich auf der Innenseite der Scheiben Eis gebildet hatte. Es hatte das Glas überzogen, ganze Muster gemalt; weiße Frostspinnen, die nicht weichen wollten, als ich mit den Fingernägeln an ihnen kratzte. Als zweites fiel mir auf, daß die Rosen, wie erwartet, verschwunden waren. Anstelle der Blumen war da ein kleines Gittermuster aus Eis. Es mußte in der Nacht geregnet haben, das Wasser hatte sich in der kleinen Kuhle im Beton gesammelt und war gefroren. Alles glitzerte. Alles wirkte zerbrechlich. Die Berührung des Königs Midas hatte die Welt vergoldet. Rose hatte alles berührt und versilbert.

Ich ging durch das Treppenhaus hinunter. Unten war das Eis dicker als oben. Es bildete glasig-weiße palettenförmige Schichten, und während ich versuchte, den kleinen Hof zu überqueren, sah ich etwas. Roses Schuh, wie sich herausstellte. Zuerst dachte ich, es sei etwas ganz anderes. Der Gegenstand steckte quer in der Abflußrinne neben etwas altem Maschendraht und sah wie eine kleine Schachtel aus. Es schien lächerlich, daß die Polizei ihn nicht gefunden hatte. Ich konnte selbst nicht glauben, daß ich ihn nicht früher gesehen hatte.

Ich hob den Schuh auf und beugte mich vor. Das Haupttreppenhaus ging bis zu unserem Stockwerk. Sie hatte ihn wahrscheinlich verloren, als sie mit den Beinen strampelte. Vielleicht hatte sie sogar gehört, wie er fiel und auf dem Boden aufschlug, bevor sie starb. Der Schuh war klein und schwarz und hatte glänzende schwarze Schnürsenkel, doch der Frost und das Eis hatten das Leder überzogen, so daß es glitzerte. Ich konnte ihn nicht einfach wegwerfen und wollte es auch nicht. Ich schaute mich um, weil ich sehen wollte, ob mich jemand beobachtete, dann steckte ich ihn rasch in meine Tasche. Die Handlung schien mir unrecht, beinahe schmutzig. Ich stellte mir vor, daß meine Mutter im Treppenhaus stand und mit der Zunge schnalzte. Ich stellte mir oft vor, daß sie mich sah. Manchmal ertappte ich mich dabei, daß ich Dinge nur ihr zum Gefallen tat. »Was würde sie wohl meinen, wenn ich das kaufen würde?« »Was würde sie empfinden, wenn ich dorthin gehen würde?« Sie konnte mich sehen, aber ich konnte sie nicht sehen. Die Episode mit dem Schuh war nicht anders. Der simple Akt des Erinnerns bannte den Augenblick. Das Tropfen des Wassers war der Ton meines Gedächtnisses.

Der Rest des Tages verlief wie gewöhnlich. Ich räumte Regale voll, preiste eine neue Lieferung aus, machte eine Warenprüfung. Die Arbeit war beruhigend. Ich wußte in jedem Moment, wo ich sein sollte, was ich zu tun hatte. Über die Lautsprecheranlage spielte Hintergrundmusik, und Kunden glitten herein und hinaus. Die einzige Ausnahme vom täglichen Einerlei war, daß ich die Knospe in Seidenpapier wickelte und sie in den Kühlräumen versteckte. Ich suchte mir eine leere Schachtel und verstaute sie ganz tief hinter einer neuen Fleischlieferung. Um Mittag herum begann es zu hageln. Der ganze Laden klapperte, als die harten Kügelchen auf das Dach herunterprasselten. Man konnte sehen, wie sie vom Pflaster abprallten; Tausende von eisigen Samenkörnern fädelten sich in den Beton, bevor sie schmolzen, dann ganz verschwanden. Am Nachmittag arbeitete ich an der Kasse und beobachtete Frauen, die kleine Kinder hinter sich herzogen. Sie hinterließen Wasserspuren, als wären sie Schnecken. Ein junger Mann beugte sich über einen der Stände. Er wählte Gemüse aus, und er schwankte wie eine tropische Pflanze hin und her. Eine blinde Frau tastete sich mit Hilfe eines Stocks durch die Gänge. Sie trug eine Perücke, die ihr auf einer Seite über die Stirn gerutscht war. Toklas erwischte jemanden beim Ladendiebstahl, und zwei Polizisten kamen und führten den Täter ab. Ich saß da und beobachtete die Tür. Halb erwartete und halb hoffte ich, daß Philip vielleicht in den Laden kommen und Luke mitbringen würde. Ich dachte, Luke wollte vielleicht sehen, wo ich arbeitete. Es wäre ein Zeitvertreib für sie gewesen, doch der Nachmittag schleppte sich dahin, und niemand kam. Es wurde dunkel. Ich wischte die Böden, zog mich um und machte mich auf den Heimweg.

Wenn man ein Stück Beton tief in die Erde pflanzte, sich zurückzöge und zuschaute, wie es sich entwickelte, dann würden diese Türme dabei herauskommen. Als ich aus der Unterführung auftauchte, erhoben sie sich vor mir, drei massige graue Rümpfe mit großen hasenschartigen Einfassungen anstelle von Gras. Allein beim Anblick schwang Leere mit, und es kam mir in den Sinn, gerade das habe Rose zu unseren Wohnblocks gezogen. Warum sollte man schließlich dahin gehen, wo es schön ist, um sich umzubringen. Warum sollte man sich schließlich nicht so ein grausiges Gebäude aussuchen, bei dem man sich kaum vorstellen konnte, daß jemand darin wohnte? In Wohnungen wie diesen konnte doch einfach nichts Wichtiges geschehen. Trotz der wenigen vereinzelten Lichter wirkten sie unbewohnt, und ich erinnerte mich an das erste Mal, als ich hierhergefahren war und die Wohntürme vom Zug aus erblickt hatte. Wie leer und verlassen hatten sie ausgesehen. Sie hatten mich mit Entsetzen erfüllt, und doch hatte ich den Blick nicht abwenden können. Vielleicht hatte Rose das auch so empfunden. Ich schaute hoch; der Himmel war voller kalter metallener Sterne.

Philip lag auf der Couch, als ich hereinkam. Er hatte eine Decke über den Beinen und las ein Buch.

»Es ist eiskalt draußen«, sagte ich. Die Wärme in der Wohnung brannte mir auf den Wangen. Ich warf Tasche und Mantel ins Schlafzimmer, dann ließ ich mir ein Bad ein.

»Wo ist Luke?«

»Ausgegangen«, sagte Philip. Er stand hinter mir, und seine Stimme machte mir Angst. »Entschuldigung«, sagte er. Seine Augen weiteten sich.

»Wie fühlst du dich? Du siehst müde aus.«

»Es geht mir gut. Nur ein bißchen Hunger.«

»Es gibt nicht viel im Kühlschrank.«

Ich starrte ihn an. »Du hättest wirklich was einkaufen können, Philip.« Ich hatte mir die Schuhe ausgezogen und mich gebückt, um mir die Füße wieder ein bißchen warmzurubbeln.

»Ja«, sagte er, »hab ich aber nicht.« Er berührte mich am Nacken. Seine Finger waren warm. »Soll ich uns ein Take-away besorgen? Was hättest du denn gern? Chinesisch, indisch?« Ich sagte, es sei mir egal, und Philip hauchte einen Kuß in meine Richtung. »Ich hol was Schönes. Keine Sorge. Ich bin gleich wieder da.«

»Ich hätte lieber was Indisches.«

Als er weg war, zog ich mich aus und schlüpfte in meinen Bademantel. Meine Tasche lag offen auf dem Bett, wo ich sie hingeworfen hatte, und da erinnerte ich mich an den Schuh. Die Schuhspitze schaute heraus. Sie sah wie eine Blumenzwiebel aus, kurz bevor sie Wurzeln schlägt. Sie stak zwischen ein paar alten Papiertaschentüchern hervor. Ich wollte den Schuh in den Flur tragen, aber dann überlegte ich es mir anders und legte ihn aufs Bett. An der Spitze war er leicht abgestoßen; dadurch wirkte er so lebendig. Die Kratzer erinnerten mich an die trockene Haut um Blumenzwiebeln herum. Auch der Absatz war abgestoßen. Ich schaute hinein; unter der weichen Lederzunge konnte man tatsächlich einen dunklen Schatten sehen, wo ihr Ballen auf die Einlegesohle gedrückt hatte, und wenn man noch genauer hinschaute, dann sah man auch die schwarze Schattenlinie ihrer Zehen. Ich drehte den Schuh um und sah mir die Sohle an. Sie war blaßbraun und an zwei Druckstellen abgelaufen, aber sie glänzte immer noch an der Stelle zwischen Absatz und Ballen. Eine Nummer war zu sehen, 37, in winzigen goldenen Ziffern. Der Schuh machte einen angenehm altmodischen, irgendwie puritanischen Eindruck, und ich bückte mich und schlüpfte mit dem Fuß hinein. Das Leder zwickte an den Zehen, und ich mußte die Füße ein bißchen krümmen, aber abgesehen davon saß er perfekt. Rose hatte genau die gleiche Größe wie ich gehabt, und ihr Geschmack gefiel mir. Ich hatte in meinem Leben eine Menge gebrauchter Kleidung gekauft, aber niemals Schuhe. Schuhe waren zu intim, irgendwie persönlicher. Dieser Schuh ganz besonders. Hätte ich beide gefunden, wäre ich vielleicht versucht gewesen, sie zu tragen. Ein Schuh war eher wie eine Trophäe. Ich sah schief damit aus. Ich zog ihn aus und stellte ihn zwischen einige von meinen eigenen; danach lief ich ins Bad und drehte die Hähne zu.

Philip und ich aßen indisches Hühnerragout mit Fladenbrot. Wir ließen etwas für Luke im Backofen, falls er zurückkommen sollte, dann schlossen wir uns im Bad ein. Ich lag in der Wanne, während Philip auf dem Toilettendeckel saß. Er stellte Kerzen am Waschbeckenrand auf und um die Badewanne herum, dann machte er das Licht aus. Er funktionierte auch das Seifenbord in ein Tablett um und balancierte die Teller darauf. Er sagte: »Schön, findest du nicht?« Er biß sich auf die Lippe, und ich schaute zu seinem Foto hoch.

»Wenn ich dir Geld dalasse, kaufst du dann morgen was ein?« Er nickte. Der Dampf kondensierte und tröpfelte ins Badewasser herunter. Mit den Kerzen als einziger Lichtquelle fühlte man sich wie in einer Höhle. Die Geräusche hallten, und der Dampf duftete nach Curry und Lavendel. Philip kniete sich neben die Wanne und küßte mich und fing an, sich auszuziehen. Er zog sich den Pullover über den Kopf, und sein Haar knisterte elektrisch.

»Ich möchte zu dir reinkommen«, sagte er und stellte das Seifenbord auf den Boden. Diesmal saß er mir gegenüber und schlang seine Beine um meine Taille, so daß sich seine Fersen in mein Kreuz bohrten. Unsere Körper rutschten in dem warmen seifigen Wasser herum. Er massierte meine Haut, trommelte auf meinen Schultern, während ich ihm den Bauch einseifte und ihm erzählte, wie Toklas den Ladendieb erwischt hatte und was auf meinem Heimweg vorgefallen war. Anstatt zu Fuß zu gehen, hatte ich den Bus genommen. Er war voll mit alten Leuten. Die Buckel-Schnüffel-Brigade. Sie stöhnten alle und jammerten über das schlechte Wetter, und weil der Bus so vollgestopft war, gab es kaum Platz zum Sitzen. Der Bus fuhr langsam. Ich war zwischen zwei alten Herren eingeklemmt. Die Fenster waren von einer dicken Schicht Kondenswasser beschlagen. An einer Stelle wollte ein Mann aussteigen, während gleichzeitig eine Frau versuchte, einzusteigen, und in ihrem Übereifer, einen leeren Platz zu ergattern, hatte sie diesem Mann unabsichtlich auf den Fuß getreten. Die Frau, die ziemlich korpulent war, war sich nicht im geringsten bewußt, was sie angestellt hatte, doch der Mann wurde wütend. Er nahm seinen eingerollten Schirm und schlug ihr damit hinten auf die Waden. Sie kreischte und drehte sich um und boxte ihn so fest in die Rippen, daß er rückwärts aufs Pflaster fiel. Genau an dem Punkt rasselte die Klingel, und der Bus fuhr los. Die Frau schien das Drama gar nicht zu berühren. Sie nahm ihren Sitz ein und starrte geradeaus. Ihr Gesicht war dick, und ihre Augen verschwanden beinahe in ihren Hautfalten. Sie drehte nicht einmal den Kopf, um aus dem Fenster zu schauen und zu sehen, ob der Mann sich bei dem Sturz verletzt hatte. Die anderen Passagiere blieben völlig still. Ich beendete meine Geschichte, aber ich merkte, daß Philip kaum zugehört hatte. Er ließ mich gewähren; seine Gleichgültigkeit war verletzend. Mit einer raschen Bewegung stand ich auf.

»He«, sagte er. Er hielt mich an der Hand fest. »Nicht so schnell. Geh noch nicht raus.« Er zog mich wieder nach unten, und während er das tat, packte er mich am Fuß. »Leg dich zurück«, sagte er und fing an, mir langsam die Ferse zu massieren und mir die Daumen unter die Zehen zu pressen. Ich fühlte sowohl Angenehmes wie Schmerz, und je mehr er drückte, desto müder fühlte ich mich. Ich entspannte mich, meine Gedanken schweiften ab. Unsere Körper schaukelten hin und her, wie auf einer Wippe. Ich schaute Philip an, aber innerlich war ich woanders.

»Du denkst an Rose, stimmt's?« Philips Stimme war ruhig, doch es schwang ein tadelnder Ton mit.

»Ja«, sagte ich. »Ich glaub schon. Es ist schwer, nicht daran zu denken, wo Luke da ist.« Ihr Bild stand schwankend vor mir. Das tote weiße Gesicht, der Schnitt ihrer Augen. Der Tod klopft an die Tür. Man kann nicht an zwei Orten gleichzeitig sein. So heißt es, aber tatsächlich kann man es doch. Ich lag im Bad neben Philip, doch ich sah Rose. Das Bild gefror, der dunkle Raum füllte sich, dann löste er sich langsam auf. »Du mußt doch auch an sie denken?« Philip zuckte die Schultern.

»Ein bißchen. Was hast du denn gedacht?«

»Warum sie es getan hat. Wie sie sich gefühlt hat. Solche Dinge.« Den Schuh erwähnte ich nicht. Es würde zu viele Folgen haben, und ich konnte nicht erwarten, daß Philip verstehen würde, warum ich ihn behalten wollte. Er haßte es, daß ich Secondhandkleidung kaufte. Hielt es für eine Charakterschwäche. Das Wasser tropfte immer noch in unregelmäßigen Abständen. Winzige Perlen sammelten sich und hinterließen glänzende Spuren an den Wänden.

»Versuch, nicht dran zu denken«, sagte er.

»Glaubst du an Gott? An den Himmel?«

»Nein, das weißt du doch. Ich hab nie daran geglaubt. Und du auch nicht.«

»Ich würde mir wünschen, daß da etwas wäre. Ich würde mir wünschen, daß da noch ein Ort wäre, an den man nach dem Tod gehen könnte. Das wär doch einfacher, oder? Wenn man die Möglichkeit hätte, sich an den Gedanken zu halten, daß es nicht das Ende wäre.«

»Ich bezweifle das ernsthaft. Außerdem ist der Himmel keine Lösung. Das sind nur die Leute, die Angst vorm Sterben haben, die sich hübsche Märchen ausdenken. Das ist angerührter Babybrei, kompletter Unsinn.«

»Aber es wäre doch nett? Sich vorzustellen, daß das Leben irgendwie unendlich ist. Daß da nicht nur ein riesiges Vakuum ist. Außerdem glauben nicht nur schwache Menschen an Gott und den Himmel. Viele starke, intelligente Menschen bezeichnen sich als religiös.«

»Vielleicht. Ich muß zugeben, daß ich Gott nie als etwas Tröstendes gesehen habe. Mir kommt das Ganze ziemlich lächerlich vor. Wie kann jemand, der halbwegs richtig im Kopf ist, an das Zeug glauben?«

»Ich versuche immer wieder, zu verstehen, wie es ist, wenn man tot ist, aber das kann man nicht. Der Tod ist so eine unmögliche Tatsache.«

»Dann denk nicht dran.«

»Ich weiß«, sagte ich. Ich veränderte meine Stellung. Philip schaute mich jetzt anders an. Es war einer von diesen abweisenden Blicken, die sagen, dieser Gedankengang langweilt mich. Die sagen, das bringt dir nichts. Das ist nicht vernünftig, also hör bitte damit auf. Lange Zeit zuvor hatten wir über die Gründe gesprochen, die hinter einigen unserer Ängste steckten, und dieses Gespräch hatte zum Thema Tod geführt. Er sei nur für die Lebenden wirklich. Man könne ihn nicht anders definieren. Philip sagte, je komplizierter die Medizin werde, desto weniger würden wir den Tod als etwas zum Leben Gehöriges akzeptieren. Er würde zu einer neuen Pest werden, allmählich selbst zu einer Krankheit. Jede Wahrheit über das Leben würde sich in Luft auflösen.

»Du glaubst also an nichts? Und was da draußen passiert ist, das verstehst du alles? Es muß doch auch noch einen Sinn haben, der über das Ereignis selbst hinausgeht? Oder?«

»Sie war unglücklich, Anna. Sie hat sich umgebracht. Ende der Vorstellung.«

»Das akzeptiere ich nicht.«

»Mußt du aber. Was gibt es denn sonst noch? Du suchst etwas, das nicht da ist. Ich sage nicht, daß das falsch ist. In Wahrheit mag ich dich oft gerade deswegen so.« Er drückte meinen Fuß noch fester.

»Aber denkst du nicht an das Warum? Zum Beispiel:

Warum wir? Von den Millionen von Häusern, warum ist sie gerade in diesem gelandet?«

»Das fasziniert mich nicht so wie dich, wenn du das meinst. Es gibt nichts, das sie mit uns verbindet. Keine Übereinstimmung. Was geschehen ist, war zufällig. Übrigens sind Übereinstimmungen gar nicht so merkwürdig.«

»Ich bin nicht fasziniert. Ich finde es nur interessant. Fragwürdig. Jeder hat eine Geschichte. Jeder hat Interesse an solchen Sachen, und wenn Übereinstimmungen nicht so merkwürdig sind, dann gibt es einen Plan hinter den Dingen.« Ich legte mir die Hand an den Kopf und rieb mir die Schläfen.

»Übereinstimmungen haben keine kausale Verbindung. Nur weil sie häufig sind, bedeutet das nicht, daß es einen Plan gibt. Es ist so, wie ich gesagt habe, du suchst Dinge, die nicht da sind. Sei mal realistisch, Mensch.«

»Das Problem ist, daß du nie ernsthaft sein willst. Du willst nichts anschauen, schon gar nicht Dinge, die nicht da sind. Ich glaube wirklich, du findest das unangenehm, stimmt's? Das erinnert dich zu sehr an harte Arbeit.« Philip zögerte einen Moment, dann lächelte er.

»Ich kann das nicht ernst nehmen, Anna. Du weißt nicht, wovon du redest.« Seine Stimme war kalt und fern. Ich wollte noch mehr sagen, ich wollte ihm sagen, wie unsensibel er sein konnte, manchmal bis zur Banalität, aber gleichzeitig wußte ich, daß das unklug wäre. Er würde nur sagen, ich sei irrational. Das war Philips stehende Redewendung für »zu emotional«. Und dann würde ich mich weigern, weiterzureden. Also hob ich den anderen Fuß und versuchte ihn um seinen Hals zu haken, aber er war auf die Bewegung nicht vorbereitet. Er rutschte, ziemlich abrupt, an den Wannenrand. Eine Kerze löste sich, fiel um und erwischte ihn am Rücken. Philip schrie auf.

Eigentlich war die Verbrennung nicht schlimm. Die Haut war versengt, und an der wunden Stelle zeigten sich Blasen. Ich holte etwas Eis; dann sagte ich Philip, er solle sich aufs Sofa legen. Einen Tag lang vielleicht würde er lose Hemden tragen müssen. Nichts sollte daran reiben, aber sonst war es nicht weiter schlimm. Er war nackt und hatte nur ein Handtuch um die Taille gewickelt, und ich streute ihm etwas Körperpuder auf die Schultern. Er roch süß wie ein Baby, seine Haut war lilienweiß, weich. Dann stand ich auf und schaute auf seine Füße. Zwischen allen Zehen konnte ich etwas sehen, das wie der Anfang von Fäulnis aussah.

»Das ist deine Schuld«, sagte er. »Warum bist du so nach hinten gerückt?«

»Bin ich nicht. Es war keine Absicht. Kann ich dir was bringen? Irgendwas?«

Er sprach in das Kissen. »Laß mich in Ruh«, sagte er. »Hör auf, so ein Theater zu machen, und verschwinde.«

Normalerweise ging ich nie in die Nähe des Gästezimmers. Weil es Philips erklärter Arbeitsbereich war und er das Zimmer mit seinen Büchern und seiner Ausrüstung vollgestopft hatte, machte ich einen großen Bogen drum herum. An dem Abend jedoch schlenderte ich in der Wohnung umher, ging in die Küche, in unser Schlafzimmer, ins Bad, und am Ende stand ich schließlich vor Lukes Bett.

Das Zimmer roch noch immer nach Philips Chemikalien. Die ganze Wohnung stank danach, wenn Philip arbeitete, aber in diesem Zimmer hielt sich der Geruch länger. Ich zog das schwarze Rollo hoch, das über dem Fenster hing, und öffnete dieses einen Spalt, um etwas frische Luft hereinzulassen, dann wandte ich mich dem Bett zu. Ein Hemd lag auf dem Kissen. Es war das, welches Luke am Vortag getragen hatte; ein blaßblaues Kleidungsstück mit winzigen weißen Knöpfen.

Um den Kragen war ein dunkler Ring, dort wo sein Hals daran gerieben hatte, und die Ärmel waren verknautscht und leer. Ich hob es auf und drückte es mir ans Gesicht. Ich nahm den schwachen Geruch von Schweiß wahr und auch das zitronige Rasierwasser. Ein paar von Lukes Habseligkeiten lagen auf Philips provisorischer Werkbank; einige Münzen, ein Taschenmesser, ein goldenes Feuerzeug. Ich weiß nicht, was ich zu finden erwartete; vielleicht etwas, das mir das Bild erweitern, mir mehr als diese halbe Person zeigen würde. Ich starrte auf die Werkbank.

Vielleicht waren sie nicht glücklich miteinander gewesen? Ich schämte mich für diesen Gedanken, aber was für ein Bild hatte Luke denn von Philip und mir? Angenommen, er sah, wenn er uns anschaute, zwei Menschen, die sich einmal geliebt hatten, aber nicht mehr dieselbe Leidenschaft teilten? Vielleicht dachte er, daß wir kurz davor wären, uns zu trennen, oder vielleicht sah er das Gegenteil. Vielleicht sah er ein Paar, das ganz glücklich und zufrieden war. Keiner von uns beiden hatte ihm einen Grund gegeben, etwas anderes zu denken. Alle Bilder sind selektiv.

Ich stellte mir Luke und Rose vor, wie sie sich an den Händen hielten; versuchte mir vorzustellen, wie sie Dinge taten, die Philip und ich taten, aber nichts formte sich deutlich genug, um irgendeinen großartigen Einblick in Roses Verhalten zu gewähren. Ich konnte nur festmachen, daß sie sehr unglücklich gewesen war und ihre Existenz in meiner Welt gänzlich auf der Tatsache beruhte, daß sie gestorben war.

Ich nahm das Feuerzeug in die Hand. Es war rautenförmig und paßte genau in meine Handfläche. Als ich es zündete, schoß eine schmale Flamme wie eine Zunge hoch. Der Vorhang flatterte, und ich hörte, wie Philip meinen Namen rief. Ich wartete einen Augenblick, dann rief er ein zweites Mal, und ich rief zurück, daß ich kommen würde. Er überschlug sich vor lauter Entschuldigungen. Er sagte, er habe mich nie so anfahren wollen, und meinte, das sei nur passiert, weil er müde gewesen sei. Ich biß ihm in die Finger.

»Schlechte Ausrede. Aber ich gewähre Absolution.« Wir setzten uns auf die Couch. Draußen war es schwarz und kalt. Drinnen sammelten die Gasflammen des Heizkörpers unsere Gedanken, und ein Zustand des Glücksgefühls umfing uns beide. Nichts drängte. Es gab keine Eile, irgend etwas zu tun oder auch nur zu sagen, wir saßen einfach nebeneinander und nahmen die Wärme und die Stille an.

Erst sehr viel später, als ich mich auszog, bemerkte ich das lange silbrige Haar, das sich im Bündchen meines Pullovers verfangen hatte. Irgendwie hatte es sich in die Wolle gewunden. Ich zerrte es heraus und hielt es ans Licht. Es war das gleiche wie das im Fleisch. Es war bezaubernd, wie es schimmerte, und ich konnte nicht umhin zu denken, daß es nur zweierlei gibt, was nach dem Tode weiterwächst: Haare und Nägel, und ersteres traf besonders auf Rose zu. Ich sah ihren Sarg vor mir, irgendwo tief unter der Erde. Er war mit dieser langen silbrigen Substanz gefüllt. Sie polsterte ihren Körper und spann ihn ein, doch zugleich drängte sie auch aus dem Sarg durch den Boden in die Höhe. Ich schaute zu, wie jede modrige Zelle sich teilte und verteilte. Die silbrigen Fäden woben sich durch Farndickichte. Ich sah sie wachsen und Bäume einhüllen, die Äste umweben, und wie ich es mir vorgestellt hatte, standen mir die Härchen an meinen eigenen Armen zu Berge und wurden steif vor Kälte.

Luke kam gegen Mitternacht zurück. Philip hatte ihm den Ersatzschlüssel gegeben, damit er kommen und gehen konnte, wann er wollte. Seine Schritte tappten leise den Flur entlang, dann schloß sich die Tür zu seinem Zimmer. Ich vergrub mich tiefer unter der Bettdecke und zog die Knie an die Brust. Draußen ging ein Wind, er verfing sich an der Ecke des Gebäudes, ließ das Glas klirren. Ich lag stundenlang wach. Ich wußte, daß mein Kopf den Ton verstärkte, den Lärm auf eine unerträgliche Höhe schraubte. Aber ich konnte ihn nicht abstellen. Ich sah die Stadt als eine unendliche Einöde, und der Wind heulte über sie hinweg. Es war kalt, starr. Philip rückte näher, doch obwohl ich nicht nur die Umrisse seines Gesichtes sehen konnte, sondern auch die feinen Härchen an seinen Schläfen, und obwohl ich so nah war, daß ich jede Linie an seinem Körper nachzeichnen konnte, fühlte ich mich allein, und die ganze Nacht über war mein Schlaf gestört.

Am nächsten Morgen war es dunkler als gewöhnlich. Ich brauchte lange, um mich aus dem Bett zu hieven, und während ich das tat, warf ich einen Blick durchs Fenster. Die Wolken waren schwer, obwohl dahinter eine Art schmaler Lichtstreif zu leuchten schien. Mir fiel auch eine besondere Stille auf, aber ich konnte nicht sagen, was sie bedeutete. Ich frühstückte ein wenig und ging gleich zur Arbeit. Ich dachte an Philip. Er hatte recht. Keiner von uns beiden glaubte an Gott oder an einen Himmel, und er meinte es gut, wenn er sagte, ich sollte versuchen zu vergessen, was geschehen war, es hinter mir lassen. Das Gespräch mit ihm hatte einen gewissen Grad an Wirklichkeitsnähe zurückgebracht, und doch waren seit dem Vorfall auch so viele Emotionen zurückgekehrt. Gefühle von Verlust, von Leere; genau die gleichen Zustände, die mich nach dem Tod meiner Mutter begleitet hatten. Ich träumte von ihr und rief mir immer mehr Einzelheiten ins Gedächtnis zurück. Naheliegendes – wie Philip und Luke – stand an zweiter Stelle.

An dem bestimmten Morgen ging ich die Straße entlang, bog um die Ecke und ging auf die Unterführung zu. Ich befand mich in einer Art Dämmerzustand. Ein leichter Wind ging, und ein Stück Zeitung flog durch die Luft. Entgegen meiner Erwartung war das Licht nicht heller als zu dem Zeitpunkt, als ich aufgestanden war. Die Wolken kreisten zwischen den Gebäuden und Dächern. Sie löschten den größten Teil des Tageslichtes aus, und ich dachte gerade darüber nach, was Philip gesagt hatte. Daß ich mich wirklich, obwohl ich mich so schlecht fühlte, um ein wenig Perspektive bemühen sollte. In dem Moment trat ich aus der Unterführung und spürte, wie etwas sehr Kaltes über mein Gesicht streifte. Es war wie ein langer Finger, der über meine Wangen gezogen wurde, doch als ich aufschaute, sah ich nur Schnee. Fein ziselierte Schneeflocken schwebten langsam von oben herunter. Eins nach dem anderen fielen die Teilchen vom Himmel. Winzige filigrane Netze aus Eis. Sie bedeckten die Straßen weit und breit, überzogen die Häuser mit einem Pelz, flogen mir in die Augen. Als ich zurückschaute, sah ich die Türme durch den Schneefall unscharf. Ich hatte das Gefühl zu träumen, nur waren meine Augen weit geöffnet, und das Licht war verschwommen und verblaßt.

Ich ging weiter und stellte mir vor, Rose ginge ein Stückchen vor mir her. Der Schnee verdichtete sich in ihrem Körper. Ihre Gliedmaßen leuchteten, ihre blasse Stirn glitzerte, und ihr Haar war überzuckert mit Weiß. Das durchsichtige Gesicht strahlte wie ein Leuchtturm. Sie beleuchtete den Weg, und die Flocken fielen und wehten über das Pflaster.

SECHS

Philip hatte Luke zwar nur für ein paar Tage eingeladen, doch aus den zwei Tagen wurde erst eine Woche, und aus einer dann zwei. Luke sagte, er wolle nicht nach Hause, jedenfalls noch nicht gleich. Er sagte, es helfe ihm, hier zu sein, nahe der Stelle, wo Rose zuletzt gewesen sei. Die Art, wie er das sagte, ließ es wie eine Wallfahrt klingen, aber ich kann nicht sagen, daß es Philip oder mir etwas ausmachte. Zunächst einmal bestand er darauf, uns Miete zu zahlen, und das erleichterte unsere Finanzprobleme beträchtlich. Er kaufte uns kleine Geschenke: Wein, Bücher, Blumen. Und in vieler Hinsicht minderte seine Gegenwart ein wenig den Druck zwischen Philip und mir. Wir waren uns dieser Tatsache nicht bewußt, aber während die Tage vergingen, wurden kleine Irritationen seltener, und in der Wohnung verbreitete sich ein gewisses Maß an Neutralität.

Das war eher von Luke als von uns inszeniert. Er paßte sich unserem Tagesablauf an, machte sich mit unserem Kommen und Gehen vertraut, und so änderte sich nichts Wesentliches; zumindest nicht an der Oberfläche. Unser Alltagsleben lief weiter. Ich ging zur Arbeit, kam nach Hause, sorgte für Luke, indem ich mehr Lebensmittel einkaufte, ich redete, aß, schlief. All die kleinen Nebensächlichkeiten. Und doch geschah etwas. Ich fing an, Luke weniger als einen Gast zu sehen und mehr als einen Ableiter. Ich versorgte ihn, und indem ich das tat, versorgte ich auch Rose. Natürlich dachte ich nicht die ganze Zeit an sie, aber das Wissen um das, was sie getan hatte, war stets in meinem Hinterkopf, und wann immer ich Luke anschaute, kehrten meine Gedanken automatisch zu jenem Morgen zurück. Warum empfand ich das so stark? Warum immer wieder die schrecklichen Rückwärtsbewegungen des Gedächtnisses? Warum diese Besessenheit? Zu diesem Zeitpunkt sah ich das nicht als krankhaft an.

Dieses Wort gebrauchte Philip erst sehr viel später. Ich sah Rose nur als ein Geheimnis, eine Projektion meiner eigenen verborgenen Welt. Und wenn Luke von ihr sprach, wurde ich doppelt aufmerksam. Er sagte vielleicht, daß sie ein Buch mochte oder einen Film oder daß sie mit einem bestimmten Standpunkt nicht einverstanden gewesen wäre, und ich sog diese Bemerkungen auf. Ich stellte fest, daß ihre letzte Handlung seine Sichtweise verändert hatte. Es war in seiner Stimme, in seinem Gesicht; die leere Wand, an die er immer wieder stieß. In seinen Sätzen lag Schärfe, doch auch eine Leere. Jedes Mal, wenn er ihren Namen erwähnte, wußte ich mehr oder weniger, daß ich mit diesem meine eigenen Assoziationen und Erinnerungen verband.

Philip seinerseits verbrachte die meisten Tage mit Luke. Sie besuchten Ausstellungen, machten Einkäufe, gingen ins Kino und ins Museum. Luke hatte mehr Geld als Philip, und er bezahlte alles, und am Abend tauschten Philip und ich die Informationen aus. Philip tat das nicht bewußt; ich neigte dazu, ihm die Dinge zu entlocken und aus der Nase zu ziehen.

Es war eine heikle Prozedur, wie wenn man Wolle über einen Kamm streicht, bevor man sie verspinnt und webt. Davon abgesehen waren seine Antworten sehr ungenau und nicht sehr hilfreich. Rose schien in keinem Gespräch zwischen ihm und Luke aufzutauchen. Statt dessen redeten sie über tägliche Ereignisse, das Hier und Jetzt, und Philip sagte, sie redeten auch über mich, obwohl er sich wiederum nicht erinnern konnte, was genau gesagt worden war. Als Zeuge hätte Philip versagt. Dann begann Luke, Philip zum Kochen anzuspornen, und wenn ich nach Hause kam, warteten schon fertige Mahlzeiten und Weinflaschen auf mich. Nach einem dieser Essen sprach Luke zum erstenmal wirklich über Rose.

Wir hatten den Heizkörper im Kamin angestellt, und die Wohnung war von einer Mischung aus Essensgerüchen und Blumenduft erfüllt. Zum Essen hatten wir zwei Flaschen Wein getrunken; jetzt entspannten wir uns bei einer dritten. In unserem Gespräch während des Essens ging es um alles mögliche. Wir redeten über das Wetter. Wie unbarmherzig es wäre. Der Wind blies aus dem Norden, und in den Nachrichten hieß es, daß er aus der tiefsten Arktis käme. Von Tag zu Tag fühlten sich alle immer müder. Das tägliche Leben war jetzt viel härter, und doch lag, absurderweise, eine gewisse Schönheit darin. Wie das Eis glitzerte, wie alltägliche Gegenstände fremd wurden. Weniger erträglich war die Kälte.

Wir sprachen über die Wohnung, über Fotografie, die erste Mondlandung und die Behauptung, daß es sich dabei um einen Schwindel gehandelt hätte. Philip bestand darauf, daß man die Aufnahmen im Atelier gedreht hatte und nicht auf dem Mond. Wir diskutierten darüber, daß sich heute um einen Flugzeugabsturz oder eine Bombenexplosion sogleich Verschwörungstheorien rankten. Die Themen wechselten sich ab. Es schien Luke zu faszinieren, daß ich gern bei Finmark arbeitete, und eine Zeitlang plauderten wir über sterile Arbeitsbedingungen. Ob ich das nicht alles ermüdend, langweilig fände? Ich sagte, daß die Arbeit auf ihre Weise ganz befriedigend sei, und er bohrte nicht weiter nach. Philip saß links neben mir, und Luke saß uns gegenüber. Manchmal legte Philip seine Hand auf meine und drückte sie leicht. Ich lächelte und drückte seine auch. Wir redeten und aßen und tranken; danach standen wir vom Tisch auf und setzten uns vor den Kamin. Ich rollte mich auf der Couch zusammen, und Philip legte sich neben mich. Luke saß im Sessel. Das Gespräch verebbte ein wenig, und ich fühlte mich sehr schläfrig und wohlig.

»Erzähl mir was über deine Arbeit«, sagte Luke und schaute lächelnd zu Philip hinüber. »Die Fotos an den Wänden?«

»Das sind alles städtische Gebäude. Das da ist das Institute of Technology, und das daneben ist das Heeresmuseum.« Philip sprach ausführlich über moderne Architektur, die Rolle der Fotografie. Er zählte die verschiedenen Filmsorten auf, die er verwendete, um unterschiedliche Effekte zu erzielen, und die Fotografen, die seine Arbeit beeinflußt hatten. Davon gab es eine ganze Reihe, und jeder hatte etwas Bestimmtes, das Philip in seine eigene Arbeit einbringen wollte. Im Grunde wollte er, daß seine Bilder eine Projektion oder ein Ausdruck des Wesentlichen sein sollten. Er war überzeugt davon, daß ein gutes Foto zugleich aufdecken und verdecken müsse. Er sprach über Fotografie als eine verdoppelte Welt. Sie vermittle einem nur eine Ahnung des Wissens – da war sie wieder, die Mond-Theorie –, Fotografie als eine Totenmaske, als zweites Gesicht, als die Wirklichkeit und die Vorstellung zugleich.

»Warum gerade diese Aufnahme?« Luke deutete auf das Foto eines Bürokomplexes. »Die gibt doch nur das Gebäude wieder? Es steckt doch nichts dahinter?«

»Glaubst du nicht, daß es etwas impliziert?« fragte ich. »Fotografie kann nicht abbilden, weil die Zeit in einem Bild nicht existiert, aber ich finde dieses da ziemlich seltsam. Ich kenne das Gebäude, und doch, wenn ich mir das Bild anschaue, fühle ich etwas anderes dabei.«

»Fotos sind gestellt«, fügte Philip eindringlich hinzu. »Sie verlangen ja nicht, daß du irgend etwas glaubst. Sie verlangen von dir, daß du darüber nachdenkst, was in ihnen oder hinter ihnen liegt. Wie eine überhöhte Realität. Sie laden dich ein, zu phantasieren und für eine Sekunde zu fliehen.« Philip faltete die Hände und lächelte, als hätte er seine Ausführungen beendet.

»Aber lügt denn die Kamera nie?«

»Na vielen Dank! Aber zwei Menschen können dasselbe Foto anschauen und verschiedene Dinge sehen. Ein Objekt kann für sich stehen und auch für etwas anderes. Wie eine Erinnerung. Sie ist nicht dasselbe wie das Original, aber sie hat doch Gültigkeit.« Luke lehnte sich in seinem Stuhl zurück, starrte an Philip vorbei und mich an.

»Wenn man ein Foto anschaut, ist das so, wie wenn man sich an eine Erinnerung erinnert«, sagte ich, war aber nicht ganz sicher, ob das sehr sinnvoll klang. Nach einer Pause ging das Gespräch weiter. Manchmal gab Luke den Anstoß mit einer Frage, und Philip übernahm und ging die Liste der Bedeutungen und Motive durch. Er war in seinem Element. Er sprach vom beinahe physischen Vergnügen, das ihm das Klicken und Surren des Verschlusses bereitete; wenn er wußte, daß er den Moment eingefangen hatte. Gelegentlich stieß er mit dem Finger in die Luft, um einen bestimmten Punkt zu unterstreichen. Er holte ein paar von seinen Mappen aus dem Schlafzimmer, schaute sie mit Luke an und lieferte dazu einen kompletten Kommentar. Viele Fotos zeigten baufällige Häuser: alte Schwimmbäder und Lagerhallen, eine aufgelassene Schule, ein Haus, das durch eine Gasexplosion zerstört worden war. Die Szenen waren dramatisch, beinahe surreal. Philip redete immer weiter, und ich hörte alles, aber ich war nicht aufmerksam. Ich kannte alles und auch die Bilder auswendig, und das Gespräch schwebte über meinen Kopf hinweg. An einer Stelle nickte ich ein. Als ich aufwachte, sagte Philip gerade gute Nacht.

»Ich glaub, ich hab zuviel getrunken«, gähnte er und reckte die Arme. »Ich geh ins Bett.« Er schaute mich an und streckte die Hand aus.

»Ich bleib noch ein bißchen auf«, sagte ich. Philip beugte sich herunter und küßte mich auf die Wange. Sein Atem stank nach Alkohol. Es war ziemlich untypisch für ihn, so viel zu trinken wie an dem Abend, und er grinste.

»Aber nicht zu lange. Du siehst sehr müde aus.« Als er an der Tür war, drehte er sich um. »Ich hab den Abend wirklich genossen«, sagte er. Seine Worte waren undeutlich, und Luke lächelte.

»Ich auch. Danke, daß du mir deine Arbeiten gezeigt hast.«

Als Philip sich zurückgezogen hatte, schenkte ich Luke nach und drehte den Heizkörper weiter auf. Meine Glieder waren vom Stilliegen steif, und ich litt unter leichten Verdauungsstörungen. Luke sah, daß ich mir den Bauch rieb, und zog die Augenbrauen hoch.

»Es ist nichts. Ich hab zuviel gegessen.« Ich zog die Beine an und schüttelte die Kissen auf.

»Die Fotos haben mir gefallen«, sagte er, aber ich hatte nicht das Gefühl, daß er zu mir sprach, eher zu sich selbst. »Ich hab ein paar Fotos von Rose, irgendwo.«

»Wie seid ihr euch begegnet?« Ich versuchte es leichthin

zu sagen, aber die Frage klang falsch. Luke zögerte und zwinkerte dann.

»In einem Krankenhaus«, sagte er. »Wir haben zusammen gearbeitet.«

»In welchem?«

»Es hieß St. Mary. Du kennst doch diese Häuser. Riesig, unpersönlich. Man könnte fünf, zehn Jahre dort sein und immer noch nicht alle Stockwerke und Stationen kennen. Ich hab mich ständig verlaufen. Ich biege in einen Flur und denke, daß ich in die Station komme, auf der ich arbeite, und ich lande in einer, die genauso aussieht, aber es sind andere Patienten drin. Das konnte sehr verwirrend sein. Rose hat sich gern fotografieren lassen.« Luke heftete diesen letzten Satz an, dann hielt er jäh inne. Er strich sich über das Handgelenk.

»Sie war Krankenschwester?« Wieder dieses Schweigen. Ich wollte nicht, daß er etwas gegen mich hatte, aber gleichzeitig mußte ich es einfach wissen. »Luke?«

»Ja«, sagte er. »Und ich war der Medizinstudent. Eine passende Kombination, findest du nicht? Übrigens bin ich Rose erst begegnet, als ich schon lange dort war. In den ersten beiden Jahren müssen Studenten monatlich rotieren. Ich hatte schon auf der Nierenstation gearbeitet, in der Notaufnahme, in der Röntgenstation, auf der Osteopathie und auf der Kardiologie.« Er zählte alles auf, als hake er im Geiste jedes Stückchen Vergangenheit ab. In Zahlen lag Sicherheit. »Ich wollte Chirurg werden. Wenigstens war das der Plan. Und das war auch die Abteilung, in der ich gearbeitet habe, als ich Rose begegnet bin. Das hat mir wahnsinnig gefallen.« Er hielt inne und hob die Hände hoch. »Chirurgenhände. Sind ein kleines Vermögen wert. Wenn ich weitergemacht hätte, wären die jetzt versichert.« Er starrte auf seine Finger. »Ich kann doch jederzeit wieder zurück, oder?« Ich nickte.

»Und wie paßt Rose da hinein?« Luke warf mir einen Blick zu, und sein Mund verzog sich zu einem halben Lächeln. Der Schatten der Gasflammen erleuchtete sein Gesicht. »Macht es dir was aus, wenn ich frage?«

»Nein. Es ist nur – was du gesagt hast. Ich glaub nicht, daß Rose irgendwo hineingepaßt hat. Ein kleines Wunder, daß ich sie überhaupt gefunden habe.« Er trank einen Schluck aus seinem Glas. Sein Gesicht entspannte sich. Es war ein fester, nach innen gerichteter Blick.

»Eines Tages, als ich eine Runde in der Intensivstation machte, da hörte ich diese Stimme. Ich konnte die Besitzerin der Stimme nicht sehen, denn sie war hinter einem Vorhang am anderen Ende der Abteilung verborgen, aber es war, als hätte mich etwas getroffen. Als ich bei der Patientin ankam, deren Bett dem Vorhang am nächsten war, stand ich da und studierte ihr Krankenblatt, während ich gleichzeitig der Stimme auf der anderen Seite des Vorhangs lauschte. Sie gehörte offenbar einer Schwester, die hinter dem Vorhang eine Patientin wusch. Ich konnte ein bißchen von ihrem Schatten sehen, als sie um das Bett herumging, und sie lachte und redete, aber ich wußte, daß die Patientin sie nicht hören konnte, denn die Frau lag im Koma. Die Schwester plauderte weiter, als wenn nichts wäre. Ich habe den Namen der Frau vergessen, aber sie hatte einen Autounfall gehabt. Im siebten Monat schwanger. Wir haben versucht, sie am Leben zu halten, bis man sie gefahrlos von ihrem Baby entbinden konnte. Jedenfalls erzählte Rose der Frau ganz genau, was sie gerade machte; ganz genau, welchen Körperteil sie als nächstes waschen würde. »Jetzt wasche ich Ihren rechten Arm«, sagte sie, und ich konnte mir vorstellen, wie sie den leblosen Arm dieser Frau hochhob und ihn sanft wusch, ihn dann abtrocknete und ihn wieder auf die Druckunterlage legte. Sie kicherte, und dann hörte ich sie sagen, daß sie jetzt den Fuß wasche, und sie fragte die Frau, ob sie kitzlig sei. Sie sagte, die Frau hätte eine sehr schöne Haut, und ich sah, wie sich ihr Schatten über das Bett beugte, und ich stellte mir vor, wie ihre Hand mit dem Waschlappen über die Beine der Frau glitt. Sie wusch der Frau den Bauch. Erst drückte sie den Waschlappen aus und seifte ihn wieder ein, dann beschrieb sie die Bewegungen des Waschlappens, während sie ihn sanft über den Bauch der Frau rieb. Wie warm das Wasser sei. Daß das Baby ihn vielleicht spüren könne. Wie süß sie danach duften würde. »Das ist eine Magnolienseife«, sagte die Stimme, und ich schwöre, ich konnte den Duft der Blumen riechen. Als das Waschen beendet war, blieb es kurz still. Ich sah, wie die Schwester etwas aufhob, und ich hörte, wie sie der Frau erzählte, daß sie sie nur noch abtrocknen und ihr etwas Körperpuder in die Haut reiben würde. Sie erwähnte eine Tätowierung innen auf dem rechten Knöchel der Frau, und danach wurde der Blutdruck gemessen: 110 zu 86. Ich kann mich noch daran erinnern.« An dieser Stelle hielt Luke inne, und dann lächelte er.

»Was dann kam, klingt schrecklich«, sagte er. »Die Sache ist die, daß ich dastand und dieser Stimme zuhörte, und das machte mich an. Wie sie redete, die Wärme in ihrer Stimme. Und dann gab mir jemand am anderen Ende der Station ein Zeichen, daß ich anderswo gebraucht würde, und ich mußte gehen. Ich war an der Tür, als ich mich umdrehte. Rose zog den Vorhang zurück. Sie hielt eine Schüssel mit Wasser in den Händen, und sie sah mich direkt an und runzelte die Stirn. Ich kann mir nicht vorstellen, daß ich das jemals vergessen werde, diesen Augenblick. Ihren Ausdruck. Sie war schlank, nicht im klassischen Sinne schön, aber kombiniert mit der Stimme war ich fast im gleichen Moment, als ich sie sah, vollkommen bezaubert. Ich hatte natürlich schon andere Freundinnen gehabt, in die ich verliebt war, die ich sehr anziehend fand, intelligent, süß, aber mit Rose war das anders. Etwas in mir wußte das. Es war jenseits von allem, das ich mir je vorgestellt hatte. Etwas Vollendetes. Wie ein Nachhausekommen.« Lukes Stimme verlor sich. Ich dachte, er hätte vielleicht geendet, aber nachdem er einige Schlucke Wein getrunken hatte, redete er weiter.

»Ich konnte den Blick nicht von ihr lassen. So war es, Anna. Später an dem Tag ging ich wieder zu der Station, um zu sehen, ob ich sie finden könnte. Ich wollte sie bitten, mit mir auszugehen, aber sie war nicht mehr im Dienst. Ich stand am Bett der Frau. Wenn da nicht die Schläuche und die Monitore gewesen wären, hätte man nie erraten, daß etwas mit ihr nicht in Ordnung war. Die winzigen Lichtwellen auf den Bildschirmen stiegen und fielen. Sie sah aus, als schliefe sie. Das ist ein Koma ja schließlich. Oder als träume sie. Rose hat mich später gefragt, ob ich glaube, daß die Frau denken konnte. Vielleicht war sie in ihrem Körper gefangen und unfähig, es uns zu sagen, aber bei einem solchen Zustand kann man nicht viel diagnostizieren. Ihre Lider zitterten. Und Rose hatte recht, ihre Haut war sehr schön, makellos wie Babyhaut, und der Duft der Seife hing in den Laken.

Drei Tage lang habe ich Rose nicht wiedergesehen. Statt dessen habe ich in der Erinnerung dieser ersten Begegnung geschwelgt. Ich war aufgeregt, in Hochstimmung. Als ich sie dann schließlich gefunden hatte, bat ich sie, mit mir auszugehen, und wir gingen essen. Von dem Punkt an entwickelte sich alles. Wir gingen ins Kino, zum Essen, machten Spaziergänge. Ich zog zu Rose. Wir müssen ja darüber gesprochen haben, aber ich kann mich eigentlich nicht erinnern. Ich glaube, sie hatte eine bessere Wohnung als ich, und die Miete war niedriger. Sie schien vollkommen glücklich zu sein, vollkommen verliebt, und aus meiner Sicht war sie alles, wovon ich je geträumt hatte. Mein Energiepegel stieg. Ich wollte jeden Tag und jeden Augenblick bei ihr sein. Ich sehe mich noch, wie ich durch das Krankenhaus laufe und hoffe, sie abzupassen. Wie ich zu Hause auf das Ende ihrer Schicht warte. Mir den Moment vorstelle, wo sie durch die Tür kommt. Und die Zeit verging, und ich wollte sie immer mehr. Ich glaube, ich brauchte sie immer mehr. Ich schlug vor zu heiraten. Ich wollte, daß wir eine Familie haben, alle Dinge tun, die andere Paare tun, wenn sie verliebt sind, aber sie war nicht bereit.

Dann kam ich eines Morgens nach einer besonders mörderischen Nachtwache nach Hause, und da erklärte Rose, daß sie fortgehen würde. Es war genauso plötzlich und genauso dramatisch. Es habe nichts mit mir zu tun, sagte sie, sie habe einfach genug von der Arbeit im Krankenhaus und wolle eine Veränderung. Ihre Kündigung im Krankenhaus hatte sie schon eingereicht. Eine Zeitlang saßen wir da und versuchten alles durchzusprechen, aber sie wollte sich nicht davon abbringen lassen, also sagte ich, daß ich mit ihr gehen würde. Es gab keine Alternative, verstehst du? Keine. Die Saat war schon aufgegangen.«

Luke beugte sich vor und trank noch ein paar Schlucke Wein. Seine Fingerabdrücke verschmierten das Glas, und ich hatte das bestimmte Gefühl, daß er Teile seiner Geschichte kürzte. Manchmal zögerte er, bevor er sprach, als schneide er einen Satz heraus, entferne eine Erinnerung. Dann wieder hatte ich das Gefühl, als überarbeite er Stücke, ordne Ereignisse in Raum und Zeit neu an. Ich weiß nicht, ob er diese Überarbeitungen für mich vornahm oder für sich oder vielleicht sogar für Rose. Vielleicht versuchte er, einen bestimmten Eindruck zu erwecken, oder vielleicht dachte er, einige

Dinge seien nicht erwähnenswert oder ich würde mich langweilen. Jedenfalls war dies die Version, die er schließlich ausgesucht hatte. Dies waren die Erinnerungen, die sie am besten einfingen.

Er wiegte das Glas in der Hand, dann stand er auf und ging zum Fenster hinüber.

»Es schneit noch immer«, sagte er. »Wenn man drinnen ist, fällt es einem nicht auf. Es ist so unglaublich still.«

Ich erhob mich von der Couch und schaute hinaus. Die Schneeflocken streiften das Glas. Sie waren von einem hellen Einhornweiß. Würde der Mond explodieren, dann würde es so aussehen. Doch die Stille gab dem Schnee auch etwas beinahe Menschliches. Als hätte er sich bewußt entschieden, ruhig zu bleiben. Als hege er tiefe, seltsame Gedanken.

»Das erstaunt mich doch immer wieder«, sagte ich. »Eine Winterlandschaft. Sie wirkt immer halb erfunden, wie aus einem Buch.« Luke drehte sich um und lächelte.

»Ja.« Seine Augen wurden größer. »Man würde nicht darauf kommen, daß er kalt ist, wenn man ihn nicht berührt, stimmt's? Ich denke immer, Schnee ist ein bißchen wie ein gutes Geheimnis oder ein Code. Diese geheimnisvolle Stille, die er mitbringt. Das Wunder.« Wir saßen beide einen Moment lang da und sahen den Schnee fallen. Das Licht von drinnen verkürzte die Sicht, erleuchtete die Flocken und warf einen Schatten unseres Zimmers auf den schwarzen Hintergrund. Das Bild war vertraut, doch zugleich wie aus einer anderen Welt; wie ein gläserner Anbau, breiter und weißer als unser Raum, mit einer viel höheren Decke, und die Möbel waren vollkommen durchsichtig, aber es war immer noch unser Zimmer, unsere Wohnung. Der Schnee fiel durch die Tische und Stühle. Er fiel schräg. Die dünnen Wände flackerten in einem ätherischen Licht. Der Boden brach ein, und die

Flocken konnten hindurchfallen. Der Raum faßte all meine Sehnsüchte und Ängste zusammen. Er war wie die Räume, in denen ich mit meiner Mutter gelebt hatte. Oder wie meine Erinnerung daran, denn ich wußte, ich konnte nie mehr zurück. Die Räume waren unerreichbar. Da war die Vergangenheit, und dann war da die Gegenwart, und ich hatte mir nie vorgestellt, daß diese beiden Welten zusammentreffen könnten.

Schließlich brach Luke das Schweigen. Er fragte, ob ich etwas Wasser wolle.

»Nach dem vielen Wein hab ich Durst. Ich habe keine Lust auf einen Kater.«

Als er zurückkam, brachte er zwei Gläser mit, wovon er eines neben meinem Stuhl auf den Boden stellte.

»Kaum zu glauben, daß es woanders warm ist. Es scheint, als ob es immer schon geschneit hätte.«

»Möchtest du weiterreden?« Ich wußte nicht, ob es noch irgend etwas gab, das er erzählen wollte, aber ich dachte, ein Versuch sei der Mühe wert, und ich hatte recht.

»Ich hätte nichts dagegen.« Er sprach ruhig. Er setzte sich wieder in den Sessel und stützte den Kopf in die Hand. »Rose ging einen Monat später, und einen Monat darauf folgte ich ihr. Mein Supervisor im Krankenhaus hat versucht, mich davon abzubringen, aber ich wußte, daß ich das Richtige tat. Ich war verliebt. Ich mußte bei ihr sein. Sie übernahm die Initiative, und ich nehme an, man findet sich damit ab, wenn man wirklich mit jemandem zusammensein will. Als sie fort war, erinnerte ich mich ständig an kleine Dinge. Ich roch plötzlich ihren Duft an meinem Pullover, erinnerte mich an etwas, das sie gesagt hatte, an ihre Art zu lächeln. Ich konnte sie nicht aufgeben. Ich konnte meine Gefühle nicht aufgeben. Es war beinahe etwas Heiliges.

Rose war in eine Stadt weiter westwärts gezogen und hatte einen Kunstkurs am College dort belegt. Sie nahm vorübergehend einen Job als Kellnerin an, und eine Zeitlang waren wir wahnsinnig glücklich. Das Krankenhaus am Ort nahm mich, und ich fing wieder an, zu studieren. Es gefiel mir nicht besonders, daß sie als Kellnerin arbeitete, aber sie schien es zu mögen, und ich beobachtete sie genau. Wir stritten uns kaum.« Luke hielt wieder inne und nahm sein Weinglas. Er ließ den Finger über den Rand gleiten. »Ich weiß nicht«, sagte er leise. »Ich war besessen. Wenn ich sie manchmal anschaute, konnte ich kaum atmen. Es war so, als wäre man mit dem, was man am meisten liebt, in einem Raum eingeschlossen und die Wände bewegten sich auf einen zu. So war es«, sagte er. »Ganz genau so. Außerhalb existierte nichts. Verstehst du das?«

»Ja.« Ich nickte. Luke hatte die Hände fest zusammengepreßt. Ich versuchte mir vorzustellen, wie er sie berührte, wie sie ihn berührte. Er starrte ins Leere.

»Ein Jahr lang lief alles normal. Bis sie sagte, sie müsse wieder weiterziehen. Und so ging es weiter. Im Laufe von drei Jahren zogen wir sechsmal um. Jedesmal war es Rose, die die Veränderung herbeiführte. Und ein Teil von mir mochte das. Das machte sie so lebendig, und ich folgte ihr jedesmal. Einmal lebten wir am Meer. Ein anderes Mal ging Rose ins Ausland. Sie sagte, es sei ein Abenteuer. Sie hatte immer einen guten Grund, eine Wechsel zu wollen. Als wir ans Meer zogen, gingen wir in ein kleines Seebad, doch es war Winter, und so war es praktisch menschenleer. Rose meinte, es würde uns beiden guttun, an einem ruhigen Ort zu sein, die Seeluft zu atmen. Unser Haus war direkt am Wasser. Sie füllte es mit Muscheln. Sie schwamm jeden Tag, obwohl es eiskalt war. Als wir ins Ausland gingen, wählte sie eine große Stadt und hatte schon eine Wohnung gefunden, bevor ich ankam. Sie war mitten im Zentrum. Rose sagte, wir müßten mehr sehen, und jeden Tag verbrachten wir damit, neue Gegenden zu erforschen. Wir gingen meilenweit, bis wir jeden Zentimeter in der Stadt kannten. Sie sagte, sie wolle raus und Dinge sehen, aber natürlich konnte ich so nicht mit meinem Studium weitermachen. Ich fing an, diesen und jenen Job anzunehmen, belegte dieselben Kurse wie Rose. Häufig sah sie eine Stadt oder einen Ort, der ihr gefiel, im Fenster eines Reisebüros, und das war der Funke für den nächsten Umzug. Es war schwer. An einem Punkt konnte ich mich nicht entscheiden, ob ich sie liebte oder haßte. Vielleicht wäre hassen leichter gewesen? Vielleicht ist keine Liebe diesen emotionalen Aufruhr wert, den wir durchmachten? Hätte ich doch die Dinge nur ein wenig umdrehen, die häßlichere Seite finden können. Daran dachte ich. Abwägen – aber ich konnte es einfach nicht. Ich spüre immer noch, wie weich ihre Haut war, den Geschmack von Salz auf ihren Lippen. Wie ich sie ins Bett brachte. Wie sie mit den Händen … Der siebte Himmel. Ich würde alles für einen Augenblick mit ihr geben.« Lukes Stimme verlor sich. Ich rutschte ein wenig auf der Couch zur Seite und nahm ein Kissen weg.

»Liebst du Philip?« – Die Frage war wie ein Schock. Ich war nicht darauf vorbereitet. »Schnell. Ja oder nein. Die Wahrheit.«

»Ich weiß es nicht«, stammelte ich. Ich versuchte, Lukes durchdringendem Blick standzuhalten, aber seine Frage brachte mich aus der Fassung.

»Ich bedränge dich damit zu sehr. Rose hat mir immer vorgeworfen, daß ich ein Tyrann bin. Tut mir leid, ich werde dich nicht mehr fragen.«

Ich hatte aber antworten wollen. Ich hatte sagen wollen,

daß ich ehrlich nicht wußte, ob ja oder nein. Ich hatte Philip geliebt. Wenigstens glaubte ich, daß es so war, aber es war nicht dasselbe, wie ihn jetzt zu lieben. Die alten Klischees. So einfach und doch auch so bedeutungslos. Liebe schließt Worte wie Eifersucht, Haß, Frustration mit ein. Es war ein Wort, das nie die Form behielt, und darüber zu sprechen kam einem wie ein Verrat vor.

»Wir sind schon lange zusammen«, sagte ich. Luke schaute durchs Fenster.

»Du hast dich wie Rose angehört, als du das gesagt hast. Du siehst ihr auch ein bißchen ähnlich. Es ist unheimlich.« Hinter uns fiel immer noch der Schnee. Er war strahlendweiß. Einige Flocken blieben am Glas hängen, während andere durch die Luft wirbelten. Die Wohntürme mittendrin sahen sehr merkwürdig aus. Eisige weiße Blöcke, in denen wir alle tief drinnen eingeschlossen waren. Ich schaute zu Luke hinüber. Für ihn war es sehr leicht, so etwas zu sagen, und ich wußte nicht, was ich antworten sollte. Ich beugte mich vor und fing an, mir eine Zigarette zu drehen.

»Ich kann es immer noch nicht glauben«, sagte er. »Wenn Rose in Schwierigkeiten war, hätte sie's mir sagen können. Es gibt doch nichts, was so schlimm ist, daß man es nicht jemandem sagen kann. Es ergibt keinen Sinn.«

»Das tut es nie.« Ich sprach leise. Ich glaube, ich war zugleich erleichtert und verärgert, daß er nichts weiter über meine Ähnlichkeit mit Rose sagte. Einen Moment schwiegen wir beide. »Vielleicht war sie krank? Vielleicht hat sie es deshalb getan?« Ich weiß, ich dachte dabei an meine Mutter; erinnerte mich daran, wie froh sie war, daß sie es war, die krank geworden war, und nicht ich. Sie sprach darüber, alles beenden zu wollen, bevor der Schmerz unerträglich wurde. Mein Gesicht muß sie am Weiterreden gehindert haben.

»Rose war nicht krank. Sie hätte etwas gesagt, und außerdem stand auch nichts im Autopsiebericht, und so was haben die sicher überprüft. Sie überprüfen die Krankengeschichte. Physisch war mit ihr alles in Ordnung.«

»Warum bist du ihr ständig gefolgt?«

Luke lachte. »Hab ich ja gesagt. Ich konnte nicht ohne sie leben. Wie dumm, gemessen an dem, was passiert ist.«

»Und was war in der Vergangenheit?« sagte ich. »Bevor sie dir begegnet ist?« Er zuckte die Schultern.

»Ich weiß nicht. Ich war ihre Vergangenheit.«

»Zeit ...«

»Sag jetzt nicht, daß sie Wunden heilt.«

»Wollte ich gar nicht.« Ich stand auf und drehte den Heizofen herunter. Die Hitze wirkte klaustrophobisch. Das Gespräch auch. Alles was Luke sagte, wirbelte in meinem Kopf herum. Das Zimmer wurde immer enger, und ich fühlte mich schwindlig. »Die Zeit dämpft«, sagte ich. »Das ist alles.« Meine Stimme war ruhig, aber Luke hörte nicht zu. Ich sah, wie er statt dessen in einer seiner Taschen herumwühlte. Schließlich holte er ein kleines metallenes Objekt heraus.

»Das hat Rose gehört. Sie haben es mir auf der Wache gegeben.« Er hielt etwas in der Hand, das wie ein Medaillon aussah. Es war aus Silber, herzförmig, mit einem eingravierten Blattmuster auf der Vorderseite, und es landete mit einem lauten Knall auf dem Tisch.

»Hast du es ihr geschenkt?«

»Ich weiß nicht, woher es ist.«

Ich nahm das Medaillon und öffnete den Verschluß. Die beiden Hälften trennten sich. Ich wußte eigentlich nicht, was ich zu finden erwartete. Fotos vielleicht, oder auch nichts. Auf das, was ich fand, war ich nicht gefaßt. »Das sind Haare«, sagte ich. Eine kleine silbrige Locke lag eingezwängt in der rechten Mulde. Sie ringelte sich und leuchtete hell wie eine Daunenfeder. Ich gab Luke das Medaillon zurück.

»In viktorianischen Zeiten hat man so was gemacht. Bei Begräbnissen hat man Schmuckstücke mit ein bißchen Haar von den Toten drin verteilt. Grauslich, findest du nicht?«

»Hattest du das vorher schon mal gesehen?« Luke schüttelte den Kopf.

»Sie muß gewußt haben, was sie tat. Die Anspielung, die sie gemacht hat. Glaubst du, daß es nach dem Tod vielleicht noch etwas gibt?«

Ich schüttelte den Kopf.

»Nicht wirklich. Ich hab immer gedacht, je älter ich werde, desto klarer wird das Leben, aber das stimmt nicht. Statt dessen fängt man an, solche Fragen zu stellen, und macht sich verrückt.«

Luke fingerte an dem Medaillon herum, wiegte es in der Hand, dann hielt er es hoch.

»Nimm es. Es gehört dir.«

»Das kann ich nicht«, sagte ich, aber noch während ich sprach, wußte ich, daß ich es konnte. Es war sehr schön, und es hatte Rose gehört, und als ich es sah, wollte ich es sofort besitzen.

»Mach schon. Es sollte getragen werden. Du kannst das Haar wegwerfen.« Er schob seinen Stuhl zurück und machte den Verschluß auf, dann legte er mir die Kette um den Hals. Das Metall fühlte sich kalt auf meiner Haut an.

»Danke.«

»Ich vermisse sie so, Anna. So sehr. Sie hatte kein Recht, das zu tun.« Ich beugte mich vor und drückte seine Hand. Seine Finger waren an den Stellen rauh, die er abgekaut hatte, und als ich aufschaute, sah ich, wie er mit den Lippen ihren Namen formte. Kein Laut kam aus seinem Mund. Rose war ganz still.

Die Geschichte, die Luke mir erzählt hatte, klang noch lange Zeit nach, als er geendet hatte. Sie war wie der Raum draußen, wo der Schnee herunterschwebte. Eine Erweiterung des Wirklichen, des Hier und Jetzt, doch etwas, das ich weder ganz fassen noch berühren konnte. Ich wußte, daß ich mich mit Rose identifizierte, und da lag die Schwierigkeit, denn es ist unmöglich, so etwas zu beschreiben. Je länger der Schnee fiel, desto mehr verloren die Dinge ihre Gestalt. Je mehr ich an meine Mutter dachte, desto imaginärer wurde sie, doch je mehr ich an Rose dachte, desto mehr Macht gewann sie. Unsere beiden Leben, unsere beiden Welten lagen nebeneinander, doch der Vergleich war ziemlich beunruhigend. Rose war tot, und ich wurde von dieser Vorstellung zugleich abgestoßen und angezogen. Ich war innerlich damit beschäftigt; in der Stadt herumzulaufen verstärkte nur dieses Gefühl. Es war anders als alles, was ich je erlebt hatte, anders als das, was andere erlebten. Die Kälte erschöpfte meine Energien. Gebäude spähten gespensterhaft durch das Weiß, Schatten von Bäumen und Straßen, doch alles fühlte sich so an, als wären die Dinge nicht mehr normal. Die Stadt war ein riesiger weißer Raum. Jede Tür führte zurück in die Vergangenheit. Ich nahm das alles auf, und auf einer sehr persönlichen Ebene hatte ich das Gefühl, als sickere es mir unter die Haut. Man konnte den eigenen Atem von innen sehen, rauh, neblig, und wenn ich meinen Gedanken freien Lauf ließe, würden sie sich Eis vorstellen, das sich flächig über das ganze Land legte. Da waren Eisfelder und Eismeere, Eisflüsse und Eiswälder. Alles war verwoben, bis in die Mitte hinein, fein verschlungen, und das Unwirkliche überwältigte einen wie Übelkeit.

Zwei Tage später war ich allein in der Wohnung. Luke und Philip waren auf einen Drink ausgegangen; ich hatte nicht mitgehen wollen. Ich fühlte mich müde und ein bißchen krank. Der Schmerz in meinem Bauch hatte kaum nachgelassen. Es war ein brennendes Gefühl; und ich dachte immer wieder an Rose. Nachdem Luke mir seine Geschichte erzählt hatte, mußte ich Philip alles berichten. Wir lagen in unserem Schlafzimmer auf dem Bett und sprachen so leise wie möglich, damit Luke uns nicht hören konnte. Philip ließ mich das ganze Gespräch beschreiben und dann bestimmte Stücke wiederholen. Besonders den Teil, wie Luke Roses Stimme gehört hatte, bevor er sie sah. Das Waschen der Frau hinter dem Vorhang. Seine Fragen waren umfassend; ich stellte zum erstenmal ein wirkliches Interesse bei ihm fest und versuchte, nicht zu übertreiben oder auszuschmücken, was ich gehört hatte. Ich ordnete meine Gedanken und gab genau wieder, woran ich mich erinnerte.

»Das hat er dir wirklich alles beschrieben? Was sie zu der Frau gesagt hat? Wie sie sie gewaschen hat?« Philip rieb und knetete meine Schultern. »Ja«, sagte ich. Ich drehte mich um, aber Philip hatte die Augen geschlossen und lag jetzt ausgestreckt auf den Kissen.

»Es hört sich an, als wären sie sich sehr nah gewesen. Sie waren länger zusammen als wir, oder? Das müssen nicht wenige Jahre gewesen sein?«

»Ja«, sagte ich. »Es hörte sich sehr intensiv an. Offenbar ist er ihr überallhin gefolgt.« Ich erzählte Philip von den verschiedenen Orten, an denen sie gelebt hatten, den Jobs, den Ländern.

»Kein Wunder, daß er verloren wirkt. Die meiste Zeit will er nicht reden.«

»Philip?« Ich berührte seinen Arm. Er setzte sich auf und begann wieder, mir die Schultern zu massieren. Seine Hände trommelten auf den Knoten in meinem Nacken, dann meinen Rücken hinunter, bis zum Ende der Wirbelsäule. Ich spürte seinen Atem, und ein prickelndes Vorgefühl durchlief meinen Körper. Ich hatte mich ihm seit sehr langer Zeit nicht mehr so nah gefühlt.

»Ich geh mit ihm raus, was trinken«, sagte Philip.

Als sie weg waren, lief ich durch die Wohnung und räumte auf. Es sah aus, als hätte gerade eine Bombe eingeschlagen. Besonders die Küche war verdreckt, und ich kann nicht behaupten, daß die hygienischen Verhältnisse zu meinem Wohlbefinden beitrugen. Ich räumte Sachen weg, und dann stand ich plötzlich in Lukes Zimmer. Es war nicht viel anders als das letzte Mal, als ich dort war. Das Taschenmesser lag noch auf der Werkbank, aber diesmal sah ich auch einen kleinen Karton. Darin war eine winzige Flasche Nagellack und ein Portemonnaie. Der Nagellack war grün. Ohne wirklich nachzudenken, öffnete ich ihn und trug etwas von der Flüssigkeit auf meinen Daumennagel auf. Das Portemonnaie war praktisch leer. Ein paar Münzen waren darin und die Zugfahrkarten. Luke mußte alles auf der Wache abgeholt haben, zusammen mit dem Medaillon. Erst als ich den Deckel wieder schloß, bemerkte ich, daß die Schublade ein wenig offenstand. Ich spähte hinein und fand das Foto. Es war nach hinten geschoben worden, war gewellt und an den Rändern eingerissen; als ich es herauszog, erkannte ich sie beinahe sofort. Rose schaute über ihre Schulter, und ihr langes Haar wehte im Wind. Wer immer das Foto gemacht hatte – ich nahm an, es war Luke –, mußte ihren Namen gerufen haben, während sie in einiger Entfernung vor ihm herging. Sie hatte reagiert und zurückgeblickt.

Das Foto sah aus, als wäre es in Schwarzweiß aufgenommen worden, weil alles so monochrom wirkte, aber das war nicht so, denn im Hintergrund konnte ich einen Hauch von Grün ausmachen. Da war auch der Eindruck von Sonne. Die

Gebäude im Hintergrund waren gefleckt, ein Fenster glänzte sehr stark. Man konnte jedes Detail des Gesichts erkennen: die Augenwimpern, die dünnen Haarsträhnen, den Schwung ihrer Lippen und ihr nervöses Lächeln. Es war offensichtlich, daß Rose und Luke perfekt zusammengepaßt hatten; ihre physische Schönheit war unbestreitbar. Ihre schwarzen Augen starrten in meine, aber das stimmte ja nicht. Sie schauten Luke an, und ich wußte schon, bevor ich mich umdrehte, daß er hinter mir stand.

Luke kam herüber zum Tisch.

»Das ist kein gutes Bild von ihr«, sagte er. »Es sieht aus wie sie, aber das ist sie nicht. Das ist das Problem mit Fotos. Sie geben einem nicht mal die Hälfte von dem, woran man sich erinnert. Wirkliche Menschen haben zwei Seiten. Ich konnte sie berühren.« Er zögerte, dann legte er das Bild zurück in die Schublade. Er hörte sich müde an. Seine Augen waren blutunterlaufen.

»Du hast deine Erinnerungen«, sagte ich schwach. Ich wußte, das war naiv, aber es schien mir, daß ich unter diesen Umständen nicht viel anderes sagen konnte. Luke stand noch unter Schock. Er trauerte.

»Erinnerungen sind kein Trost. Ich will es wieder so, wie es war. Ich will keine Erinnerungen oder ein blödes Stück Papier. Jeder will seine Lieben um sich haben, hab ich nicht recht? Ja?« Ich nickte und holte ganz tief Luft. »Das ist nicht echt«, sagte er und schaute wieder das Foto an. Seine Augen leuchteten auf. »Philip hat recht. Fotos lügen wirklich. Zwei Tage, bevor sie sich umgebracht hat, hab ich das aufgenommen. Siehst du irgend etwas, das darauf hinweist, was passieren wird? Eine Andeutung? Ich nicht. Aber vielleicht hat sie nur so getan, als ob sie lächelt. Es ist so, als hätte sie nie existiert. Wenn ich damals nicht ahnen konnte, was geschehen würde ...!« Ich wußte, daß ich rot geworden war, denn meine Wangen glühten. Ich dachte, er wäre verärgert, weil ich seine Sachen durchwühlt hatte, aber er erwähnte es nicht.

»Du und ich, wir sehen die Dinge aus der gleichen Perspektive«, sagte er. »Wir wissen, worum es geht.«

»Tun wir das?«

»Fotografische Erinnerungen. Komisch, daß Worte zwei verschiedene Bedeutungen haben können ... Sie hätte eigentlich weitergehen sollen. Sie könnte vielleicht noch leben, wenn die Dinge anders gewesen wären, wenn sie sich nicht umgedreht hätte.« Dann fing er an, über Philip zu reden, und Rose war sofort vergessen. »Komm mit in die Kneipe. Er will, daß du mit dabei bist. Es gibt Musik.« Luke machte die Schublade zu und drehte dem Tisch den Rücken zu. »Ich hab gerade erklärt, daß ich für ein paar Tage weg muß. Ich will ein paar Sachen abholen, aber ich bin bald zurück. Macht es dir was aus, daß ich bleibe?« Ich schüttelte den Kopf, und er lächelte, dann nahm er meine Hand, und gemeinsam spazierten wir zur Kneipe.

Draußen war ein blasses mondfarbenes Licht.

SIEBEN

Am nächsten Morgen reiste Luke sehr früh ab. Es war noch dunkel. Philip und ich hörten, wie die Wohnungstür zuschlug und die Schritte sich entfernten. Wir sagten nichts; statt dessen rutschten wir noch tiefer unter die Decken und schliefen wieder ein. Als ich ein paar Stunden später erwachte, starrte Philip mich an. Im frühen Dämmerlicht lagen wir mit dem Gesicht zueinander. Zwischen uns waren drei oder vielleicht vier Zentimeter freier Raum. Nicht mehr als eine Daumenlänge. Je länger ich ihm ins Gesicht schaute, desto seltsamer kam es mir vor. Je länger er mir ins Gesicht schaute, desto seltsamer fühlte ich mich, und dieses stillschweigende Einverständnis breitete sich langsam zwischen uns aus. Es war etwas Greifbares – eine Doppelspirale aus Licht und Schatten, die uns umfing, sich um unsere beiden Körper schlängelte, immer dicker und deutlicher wurde.

Wir liebten uns den ganzen Morgen und bis in den späten Nachmittag. Philip war wie aufgeladen, und in mancher Hinsicht empfand ich doppelt so stark. Er sagte, das sei so, weil wir lange getrennt gewesen seien. Ich wußte, was er meinte, aber ich sagte, wir sollten nicht danach fragen, warum etwas geschehe, wir sollten nur genießen, was wir hätten. Es war ansteckend, gleich einem neuen Spiel, das wir erfunden hatten. Wir bearbeiteten uns gegenseitig und ließen jeden neuen Moment und jeden Satz auf der Zunge zergehen. Einmal stand ich auf und rief Toklas an. Ich erzählte ihm, daß ich mich zu krank fühlte, um zu kommen. Es war eine halbe Lüge, aber er sagte, ich solle mir soviel Zeit nehmen, wie ich brauchte, und nicht wiederkommen, bevor es mir nicht besser ginge. Ich ging ins Schlafzimmer zurück, und wir begannen von neuem. Unsere üblichen Rituale machten anderen Gefühlsregungen Platz, konzentrierteren Ausdrucksformen der Liebe.

Am Nachmittag duschten wir; unsere Stimmen hallten von den kalten weißen Wänden zurück. Später schlurfte ich in die Küche und belud ein Tablett mit Rührei, Toast, Butter, Käse und einigen Resten, die ich im Kühlschrank gefunden hatte. Zuletzt stellte ich das Tablett noch einmal ab und wühlte im Schrank. Ganz hinten lag eine kleine Dose Austern, die ich oben auf dem Toast balancierte. Philip strich die Laken glatt und schüttelte die Kissen auf, dann fütterte er mich. Wir fingen an, über die aphrodisischen Eigenschaften bestimmter Lebensmittel zu diskutieren. Woher kamen eigentlich diese Vorstellungen, und lag etwas Wahres in diesen Geschichten? Philip sagte, es ginge mehr darum, was man mit diesem Essen anstellte, als um die chemischen Eigenschaften des Essens selbst. Erdbeeren waren sehr verlockend, wenn ein Liebhaber einen damit fütterte und weil sie die Lippen rot färbten. Die ganze Prozedur des Austernessens; wie man Zitrone auf das Fleisch träufelt, dann die Schale in den Mund leert und die Muschel ganz hinunterschluckt, das garantiert eine gewisse Verzückung der Geschmacksnerven. Und natürlich, fügte er hinzu, repräsentiere das Fleisch der Auster die Lippen der

Vulva. Er sagte, er habe einmal eine Frau gesehen, die einen Teller Muscheln aß. Sie hätte eine leere Schale von ihrem Teller genommen und diese wie eine Pinzette benutzt, um das Fleisch aus den übrigen Schalen zu ziehen. Er sagte, als er sie dabei beobachtet habe, sei ihm beinahe schwindlig geworden, doch was die aphrodisische Wirkung betreffe, so beruhe sie auf Einbildung. Ich blieb dabei, daß bestimmte Lebensmittel entsprechende chemische Substanzen enthielten; Schokolade zum Beispiel. Man habe nachgewiesen, daß reine Schokolade die Libido verändern könne. Jedes Lebensmittel, das Zink enthalte, sei ein Aphrodisiakum. Chilischoten und Currymischungen. Essen, das einen ins Schwitzen bringe. Wir knabberten etwas Käse, und ich gab ihm die Dose mit den Austern, die er vorsichtig auf meinem Bauch verteilte. Er leckte ein bißchen von dem Saft auf, dann ließ er eine Muschel in seinen Mund gleiten und gab die Auster an mich weiter, als wäre er ein Vogel. Ich riß mit den Zähnen an dem Fleisch. Philip tat das auch, bis die Auster aufgegessen war. Dann nahm ich noch eine mit den Fingern und rieb sie an seinem Mund. Wir tranken Wein und ließen auch diesen zwischen unseren Mündern hin- und hergehen, und danach verschanzten wir uns wieder unter den Decken.

Unsere Berührungen waren zärtlich. Philip küßte meine Austernfinger, ließ seine Hände über jeden Zentimeter meines Körpers gleiten, seine Zunge von einem Hüftknochen zum anderen. Sein Körper war warm und gerötet, sein Atem und seine Berührung waren sanft. Er hob mich hoch, als wöge ich nichts. Schwerelos in einem gewöhnlichen Bett gefangen. Der Intensität unseres Liebens entsprach nur unser Bedürfnis zu reden. Wir plauderten nonstop, als ob jemand, oder etwas, uns aufgezogen hätte wie ein mechanisches Spielzeug. Philip fragte mich, ob es so gewesen sei, als wir uns zum ersten Mal begegnet waren, aber ich konnte mich nicht erinnern. Ich sagte, ich glaube ja, aber ich wollte nicht analysieren, warum es so war, und ich wollte auch keine Schlußfolgerungen ziehen. Ich wollte mich einfach nur treiben lassen. Ohne Fragen. Ich sagte, Wiedergeburten solle man nicht hinterfragen, sondern einfach genießen.

Wir sprachen über Häuser. Wie unsere Traumhäuser aussahen. Ich sagte, ich hätte gern ein altes Haus mit großen Räumen. Ich würde alle Zimmer weiß streichen, aber ich würde sie leer lassen. Es gäbe Dielen und Kamine, aber keine Möbel. Es gäbe Fenster, aber keine Vorhänge. Die einzigen Gegenstände wären ein Bett, ein Herd, eine Badewanne.

»Was würdest du den ganzen Tag machen?« fragte Philip.

»Ich würde in den Zimmern herumlaufen. Ich würde schlafen und essen und in den Garten hinausschauen.« Er schien das ohne Zweifel zu akzeptieren. Dann fragte ich ihn nach seinem Haus.

»Meines wäre modern. Es hätte ein großes Studio und eine Dunkelkammer. Und bequem müßte es sein. Große Sofas, Bücherregale, ein Swimmingpool, ein Fitneßraum. Du könntest rüberkommen und mich besuchen, wenn du dich langweilst.«

Später erwähnte Philip ein neues Gebäude, das in der Nähe des Einkaufszentrums gebaut wurde – ein neuer Bürokomplex. An den Bretterzaun war ein Bild geheftet, das zeigte, wie das Gebäude im fertigen Zustand aussehen würde. Wir waren uns beide einig, daß es rein phallisch war und daß phallische Symbole im allgemeinen lächerlich wirkten. Die Vorstellung, daß Bananen und Kirchtürme und Züge, die durch Tunnel rasen, allesamt auf einer unbewußten Ebene mit dem Penis verbunden sein sollten, kam uns sehr albern vor. Wir versuchten weitere Beispiele zu finden. Der Kugelschreiber war als Penissymbol besonders beliebt, auch Holzblasinstrumente, Trompeten, Hörner – musikalische und tierische – und Gurken. Wir redeten darüber, daß man sie in Scheiben schneidet, und das brachte uns auf die Beschneidung und die Frage, ob das eine gute oder schlechte Sache sei. Wir konnten es nicht entscheiden. – Wir waren müde.

Ich holte noch eine Flasche Wein aus der Küche, und als ich zurückkam, sah ich Philip durch einen Spalt in der Tür. Er lag nackt auf dem Laken und berührte sich. Ich wartete und schaute. Dazustehen, ohne daß er es wußte, gab der Szene eine zusätzliche Dimension. Er sah irgendwie anders aus, nicht wie der Philip, den ich kannte, sondern wie eine andere Person. Er brauchte mich nicht, um zu funktionieren.

Ich schaute zu, während er weiter seine Hände über seine Brust gleiten ließ, hinunter bis zur Mitte seines Bauches. Einmal stand er auf und ging durchs Zimmer, um in den Spiegel zu sehen. Er zog an seinem Auge, streckte die Zunge heraus, dann zwinkerte er und lächelte sich zu. Er drehte sich um, blickte über die Schulter, starrte auf seinen Hintern, gab sich einen Klaps darauf, bevor er wieder ins Bett sprang. Ich schlich mich durch den Flur und rief seinen Namen, dann ging ich durch die Tür, als hätte ich nicht heimlich zugesehen. Die ursprüngliche Szene hatte sich wieder hergestellt. Philip saß aufrecht im Bett, und als ich hereinkam, lächelte er. Ich goß Wein ein, wir tranken; dann küßte ich ihn auf den Mund und ließ meine Hand unter die Decke gleiten. Ich sagte nicht, was ich beobachtet hatte, doch sein Gesicht lief rot an.

Wir begannen wieder zu reden. Diesmal über männliche und weibliche Genitalien, und von da führte unser Gespräch zu einem Spiel, in dem wir versuchten, den Dingen ein Geschlecht zuzuordnen. Zum Beispiel entschied Philip, daß Flüsse weiblich seien, der Kurven wegen. Ich behauptete, das sei sexistisch, weil Männer auch Kurven hätten, aber wir waren uns einig, daß Häuser transsexuell seien, weil so vieles von ihrem Charakter dekorabhängig sei. Ich fand, Bücher fühlten sich männlich an; vielleicht wegen des phallischen Füllers. Das Gespräch war sinnlos, die Zielrichtung unbestimmt, doch wir wurden vom Gespräch weitergetragen. Wir prosteten uns zu und kippten den Wein hinunter, und unsere Stimmen waren bis tief in die Nacht zu hören.

Am nächsten Morgen schaffte Philip den Fernseher in unser Zimmer. Wir sahen uns Tiere an, die durch Wüsten wanderten, Männer und Frauen, die Probleme ferner Länder diskutierten, Wetterberichte, alte Schwarzweiß- und Zeichentrickfilme und später einen Krimi. Während der Liebesszenen versuchte Philip herauszufinden, ob die Hauptdarstellerin ein Double hatte oder nicht. Er bestand darauf, daß die Schauspielerin im bekleideten Zustand viel kürzere Beine hätte als nackt. Auch ihre Brüste würden eine andere Form annehmen, sobald sie die Bluse aufknöpfte. Sie mußte ein Double haben, doch die Person, die den Film geschnitten hatte, war wohl ziemlich clever, denn die Anschlüsse waren raffiniert gemacht. Ich starrte auf den Bildschirm und beobachtete das Gewühl von Armen und Beinen. Wem der Körper auch gehören mochte, es war einer von der Sorte, den man sich wünschte, wenn man sich vor einer Kamera ausziehen mußte. Flacher Bauch, schlanke Beine, langer Hals. Jeder Teil war perfekt. Als später der Nachspann ablief, suchten wir nach einem Namen, aber es kam keiner. Entweder hatten wir unrecht, oder Doubles wurden offiziell nicht genannt. Es war schwer zu sagen, und eine Zeitlang sprachen wir über die Vorteile eines solchen Jobs. Man trat nur dann auf, wenn andere Leute nicht nackt sein wollten. Man sprang im intimsten Moment ein, gab vor, jemand anderes zu sein, liebte, vögelte und verschwand dann wieder, ohne erwähnt zu werden. Und was war mit der wirklichen Schauspielerin? Sie hatte jemanden auf der Leinwand geliebt, den sie nie auch nur berührt hatte. In vieler Hinsicht war das Double weniger preisgegeben als die Schauspielerin. Wir dachten über diesen Punkt nach, dann standen wir auf, machten das Bett und liebten uns wieder von neuem.

Philip belebte sein altes Spielchen neu: das Benennen von Körperteilen. Er hatte die früheren Namen vergessen und fing an, eine ganze Reihe von neuen zu erfinden. Einmal ließen wir die Badewanne vollaufen und plantschten mehr als zwei Stunden herum. Ein anderes Mal zogen wir die Laken und Decken ins Wohnzimmer und legten uns vor den Heizkörper. Wir überlegten, auszugehen, einen Film anzuschauen. Philip sagte, er wolle einen Actionfilm sehen, in dem alle entweder getötet oder wenigstens verstümmelt würden. Er kniff mich, als er das sagte. Er verkündete, er wolle meinen Körper mit blauen Flekken bedecken. Ich sagte, ich würde lieber einen ausländischen Film sehen, etwas mit mehr Tiefgang als nur mit Sex und Gewalt, aber wir gingen nirgendwo hin. Wir badeten noch einmal, und während das Wasser einlief, erzählte Philip mir, daß es immer schon eine seiner Phantasievorstellungen gewesen sei, mich festzubinden und buchstäblich ans Haus zu fesseln. In den letzten beiden Tagen wäre er so nah an seinen Wunschvorstellungen wie nie zuvor. Ich fragte, womit er mich denn festbinden wolle, und er sagte, mit einem Seil. Er war sogar soweit gegangen, einen Laden aufzusuchen, den er eines Tages entdeckt hatte, als er in der Stadt herumspaziert war und Gebäude fotografiert hatte. Der Laden befand sich am Fluß, neben einem alten Lagerhaus. Ich fragte ihn, wie der Laden aussah, und er beschrieb ihn in allen komplizierten Einzelheiten.

Es sei ein altmodischer Haushaltwarenladen. Draußen an der Wand ein Metallgitter, an dem eine Reihe verschiedener

Gegenstände hinge: eine Zinkwanne, Gartenharken, Spaten, Schläuche, ein Vogelkäfig aus Metalldraht. Drinnen seien die Wände vom Boden bis zur Decke mit Schränken und Schubladen bedeckt; in jeder Nägel, Bolzen, Schlösser, Ketten, und es gebe eine Fülle von Seilen im hinteren Teil des Ladens. Philip erzählte, daß ein ganzer Bereich den verschiedenen Rollen vorbehalten sei. Die dünneren Seile hingen aufgewickelt an der Wand, darunter ordentliche Schildchen mit Größenangaben und Preisen. Die dickeren Seile seien auf dem Boden gestapelt. Einige seien dicker als Schlangen und ganz ähnlich aufgerollt. Sie sähen aus, als schliefen sie. Philip sagte, er habe die verschiedenen Sorten studiert. Ein Baumwollseil würde vermutlich zuviel Reibung verursachen und meine Haut verletzen, wenn ich versuchte zu fliehen. Ein Nylonseil sei viel besser geeignet. Es sei glatter, schnitte nicht so leicht ein, und er ziehe auch die Farbe vor, ein tiefes Mittelmeerblau. Er war in diesem Punkt ganz eigen. Nur das blaue Seil dürfe es sein.

»Das blaue Seil?« wiederholte ich, und er nickte.

»Das blaue.«

Wenn es erst gekauft worden sei, würde er mich ans Bett fesseln und mir die Augen verbinden. Dann würde er seinen täglichen Geschäften nachgehen und sich vergnügen, wann und wo er wollte. Er würde seinen Spaß auch mit mir treiben. Vielleicht würde er Männer mit nach Hause bringen und sie mit mir schlafen lassen, während er zusah. Ich sähe sie nicht, aber er würde hinterher wissen wollen, ob ich gespürt hätte, daß der Mann nicht er war. Der Geruch wäre vielleicht anders oder die Art, wie dieser Mann mich berührte oder küßte. Er sagte, allein der Gedanke daran errege ihn, und die Vorstellung, mich benutzen zu können, wann und wo er wolle, zu jeder beliebigen Tageszeit, gefiele ihm irre gut. Er starrte mich an, während er sich das ausmalte. Ich lachte und sagte, daß sich Phantasien selten erfolgreich in die Realität übertragen ließen, und es sei wahrscheinlich, daß er sich albern vorkommen würde, sobald er mich gefesselt hätte. Oder das Seil würde sich lösen, wenn er mich fickte.

»Laß es lieber in deinem Kopf.«

»Noch lieber ausprobieren. Mancher Leute Phantasien gewinnen die Oberhand. Wie bei Alice im Wunderland.« Er zog die Augenbrauen hoch, als fordere er mich heraus, auf seine zu reagieren. Vielleicht war es auch ein Vorwurf. Ich fand es nicht heraus. »Wir könnten es doch versuchen? Oder vielleicht darf ich dir die Haare abschneiden?« Er zog an einer Strähne, und ich lachte wieder und stieß ihn weg.

»Kommt nicht in Frage«, sagte ich.

Am dritten Morgen strömte Licht durch die Vorhänge. Es war das erste Mal, seit Luke weg war, daß ich wirklich irgend etwas draußen wahrnahm. Ein Lichtfleck fiel aufs Bett und breitete sich aus wie Wasser. Ich schob mich vorsichtig unter der Decke hervor und ging auf Zehenspitzen hinaus, um Kaffee zu machen. Augenblicklich war Philip bei mir, und so verbrachten wir fast den ganzen Tag. Wo immer ich hinging, folgte mir Philip. Wo immer Philip hinging, wollte ich sein. Wir kicherten darüber wie zwei freche Schulkinder, die etwas Verbotenes taten.

Philip holte seinen Fotoapparat und legte einen neuen Film ein. Es war eine alte Leica aus den vierziger Jahren mit einem glänzenden braunen Lederetui, geformt wie die Kamera. Es gehörte auch ein großes Blitzlichtgerät dazu, das man oben aufschraubte.

»Was soll ich machen?«

»Was du willst. Sei nur du selbst.«

Ich fing damit an, daß ich mich aufs Bett legte und das Gesicht in den Kissen versteckte. Das war unaufrichtig, aber ich fühlte mich sehr befangen und wollte, daß Philip mich überredete. Ich rollte mich hin und her, dann fing die Kamera an zu klicken, und ich hob den Kopf und starrte in das Objektiv. Philips Gesicht war beinahe ganz verdeckt. Die Kamera war mattschwarz und silbern und hatte eine Reihe von Rädchen und Knöpfen – und natürlich das Objektiv, das wie ein großes Glasauge war. Philip versteckte sich hinter der Kamera, die klickte und weitersurrte. Der Verschluß öffnete und schloß sich, und beinahe ohne nachzudenken, begann ich mich im Rhythmus dazu zu bewegen.

Ich stieg aus dem Bett und ging durch den Raum. Philip folgte mir, drückte immer wieder den Auslöser. Manchmal blitzte die Kamera, manchmal nicht. Die Batterien luden sich mit einem hohen, jammernden Ton auf, dann zuckte der Blitz, und Licht peitschte und durchflutete den Raum. Jedes Klicken des Verschlusses ein Stück von mir, Bild für Bild. Ich existierte zugleich körperlich und auf Film. Ich stand neben der Frisierkommode und spielte mit einigen Sachen herum. Ich drehte mich zum Kleiderschrank, öffnete ihn und fing an, Kleider auf den Boden zu werfen. Ich fand einen alten Hut und posierte damit, schob ihn in die Stirn. Ich zog mich an und ging ins Wohnzimmer. Wieder folgte mir Philip.

Ich begann zu tanzen, erst langsam, drehte mich immer wieder im Kreis, während ich mit den Füßen stampfte. Philip hockte sich hin. Ich breitete die Arme aus, als wären sie Flügel, und wirbelte immer schneller; selbst als mir schwindlig wurde, hörte ich nicht auf. Die Wände begannen sich nach innen zu bewegen. Sie verloren ihre Dichte, und die Bilder, die dort hingen, verschmolzen zu einer langen sanften Kurve. Ich dachte, wenn ich die Finger ausstreckte, soweit ich konnte, dann würde ich mit den Händen über die Wände streifen können. Ich war mir der Kamera nicht mehr bewußt, nicht mehr meiner selbst, nur des klaustrophobischen Gefühls, daß die Dinge mir immer näher auf den Leib rückten. Der kleine Raum drehte sich um mich. Ich wirbelte, und obwohl die Kraft der Bewegung in mir lag, verlor ich jeden Sinn für Richtung. Ich war die Wände. Ich war der Boden. Mein Körper zog sich in meinen Geist zurück. Mein Geist war mein Körper.

Als ich aufhörte, sackte ich zu Boden. Ich legte den Kopf zwischen die Beine. Mein Herz hämmerte, und es dauerte lange, bis sich der Raum wieder hergestellt und auf seine normalen Ausmaße erweitert hatte. Die Möbel flogen in furchteinflößenden Kreisen umher. Die Ränder verschwammen, die Wirklichkeit schwankte und schlingerte. Philip saß auf der Couch; die Kamera lag vor ihm auf dem Tisch. Er hatte schon lang aufgehört, zu fotografieren, aber ich hatte ihn nicht wahrgenommen. Er lächelte und streckte die Hand aus.

Als wir uns dieses Mal liebten, war es beinahe mit einer biblischen Symmetrie: Auge um Auge, Zahn um Zahn. Es schwang ein Anflug von Gewalt mit. Er heftete meine Arme aufs Bett, umschloß meine Handgelenke mit seinen Händen. Ich glaube, einmal biß ich zu. Ich spürte, wie sich der vertraute Salzgeschmack in meinem Mund ausbreitete. Philip zog seine Finger an meinem Rücken herunter und kratzte mit seinen Nägeln, so tief er konnte. Ich tat das gleiche mit ihm. Er biß mir in die Zunge. Ich klemmte seine Lippen zwischen meine Zähne. Er steckte seinen Finger in mich. Ich grub meinen in seinen Bauch. Die Handlungen waren böse und genüßlich zugleich. Jede Bewegung war wie ein Anfall, und der Schmerz war verblüffend. Wenn ich mich auf seine Augen konzentrierte, war er mir fern. Wenn er mich ansah, war ich mir meiner Absichten unsicher. Ich weiß nicht, woher die Gedanken und Handlungen kamen oder ob wir das Beste oder das Schlechteste im anderen hervorbrachten. Das eine Mal fühlte ich mich sehr fern, ich war kaum da. Dann wieder fühlte ich mich so nah, daß ich ein Teil von Philips Körper hätte sein können. Anschließend machten wir Witze darüber. Wir sagten, wie anders es gewesen sei, aber ich weiß, wir waren beide gleichermaßen beunruhigt über das, was wir gefühlt, was wir getan hatten.

Die Zeit verging. Philip redete über seine Arbeit und daß er künftig viel disziplinierter sein wollte. Das war sicherer Boden. Er gab zu, daß er die Fotografie mehr als ein Hobby sah, aber in Zukunft würde er sich die Tage einteilen und von neun bis fünf durcharbeiten. Ich meinte, mit dem zusätzlichen Geld, das Luke uns gab, könnte er vielleicht ein kleines Studio mieten. Falls nicht, dann könnte er ja seine Werkbank in unserem Zimmer aufstellen, wenn er nur alles wegräumte, bevor ich zurückkam. Das Fenster müsse er offenlassen, damit es im Zimmer nicht stinke. Es gab immer Lösungen, wenn man sich das Problem nur genau genug vornahm. Philip beugte sich zu mir und küßte mich, dann nahm er meinen Kopf in seine Hände. »Ich liebe dich«, sagte ich und seufzte dann. »Warum macht mir das so schreckliche Angst?«

»Ich empfinde es genauso. Aber keine Angst. Ich will nur alles nett haben. Darum hab ich gedacht, wenn wir umziehen würden … Ich möchte für dich sorgen, Anna. Was ist dagegen einzuwenden?«

»Es berührt mich nicht.«

»Berührt?« Er legte mir die Hand auf die Schulter.

»Ich denke immer, es muß doch einen Plan geben, etwas, das größer ist als wir. Die kleinste Pflanze hat einen Grund, dazusein, Blumen, Tiere. Es liegt ein großartiger Plan in der Natur. Nimmt man ein einziges Tier heraus, ist die Kette durchbrochen. Die Dinge fallen auseinander. Aber wir sind nur Parasiten. Wir leben von anderen Dingen, und wir geben nichts zurück. Nimm uns aus der Welt heraus, und sie würde sich weiterdrehen. Die Welt würde nicht sterben.«

»Ich brauche dich«, sagte Philip. »Was auch immer geschieht, ich brauche dich.«

»Aber das stimmt nicht. Ohne mich würdest du weitermachen. Du würdest am nächsten Morgen aufstehen. Du würdest am nächsten Abend ins Bett gehen. Findest du nicht, daß es mehr geben müßte, und wenn nicht ...« Philip legte den Finger auf die Lippen.

»Philosophie ist nicht gerade meine starke Seite. Besonders jetzt. Ich bin völlig erledigt, es ist schon spät.«

»Aber du weißt, was ich meine? Du verstehst?«

Er zögerte. »Ein Tag nach dem anderen. Das ist alles, was ich fühle, und was den Rest betrifft – Menschen haben Gefühle. Das unterscheidet uns. Das verschafft uns unseren Platz in der Welt, verbindet uns. Liebe. Verlangen. Bedürfnisse. Das haben wir. Diese Augenblicke. Man erlaubt uns eine Ahnung davon, was es heißt, lebendig zu sein, und ...«

»Das soll unser kollektives Schicksal sein? Eine Ahnung zu bekommen und dann zu sterben?«

»Ja.«

»Das meinst du doch nicht im Ernst?«

»Man kann das Ende nicht ändern. Ich kann nicht unehrlich sein. Niemand weiß, wann er stirbt. Das macht das Leben unendlich, erträglich. Doch die ständige Erinnerung daran, daß es geschehen wird, macht das Leben auch lebendig, gibt ihm Spannung, Komplexität. Das Ende kann man nicht ändern.«

»Rose hat es getan. Es sei denn, sie wurde dazu geboren, sich selbst zu töten. Es sei denn, sie funktionierte so.« Ich suchte tastend nach dem Gedanken.

»Vielleicht«, sagte Philip. Er schaute auf seine Hände, fuhr sich mit einem Fingernagel unter einen anderen. Ich wußte, was ich sagte, klang unvernünftig. Bis zu einem gewissen Grad überraschten mich meine eigenen Worte. Philip schaute auf. »Ich glaube, das Vergangene bestimmt, was den meisten von uns geschieht. Wenn das Schicksal auf einer persönlichen Ebene existiert, dann würde ich sagen, es hat die gleiche Form wie die Vergangenheit. Nichts ist wirklich neu. Ein Ding erwächst aus dem anderen. Das ist das Muster, rückwärts oder vorwärts. Die Zukunft entscheidet, wie wir die Vergangenheit beurteilen, und umgekehrt.«

»Und meins? Mein Schicksal?«

»Deines ist, daß du nach Hause gehen willst. Du wirst immer wieder durch leere Räume gehen, solange du nicht akzeptierst, was geschehen ist. Es tut mir leid, daß deine Mutter gestorben ist, aber es passieren manchmal schlimme Dinge, und es gibt keine Gründe dafür. Es ist sehr traurig und macht Angst, aber wenn man es von einer anderen Seite betrachtet, macht es das Leben spannender. Wichtiger denn je. Man muß überleben können.«

Ich schloß die Augen. Egal, was ich sagte oder wie ich es sagte: Ich konnte Philip nicht dazu bringen, daß er so fühlte wie ich. Irgendwo in mir war eine Landschaft, durch die er niemals gehen würde. Vielleicht hatten wir beide vor den gleichen Dingen Angst, doch er konnte diese Gedanken stets vertreiben. Ich wußte, daß er in vielem recht hatte. Aus der Distanz konnte ich das durchaus verstehen, doch tief im Inneren war ein mächtiger Brunnen – und immer noch das Echo einer Stimme, die rief, es habe keinen Sinn.

»Philip, wo ist der Trost? Ich verstehe, was du sagst, aber wo ist Linderung?«

Er zögerte, bevor er sprach, rieb sich die Stirn. Auf seiner

Wange war ein kleiner roter Fleck. Ich brauchte eine Antwort von ihm. Einen Hinweis. Vielleicht war es feige, aber ich konnte mich nicht verstellen. Wenn er mir nur einen Rettungsanker zuwerfen könnte, eine Bestätigung.

Er zuckte die Schultern. »Ich weiß es nicht«, sagte er.

Der Tag schleppte sich dahin. Vielleicht war es unser Gespräch. Vielleicht wollte ich, daß Philip erfuhr, was Luke mir über meine Ähnlichkeit mit Rose erzählt hatte. Jedenfalls holte ich später, nachdem wir eine Weile geschlafen hatten, Roses Foto. Seit Lukes Abreise hatten wir nicht mehr über ihn gesprochen. Bislang war er nur durch seine Abwesenheit präsent gewesen. Ich gab Philip das Foto.

»Sie ist sehr schön, findest du nicht?«

»Ja, das ist sie.« Philip starrte das Gesicht an. Er zog mit den Fingern ihre Augen und den Nasenrücken nach. Ihre Züge waren vollkommen klar. Ich berührte die Wangen. Man konnte die Struktur der Haut beinahe durch das Papier spüren, sich ihren Atem vorstellen.

»Luke sagt, ich erinnere ihn an sie.«

»Ich weiß. Er hat mir erzählt, daß er dir das gesagt hat.« Philips Stimme klang beiläufig, doch ich war überrascht.

»Warum hast du nichts gesagt?«

»Warum hast du denn nichts gesagt?«

»Das ist was anderes«, sagte ich. »Ich hab nicht gedacht ...«, doch bevor ich den Satz beenden konnte, unterbrach Philip mich.

»Er will nichts von dir. Das mußt du doch wissen. Er denkt an Rose, nicht an dich.« Diese Feststellung war nicht aggressiv, sie war eigentlich recht sanft, aber sie wirkte wie ein Verrat. Er und Luke hatten hinter meinem Rücken über mich geredet. Vielleicht hatten sie gelacht, Witze gemacht. Plötzlich war ich voller Wut. Meine Hand flog hoch, und ich schlug Philip fest auf die linke Wange. Im selben Moment tat es mir leid. Ich konnte nicht glauben, was ich getan hatte, und mein ganzer Körper war plötzlich gefühllos. Philip sah schrecklich aus. Er nahm die Hand hoch und berührte sein Gesicht. Auf seiner Haut war ein Abdruck meiner Handfläche zu sehen. Kurzes Schweigen. Er sagte etwas, und dann ging das Geschrei los. Wir hatten das schon einmal gehabt. Die Worte spielten kaum eine Rolle, sie rollten von der Zunge, einfallslos, nicht sehr originell. Irgendwie waren es nicht einmal unsere eigenen. Dann verkrampfte sich Philip. Sein Blick wurde starr, und als er die Hand ausstreckte und meine nahm, zuckte ich beinahe vor der Berührung zurück. Er gab mir das Foto zurück.

»Ich geh raus und hol was zu essen. Irgendwas Besonderes?« Ich schüttelte den Kopf und sah zu, wie er sich bückte und seine Hose anzog. Seine Waden waren weiß, angespannt, und ich haßte ihn. Er schnürte sich die Schuhe und zog seinen Mantel an. Drei Tage waren wir nicht draußen gewesen, aber es kam mir länger vor, eher wie Wochen als sechsunddreißig Stunden. Keiner von uns beiden hatte die Kälte erwähnt, denn in der Wohnung war es so warm. Solange wir ans Haus gefesselt waren, erschien der Schnee nur wie ein Traum. Jetzt würde es wieder von vorn anfangen. Philip nahm etwas Geld aus meinem Portemonnaie, dann drehte er sich um.

»Anna, ich will mich nicht auf dieses Eifersuchtsspiel einlassen. Ich will das nicht.«

Ich lachte. »Vorhin warst du ganz scharf drauf, mich festzubinden und von irgendeinem Fremden ficken zu lassen, nur damit du zuschauen kannst. Das war schließlich deine Phantasie, oder?« Meine Kehle war zugeschnürt. Die Worte kamen heraus, aber sie klangen lächerlich. Ich saß am Sofarand, starrte auf meine Knie.

»Anna.« Seine Stimme war leise.

»War es doch, oder?«

»Ja, aber nicht das hier. Da ist ein Unterschied. Phantasie ist keine Realität. Das hast du selbst gesagt. Die beiden kann man nicht gleichsetzen.«

»Also gehören Phantasien auf die eine Seite des Zauns. Und die Realität auf die andere. Das glaubst du doch selbst nicht. Du phantasierst über mich, und ich bin real.«

»Ja, und du bist auf deine Art schön. Du siehst gar nicht wie Rose aus. Außerdem, warum solltest du das wollen? Sei vernünftig, Anna.« Er hielt inne.

»Und wenn ich so aussehen würde?«

»Tust du aber nicht. Du kannst dein Leben nicht durch jemand anderen leben. Niemand kann das. Du nicht, ich nicht. Und selbst wenn ihr etwas gemeinsam hättet – sie ist tot. Das ist morbide. Du verwischst die Grenzen, und das ist sehr, sehr morbide.«

Als Philip weg war, legte ich mir eine dicke Wolldecke um die Schultern. Ich war immer noch wütend über das, was er gesagt hatte. Ich stand am Fenster und versuchte mich zu beruhigen. Was ich sah, glich einer Mondlandschaft. Die Umrisse der Gebäude waren nur noch Eislinien, und der Horizont war von einer Art weißem Dunst eingefaßt. Meine Mutter hatte Schnee gehaßt. Sie meinte, das sei ihre Vorstellung von der Hölle: nicht Feuer und Schwefel, nicht Dantes Inferno, sondern ewige, unbarmherzige Kälte. Ein Vogel schoß herunter und landete beim Kanal. Er sah wie eine Seemöwe aus, er hatte die gleiche weißgraue Zeichnung, und er war auch groß genug, aber das konnte nicht sein, denn das Meer war zu weit weg. Vielleicht wurden die Vögel landeinwärts getrieben, weil es draußen auf dem Meer nichts mehr zu fressen gab?

Oder vielleicht waren die Ozeane zugefroren? Man konnte sich Schiffe vorstellen, die in den Wellen gefangen waren: Das Eiswasser krachte und splitterte, während das Metall sich auflöste und die ganze Welt auseinanderfiel. Ein zweiter Vogel schloß sich dem ersten an, dann ein dritter und ein vierter. Sie hockten am Kanal, und nach einer Weile flogen sie hoch, kreisten stumm über dem grauen Wasser. Sie waren wie Traumvögel. Sie drehten Kreise, schraubten sich immer höher, dann stieß einer einen langen Schrei aus, und stumm flog die ganze Gruppe dem Horizont entgegen.

Ich drehte mich um. Auf dem Tisch lag Philips Kamera und daneben der kleine Metallbehälter, in dem mein Bild wie ein Geist in der Flasche eingerollt lag. Ich holte einen Öffner, stemmte den Deckel auf und zog den Film heraus. Ich wußte, mein Bild würde in dem Moment, indem das Licht auf die Rolle fiel, für immer verschwinden. Der Film wand sich wie eine schimmernde Schlinge um meine Füße.

»Ich weiß, daß Luke nichts von mir will«, sagte ich, als Philip zurückkam. »Das hab ich auch nicht gemeint. Rose war einzigartig.« Aber Philip antwortete nicht. Statt dessen gab er mir ein Päckchen mit Fisch und schaute mir beim Auspacken zu. Ich steckte dem ersten Fisch ein Messer in den Schlund und zog es durch den ganzen Bauch. Eine Fliege landete auf dem Tisch. Es war eine Schmeißfliege. Besonders groß. Ihre Flügel glitzerten. Sie hätte die Hand ausgestreckt und sie gefangen. Meine Mutter war gut in solchen Dingen. Schnell, geschickt. Sie öffnete die Faust, und ich sah dann den zusammengedrückten Körper. Die Beine. Die zermalmten Flügel. Sie aß auch merkwürdige Dinge, Apfelgehäuse, Orangenkerne. Sie saugte gern das Mark aus Hühnerknochen, aß gern rohe Eier. Warum mußte ich mich an diese Dinge erinnern? Manchmal schien es mir, als wäre mein Kopf ein

Museum, und ich war dazu bestimmt, durch die Hallen zu gehen und den Inhalt aller mit diesen Erinnerungen gefüllten Kisten aufzulisten. Ich sperrte die Gedanken aus, kehrte wieder in die Gegenwart zurück.

Wir aßen fast die ganze Zeit schweigend. Gegrillten Fisch mit Salzkartoffeln. Der Fisch schmeckte tranig. Das Fleisch hatte einen Beigeschmack nach Meer, Algen und Salz, und das dunklere Fleisch schmeckte stark nach Schlamm. Einmal verschluckte ich eine Gräte. Ich spürte, wie sie mir hinten im Hals hängenblieb und den Rachen reizte. Ich rollte aus etwas Brot eine Kugel, und damit rutschte die Gräte hinunter.

Wir sahen fern und stellten Vermutungen darüber an, um welche Zeit Luke morgen zurückkehren würde. Philip sagte, daß er und Luke zusammenarbeiten würden. An einem Projekt, das mit Skulpturen und Wolkenkratzern zu tun hatte. Ich sagte, es gefiele mir, daß Luke uns immer Blumen mitbringe. Wenn man in die Wohnung kam, war der Duft ganz herrlich. Dabei dachte ich daran, wie gern ich wieder zur Arbeit gehen wollte. Ich hätte mir die Tage nicht freinehmen sollen, nicht sagen, ich sei krank. Plötzlich hatte ich das Gefühl, die vergangenen sechsunddreißig Stunden seien unecht, gefälscht, so als hätten wir nur gespielt. Der Bildschirm flakkerte, und wieder spürte ich die kleinen stechenden Schmerzen im Bauch. Anspannung? Unruhe? Es war schwer zu entscheiden, was es war, aber sie verursachten mir Übelkeit, und ich fühlte mich immer noch leicht schwindlig.

»Ist was mit dir?« Philip schaute herüber. Seine Stimme klang besorgt, aber ich antwortete nicht. Ich lächelte, und er kam und setzte sich neben mich. Er berührte mein Gesicht und strich mir das Haar aus der Stirn.

»So, jetzt kann ich dich sehen. Redest du nicht mehr mit mir?«

Ich schüttelte den Kopf.

»Diese Sache mit Rose. Das sieht dir nicht ähnlich.«

»Es ist nichts.«

»Erzähl es mir. Ich will es verstehen. Bitte?«

»Es gibt nichts zu erzählen.«

»Bitte. Anna?«

»Mir geht's gut«, sagte ich. »Wirklich.«

»Gut?«

Ich nickte und zuckte die Schultern. »Gut.« Das Wort haßten wir beide. Es war so nichtssagend, abgenutzt, nutzlos; Philip war so sanft, daß ich am liebsten geweint hätte, und ich spürte, wie mir die Tränen in der Kehle hochstiegen.

»Geh ins Bett«, flüsterte ich etwas bestimmter. »Ich komm ein bißchen später nach.« Ich konnte nichts mehr sagen. Hätte ich ernsthaft ausgesprochen, was ich dachte, hätte meine Stimme versagt, und die Tränen wären geflossen. Philip beugte sich herüber und drückte meine Hand. Er war verletzt. Er seufzte, ich glaube, sowohl niedergeschlagen als auch frustriert. Schließlich stand er auf und ließ mich in Ruhe.

Es war der Ton des Klaviers, der mich weckte. In der Nacht war ich erhitzt und schwitzend aufgewacht und hatte das Fenster geöffnet. Der Fischgeruch hing in der ganzen Wohnung, und die kalte Luft war mehr als erfrischend. Eine Schneeflocke flog durchs Fenster, dann eine zweite und eine dritte. Ein paar blieben an den Bettdecken hängen, kalt und still. Als ich ein Kind war, hatte meine Mutter versucht, mir den Unterschied zwischen einer poetischen und einer prosaischen Wahrheit zu erklären. Sie sagte, die erste füge hinzu, während die letztere abziehe. Das war ihre Definition. Eine prosaische Wahrheit ist überprüfbar; dagegen widersetzt sich eine poetische den nüchternen Fakten. Sie überschreitet die Grenzen der Zeit, steht für das Ewige. Der Schnee war poetisch, oder meine Vorstellung ließ es ihn sein. Er ging über das Alltägliche hinaus, lag jenseits intellektueller Erfahrung. Ich beobachtete noch ein paar Flocken, die durch das Fenster schwebten, dann ging ich wieder ins Bett und schlief fest ein. Jetzt schwebten Musik und Sonnenlicht über die Dächer. Es war wie damals. Jemand übte Tonleitern, die Noten stiegen und fielen; dann hörte ich einen Schlüssel in der Tür, gefolgt von den vertrauten Schritten.

Die Klaviermusik spielte weiter. Sie plätscherte durch den Flur. Philip hatte die Arme um meine Schultern geschlungen, und seine Knie bohrten sich in mein Kreuz. Er war so nah, wie es möglich war, ohne zu ersticken, aber trotz dieser Nähe empfand ich es nicht als eine Berührung zwischen uns. Unsere unechte Haut rieb sich aneinander, meine voller blauer Flecke, kalt und zerkratzt. Ich starrte auf meinen Unterarm, fasziniert von den Flecken. Einer war ziemlich groß, pflaumenfarben, ein zweiter war kleiner, aber glänzend. Auf meinem Handgelenk hatte ich einen Kratzer, der einem Armband glich. Dann rief Luke, daß er wieder zu Hause sei. Philip machte die Augen auf, und wir rollten auseinander.

ACHT

Der Unfall ereignete sich an einem Samstag. Ich stand hinter der halb geöffneten Tür in der Küche; ich hatte gerade ein paar Bissen für die Vögel hinausgelegt: etwas alten gekochten Reis aus dem Kühlschrank und Reste eines Curryragouts, das aussah, als würde es zu schimmeln anfangen. Die Vögel fraßen alles; sogar einander. Ich habe einmal ein altes in Folie eingepacktes Hühnergerippe nach draußen gelegt. Als ich nach Hause kam, rissen die Tauben gerade die Knochen auseinander. Sie mochten auch Speck, was mich immer wieder überraschte, weil ich nie gedacht hätte, daß Vögel Fleischfresser seien. Der Reis lag verstreut auf dem Beton, und Augenblicke später stürzten die Vögel herunter. Eine ganze Schar war da, insgesamt mehr als fünfzehn, und ich beobachtete sie, wie sie pickten und mit den Flügeln gegen das Glas schlugen. Ihre Hälse hüpften, ihre Beine zuckten, und die Flügelspitzen klatschten ans Fenster.

Ein paar Tage zuvor hatten Philip und Luke einen Schneemann gebaut. Philip hatte zwei riesige Schneebälle gerollt, die die beiden dann auf herkömmliche Art aufeinanderstellten.

Danach war die Sache ein wenig schiefgegangen. Ja, sie hatten den Schneemann geschmückt, aber nicht auf die übliche Weise – Kohlen als Augen und eine Karotte als Nase. Philip hatte meinen Schrank durchsucht und eine alte Perücke gefunden. Er hatte auch ein Stück Stoff entdeckt, das sie um die Skulptur wickelten, als wäre es ein Rock, und dann hatte Philip Schnee an den Rumpf geklebt und zwei große hängende Brüste geformt. Luke hatte inzwischen die Augenhöhlen mit Moos gefüllt und eine Nase und einen Mund modelliert. Den Mund färbte er mit roter Lebensmittelfarbe, was ein Fehler war, denn die Farbe floß auseinander und machte den Schnee ganz fleckig. Sie nannten die Skulptur »Die Eisjungfrau«. Philip meinte, er sei ein bißchen enttäuscht. Er hatte etwas Schöneres bauen wollen.

An jenem Morgen stand die Eisjungfrau glitzernd neben dem Kanal in der Sonne. Ein Mann saß auf einem Stuhl am Ufer. Er trug einen schwarzen Ledermantel und einen Hut, den er tief in die Stirn gezogen hatte. Er war schon den ganzen Morgen dort, und ab und zu schaute ich hinaus, um zu sehen, ob er sich gerührt hatte.

Nachdem ich die Vögel gefüttert hatte, sah ich Luke ein Stückchen hinter dem Mann stehen. Er sprach nicht mit dem Mann, beobachtete ihn nur über die Schulter. Der Mann schaute nicht auf, ließ nicht erkennen, ob er Luke gesehen hatte. So verharrten sie eine Weile, bis Luke sich umdrehte. Er starrte eine kleine Gruppe von Jungen an. Sie waren bei der Eisjungfrau, hatten sie umzingelt, warfen mit Steinen auf ihr Gesicht. Luke ging zu ihnen hinüber und fing an, mit dem größten der Jungen zu reden. Natürlich konnte ich nicht hören, was geredet wurde. Der Junge trat den Schnee mit der Stiefelspitze und lächelte Luke an, der zurücklächelte. An der Stelle hörte ich es an der Tür klopfen, und ich ging hin, um nachzusehen. Als ich zurückkam, waren die Kinder und Luke verschwunden.

Ich blickte hinüber zu den Vögeln. Der Reis war schon verschwunden, also schaute ich im Schrank nach, ob wir noch Kekse hatten, zerkrümelte ein paar in meiner Hand; dann öffnete ich das Fenster und warf sie hinaus. Ich schloß das Fenster wieder und ging ein paar Schritte zurück zur Tür. Einer der Vögel, eine schwarzköpfige Möwe, schlug gegen die Fensterscheibe, und da mußte ich mich wohl ein wenig bewegt haben. Wie auch immer, ich hatte nicht bemerkt, daß meine Hand in dem Spalt zwischen Küchentür und Türfüllung lag. Aus den Augenwinkeln sah ich die Vögel auf dem Sims scharren; eine hellgraue Feder klebte am Glas; der Mann, der am Kanal saß, schaute zum Fenster herauf, und plötzlich sprang die Tür auf und schlug mir direkt auf die Finger.

Luke meinte später, es habe sich angehört, als schreie ein wildes Tier; es sei mehr ein Jaulen gewesen als ein menschlicher Ton. Er ließ alles fallen, was er in der Hand hatte. Ich sackte zu Boden und umklammerte meine Hand. Ich konnte nicht aufhören zu weinen. Schmerz pulsierte durch meine Finger, der Raum drehte sich um mich herum, ich fühlte mich leicht schwindlig, Tränen strömten mir über die Wangen. Luke hockte sich vor mich hin. »Laß mich sehen. Es tut mir so leid. Laß mich nur mal sehen.« Mein Daumennagel und zwei andere Fingernägel liefen schon blau an, neben den Gelenken war die Haut aufgeplatzt, da, wo die Tür die Finger eingeklemmt und aufgerissen hatte. Blut. Es sickerte in die Manschette meines Ärmels. Luke streckte die Hand aus und rieb mir die Tränen von den Wangen.

»Kannst du die Finger bewegen?« fragte er. »Das ist gut. Sie sind nicht gebrochen. Es tut mir so leid. Es tut mir so leid«, wiederholte er, und dann spürte ich, wie er sehr sanft meine Hand hob und die Finger meiner fest zugedrückten Faust öffnete. Er nahm sie in den Mund und saugte daran, während ich weiterschluchzte. Sein Mund war warm, und die Bewegung seiner Zunge auf der Haut half, den Schmerz zu lindern. Meine Finger, mein ganzer Körper, alles war hochempfindlich. Jede Bewegung von Lukes Zunge wurde irgendwo in mir registriert, und ich schämte mich ein wenig. Ich konnte Luke nicht einordnen. Ich wußte, er war wegen Roses Tat hier. Er mußte etwas klären. Ich wußte auch, daß er um sie trauerte und wie sehr er sie geliebt hatte, darüber hinaus aber war ich verwirrt. Er beobachtete mein Gesicht. So viel scheint von Entfernungen abzuhängen; davon, wie fern oder wie nah sich ein Objekt im Verhältnis zu uns befindet. Es ist die Art, wie wir in Beziehung zu dem stehen, was um uns herum vorgeht. So nah war ich Luke noch nie gewesen, und das Blau seiner Augen war ganz verblüffend: klarer, heller, durchscheinender denn je. So saßen wir eine Weile, bis Luke schließlich aufstand und den Kühlschrank öffnete.

»Ich werde etwas Eis drauflegen«, sagte er, holte ein Handtuch und leerte Eiswürfel hinein. »Bist du sicher, daß du die Finger bewegen kannst?« Ich nickte. Meine Hand zitterte, und ich fühlte mich immer noch aus dem Gleichgewicht gebracht. Er wickelte das Handtuch um die Eiswürfel, dann half er mir vom Boden auf.

»Wie fühlt es sich an?«

»Es tut weh«, sagte ich und wischte mir mit dem Handrücken der heilen Hand übers Gesicht. Meine Stimme klang dünn und scharf. Das Deckenlicht war entsetzlich grell.

»Entspann dich«, sagte Luke und schob mir einen Stuhl hin, damit ich mich setzen konnte. Dann hob er die Sachen auf, die er hatte fallen lassen. Einen Strauß leuchtendgelber Blumen und eine Menge Bücher, medizinische. Eines hieß

»Blut- und Herz-Kreislauf-Erkrankungen«, ein anderes »Strahlentherapie«; an die übrigen kann ich mich nicht mehr erinnern. Das Eis ließ meine Finger gefrieren. Draußen auf dem Fenstersims flatterten und schlugen die Vögel immer noch mit den Flügeln. Luke kauerte neben meinem Stuhl, und als er aufstand, wußte ich, daß er mich küssen wollte, und ich spürte, wie er sich an mich lehnte. Oder vielleicht war es etwas in mir, das sich an ihn lehnte? Es schien, als hätten wir das schon zuvor getan; als hätten wir uns schon einmal aneinandergelehnt und die Zeit wiederholte nun dieses Geheimnis.

Lukes Gesicht wurde größer. Seine Züge verloren die Konturen und verschwammen. Es war nicht so, daß ich ihn nicht küssen wollte. Ich stellte mir vor, wie sich seine Lippen ganz zufällig den meinen näherten, und ich gab mich ganz dem sinnlichen Gefühl hin. Der Gedanke erregte mich, und doch sagte ich: »Nicht.«

Als Philip auftauchte, hatte ich mich schon aufs Bett gelegt. Luke war immer noch besorgt, daß ich mir vielleicht einen Handknochen gebrochen hatte, aber ich wollte nicht ins Krankenhaus. Ich lag zusammengerollt unter den Decken und hatte mir eine über den Kopf gezogen. Meine Hand schmerzte, und auch mein Bauch tat mir weh. Ich war ängstlich, fühlte mich unwohl, mir war kalt, und ich wollte nicht, daß mich jemand so sah.

Philip klopfte, bevor er eintrat. »Darf ich reinkommen?« fragte er und steckte den Kopf durch die Tür. »Anna?« Ich tauchte aus den Decken auf und sah sein Spiegelbild. Sein Gesicht war unrasiert, sein Haar leicht zerwühlt.

»Luke sagt, du hast dir die Hand in der Tür eingeklemmt?« Ich hielt sie hoch, damit Philip sie sehen konnte, und tat so, als hinge sie schlaff am Handgelenk herunter. Sie sah aus wie eine fest bandagierte Tierpfote.

»Es war ein Unfall. Jetzt tut es nicht mehr so weh. Aber ich habe Schmerzen im Bauch.«

»Möchtest du irgendwas?« Ich schüttelte den Kopf. »Dann komm ich später wieder. Luke und ich gehen noch ein bißchen raus.« Philips Stimme klang gedämpft. Als er an der Tür war, blieb er stehen und drehte sich um. Er biß sich auf die Lippen.

»Anna, woher hast du das Medaillon? Ich hab es noch nie gesehen.« Ich spürte, wie meine Hand automatisch meinen Hals berührte. Ich hatte das Medaillon abgenommen, nachdem Luke es mir geschenkt hatte, und es hinten in meinem Schrank versteckt. Erst als er von seiner Reise zurück war, hatte ich es wieder angelegt. Luke hatte nämlich eine Bemerkung darüber gemacht, daß ich es nicht trug. Philip blieb an der Tür stehen und starrte auf meinen Hals.

»Das?«

»Hast du es gekauft? Es muß sehr teuer gewesen sein. Oder war es vielleicht ein Geschenk?«

»Luke hat es mir gegeben«, sagte ich und schluckte den Vorwurf. Ich fühlte mich erbärmlich und schwach. »Es hat Rose gehört, und ihm lag nichts daran, es zu behalten.« Philip nickte, und ich fing an, über die Locke zu reden, weil ich seine Aufmerksamkeit von dem Geschenk, von mir selbst ablenken wollte. »Es ist doch komisch, so was zu tun. Findest du nicht? Sie muß gewußt haben, was sie tun würde, oder vielleicht nicht? Ich glaube, sie muß ...« Ich redete schnell, die Worte stürzten nur so heraus, aber Philip hörte gar nicht zu. Es folgte ein längeres Schweigen, während er mit der Hand an die Tür trommelte. Das Geräusch war nervtötend laut, und die Art, wie er mich ansah, gab mir das ganz seltsame Gefühl, nicht mehr zu existieren.

»Was hast du vor?« fragte er.

»Nichts. Was meinst du damit?«

»Das weißt du verdammt genau. Hör auf herumzumachen. Ich will nicht, daß du es trägst.«

»Das ist doch nur ein Schmuckstück. Es gefällt mir wirklich. Es war ein Geschenk.«

»So, es gefällt dir wirklich?« Seine Worte klangen bitter. Er benahm sich so, als wäre ich mitschuldig an irgend etwas. Vielleicht verriet mich meine Stimme.

»Es ist hübsch«, sagte ich. »Sei nicht so. Laß uns nicht ...«, doch es war bereits zu spät. Philip erwähnte etwas, das ich gesagt hatte, als er mir mein letztes Geburtstagsgeschenk gegeben hatte. Offenbar hatte ich es nicht genügend gewürdigt. Ich hatte mir nicht die Mühe gemacht, mich zu bedanken – oder wenigstens nicht auf eine besondere Weise. Tatsächlich fühlte sich Philip niemals genügend gewürdigt. Er habe mir alle möglichen Geschenke gekauft, jede Menge schöner Dinge. Alle ein gutes Stück besser als das Medaillon, aber nie hätte ich gesagt, daß sie mir gefielen. Er hielt inne, um Luft zu holen, dann legte er einen anderen Gang ein und schwenkte plötzlich in eine völlig andere Richtung. Je länger er sich aufregte, desto müder fühlte ich mich. Es lag etwas Wildes in der Art, wie er sprach, und die Worte trafen mich hart. Schließlich sammelte ich all meine Kräfte und schrie. Ich sagte ihm, daß er uns nicht weiterbrächte. Meine Stimme klang seltsam, vielleicht weil ich schrie. Es hörte sich nicht an wie ich.

»Bitte rede nicht weiter. Ich kann jetzt nicht. Bitte.« Philip hörte auf. Es gab nichts, was ich hätte sagen können, um ihn zu besänftigen. Sein Gesicht drückte pure Qual aus. Ich sah, wie sein Blick durch den Raum flackerte. Er dachte nach, versuchte einen anderen Blickwinkel zu finden, aus dem er angreifen konnte. Schließlich holte er tief Luft.

»Das Ding hat jemandem gehört, der tot ist, Anna. Rose ist TOT. Ich versteh dich nicht.« In dem Moment, als ich ihren Namen hörte, begannen meine Lippen zu zittern, doch Philip spie die Worte weiter aus. »Früher bist du nicht so gewesen. Du bist nicht mehr derselbe Mensch. Das ist Wahnsinn. Warum solltest du Roses Sachen tragen wollen? Sag mir das bitte! Du mußt doch einsehen, daß das nicht gesund ist. Das ist Wahnsinn.« Sein Mund schloß sich, die Lippen geschürzt. Es sah aus, als hätte er etwas höchst Geschmackloses gesagt. Dann ging er zur Tür. Ich murmelte ein paar Worte.

»Was hast du gesagt?«

»Nichts.«

»Rutsch mir doch ...« Philip knallte die Tür so laut zu, daß ich zusammenzuckte und meine Hand umklammerte.

Einerseits fühlte ich mich wirklich schuldig. Das Medaillon war ein Geschenk von Luke. Aber daß Philip Rose als den Ursprung des Problems sah, überraschte mich. Philip war allmählich besessen von meiner Besessenheit. Ich vermute, wir alle waren irgendwie besessen. Ich von meiner Mutter. Philip von mir. Luke von Rose. Und von Rose ging es wieder zu mir und so weiter und so fort. Es war wie das Fadenfingerspiel, und die Art, wie wir uns verhielten, verstärkte nur diese Gefühle. Die Fäden überschnitten sich, und je mehr ich versuchte, sie zu entwirren, desto fester schienen die Knoten zu werden. Ich preßte die Finger an die Schläfen. Alles war so verwirrend. Der Streit, die Kälte, meine Mutter, die in ihre Krankheit entschwand, Rose, Luke.

Ich ließ das Medaillon aufschnappen und starrte auf das Haar. Es ringelte sich immer noch leuchtendhell in seiner Mulde. Vielleicht ein Talisman? Eine Reliquie oder ein Glücksbringer? Ich stieg aus dem Bett und trat vor den Spiegel. Die Schere lag auf dem Beistelltischchen. Ich nahm sie, griff mir eine lose Locke von meinem eigenen Haar und schnitt sie rasch ab; dann legte ich sie in die linke Mulde unter das Glas. Die beiden Halbkreise ergänzten einander. Hätte man sie mit den Enden zusammengelegt, wäre ein vollständiger Kreis entstanden. Ich klappte das Medaillon zu und ließ es unter mein T-Shirt gleiten.

In der Nacht wurden meine Bauchschmerzen stärker. Ich nahm etwas ein, verschlang eine ganze Handvoll Tabletten, ungeachtet der Tatsache, daß auf der Flasche stand, man solle nur zwei Stück auf einmal nehmen oder zum Arzt gehen. Dann ging ich ins Wohnzimmer und drehte den Heizkörper auf. Ich wollte nicht wieder schlafen. Der Drang, mich zu übergeben, ließ nach. Ich zitterte, doch mein Kopf war heiß, und mein Magen schien seitlich gegen die Rippen zu drücken. Ich fühlte mich fehl am Platz. Luke hatte mir gesagt, ich solle so viel wie möglich im Bett bleiben. Am Abend war er gekommen und hatte mit mir geredet, nachdem Philip auf einen Drink ausgegangen war. Was immer auch seine Gefühle mir gegenüber waren, Philips Befürchtungen erstreckten sich nicht auf Luke. Ich allein war verantwortlich. Philip hatte unseren Streit nicht erwähnt. Statt dessen redeten Luke und ich über den Unfall und darüber, wie er sich einmal die Hand in einer Autotür eingeklemmt hatte. Wir sprachen auch über das Wetter. Man konnte das Thema einfach nicht umgehen. Dann sagte Luke, wie gern Rose eislaufen gegangen sei, und gab zu, daß er ständig Tagträume hätte, in denen sie noch lebte.

Irgendwie wollte er einfach glauben, daß sie, anstatt sich umzubringen, in eine andere Stadt gezogen war, nur diesmal war er ihr nicht gefolgt. In diesen Tagträumen hatte sie ein Zimmer genommen und einen neuen Liebhaber gefunden. Sie hatte tatsächlich ein neues Leben angefangen, und Luke wurde eifersüchtig. Jemand anderer umarmte und küßte seine Rose. Er sah das alles vor sich. Er wurde zum Voyeur, und während er ruhig in einer Ecke ihres Zimmers saß, beobachtete er die beiden dabei, wie sie sich liebten. Lukes Stimme klang wütend, aber unter der Wut lag Traurigkeit. Er verstand nicht, warum er sich so gehen ließ und sich quälte. Vielleicht hoffte er, sie würde wieder zu ihm kommen, ihren neuen Liebhaber verlassen und zu ihm zurückkehren. Dann wieder war er froh, so sagte er, daß sie tot war und nicht bei einem anderen. Er gab zu, es sei schrecklich, so etwas zu sagen, aber es sei doch wahr. Er lief im Zimmer hin und her. Er war aufgewühlt, und jedesmal, wenn er ihren Namen aussprach, durchlief ein kleiner Gefühlsschauer meinen Körper. Kleine elektrische Schläge; tyrannische Funken. Er sprach von ihrer Zeit als Krankenschwester und fragte sich, ob das vielleicht der Katalysator gewesen sei für das, was dann geschah. Der Arbeitsstreß. Die schrecklichen Krankheiten. Oder vielleicht hatte sie ihn auch nie geliebt. Vielleicht war sie falsch gewesen, und alles, was sie gesagt und getan hatte, war Teil eines Schauspiels. Luke redete stundenlang. Seine Spekulationen nahmen kein Ende, und dann fing er an, mich in sein Drama einzubeziehen. Er sagte Dinge wie: »Du stimmst mir doch zu, oder?«, »Das wäre möglich, oder?«, »Rose könnte das getan haben. Meinst du nicht?«, und ich hatte nicht viel dagegen sagen können. Als er ging, war ich erschöpft.

Jetzt stand ich im Wohnzimmer. Die Vorhänge waren nicht zugezogen, und es fiel mir auf, wie hell alles war. Der Mond schien, und da die Dächer eine dicke, unberührte Schneedecke hatten, war die Szene in ein unnatürliches glühendes Licht getaucht. Ein kaltes Licht, aber der Raum war warm. Nur das Glas verhinderte, daß das eine zum anderen wurde. Nur das Glas trennte meine Welt von jenem anderen Ort, jenem unbestimmbaren Terrain. Ich stieß die Tür auf und trat mit einem Fuß auf den Balkon, stellte mich zwischen die Wärme und die Kälte. Die beiden Welten trafen sich, aber die Welt draußen war die weitaus Verlockendere. Plötzlich lief mir ein Schauer durch den Körper. Ich fühlte mich in Hochstimmung und gleichzeitig zu Tode erschrocken. In diesem seltsamen eisigen Land wollte ich sein. Ich erkannte mich selbst darin. Nur ein paar Schritte vorwärts, dann würde ich dort sein, wo ich hingehörte. Ein Schritt, ein Vorbeugen, aber anstatt es auszuführen, zog ich mich zurück und schloß die Balkontür hinter mir. Das Glas zitterte, der Mond blitzte, und ich drehte hastig den Heizofen auf und versuchte meine Füße wieder ein wenig warmzurubbeln.

Tief im Inneren des Hauses gurgelte es in den Rohren. Einer der Mieter mußte einen Hahn aufgedreht haben, und das Wasser quietschte durch das alte System. Die Wohnungen waren ein Labyrinth aus alten Lüftungsschächten, Abfluß-, Gas- und Wasserrohren. Die letzteren verliefen auf Höhe der Fußleisten rings um jedes Zimmer, die Wände hoch und wieder hinunter und in den Schränken. Es war klar, daß die Rohre in unserer Wohnung auch mit denen unter uns verbunden waren, und so weiter, den ganzen Block hinunter bis zum Tiefparterre. Das Wasser gurgelte und klopfte weiter, und dann hörte ich einen schwachen kratzenden Ton. Erst dachte ich, er käme vom Heizkörper. Ich glaubte, das Gas ginge zu Ende und der Ton wäre kein Kratzen, sondern ein Zischen. Ich horchte wieder. Das Geräusch hörte auf, dann begann es wieder. Zweifellos war es ein Kratzen, und was immer dahintersteckte, war lebendig. Es fing wieder an, nur diesmal war es lauter, und ich konnte ausmachen, daß das oder die Wesen hin und her rannten. Es waren Mäuse, was mich in Anbetracht des Zustands der Küche nicht überraschte. Ich horchte wieder, und diesmal hörte ich ein Rascheln. Es kam aus der linken Ecke des Raums. Dann tauchte ein kleines braunes Geschöpf auf, flankiert von einem zweiten. Sie starrten über die weite Fläche des Bodens. Sie sahen nicht wie Ungeziefer aus, obwohl ich wußte, daß sie es waren, und ich erinnere mich ganz genau, daß ich mich in dem Moment fragte, was Rose wohl an meiner Stelle getan hätte. Ich haßte Mäuse. Ich haßte auch die Vorstellung, irgendeine Kreatur zu töten, klein oder groß, aber ich wußte, daß Rose viel praktischer gewesen wäre. Ich konnte mir genau vorstellen, wie sie damit fertig geworden wäre.

Philip war ruhig, als ich zurückkam. Ich öffnete den Schrank und holte noch ein paar Decken heraus. Im Zimmer war es kalt. Die Eisschicht auf der Innenseite unseres Fensters war jetzt so dick, daß man nicht durchsehen konnte. Ich hatte aus Spaß versucht, das Wort »Hilfe« in die Oberfläche zu ritzen, von hinten nach vorn, so daß jemand, der sich draußen herumtrieb, sich vielleicht fragen würde, was geschehen war. Diese Kälte war weder natürlich noch gesund. Ich faltete die erste Decke auseinander und breitete sie über das Bett, dann tat ich dasselbe mit der zweiten. Als ich gerade dabei war, wachte Philip auf und drehte sich auf den Rücken. Seit dem Streit hatten wir kaum zwei Worte miteinander geredet. Jetzt starrte er an die Decke, auf die schmale Lichtstreifen fielen. Ich stieg auf meiner Seite ins Bett und legte mich neben ihn. Ein Teil von mir wollte sich entschuldigen. Ein Teil von mir wollte wieder ein Gleichgewicht zwischen uns herstellen, die richtigen Grenzen wieder errichten und die Arme um ihn schlingen. Es sei falsch, die Sonne untergehen zu lassen, wenn es böses Blut gegeben habe. Das hätte meine Mutter gesagt. Ihre Stimme klang in mir nach. Doch heutzutage schien es viel weniger Sonnen zu geben, beträchtlich weniger Licht.

»Philip?« Ich flüsterte, dann versuchte ich es noch einmal, aber er rollte sich herum, so daß sein Rücken mir zugewandt war. Er würde es mir nicht leichter machen oder versuchen, einen Kompromiß zu finden. Weit entfernt davon. Ich war nicht mehr zu retten, eine Ausgestoßene. Sein Körper sah wie ein Kartoffelsack aus. Ich versuchte mich zu entspannen, dann drehte auch ich mich um und schlang mir die Arme um die Taille. Meine Finger taten noch weh. Die Schnittwunden waren getrocknet und die verletzten Nägel braun-schwarz angelaufen. Sie ließen meine Hände alt aussehen, wie bei diesen Moorleichen, tief im ewigen Eis, wo die dunkle Haut getrocknetem Leder ähnelt. Man kann immer noch die Fingerabdrücke nachzeichnen, immer noch das getrocknete Haar berühren. Ich drückte auf eine der Quetschungen, und ein spitzer Schmerz durchschoß meinen Körper. Wie ein Torpedo. Selbst das Blut war schwarz, und mein Daumennagel drohte sich abzulösen. Ich schloß die Augen und stürzte in die Finsternis.

»Gift oder Fallen?« Der Mann im Haushaltwarenladen war sehr groß und sprach mit leiser Stimme. Er trug eine braune Pelzjacke und hatte die rosa Hände eines Maulwurfs. Die Luft roch nach Erde.

Luke war besorgt, daß die Mäuse anfangen würden, sich zu vermehren, wenn sie es nicht schon getan hatten. Ihr Kot war eklig, und wir hörten sie ständig kratzen. Philip war weniger besorgt. Er hatte mich kaum wahrgenommen, als ich über die Invasion berichtete, und er würde sicher nicht bei der Bekämpfung helfen. Er wollte mich bestrafen, und obwohl ich das Kriegsbeil lieber begraben hätte, konnte ich es nicht, denn jetzt war ich noch wütender als er. Was meinte er, was geschehen war? Er hatte kein Recht, mir vorzuschreiben, was ich zu tragen hatte.

Der Mann im Haushaltwarenladen sprach weiter. »Sie könnten auch Stahldraht haben. Ich hab welchen da.«

»Was ist denn besser?«

»Mit dem Gift könnte es eine Weile dauern. Die wissen, wenn etwas ausgelegt worden ist, und sie brauchen Zeit, um sich daran zu gewöhnen. Man kann auch nicht sagen, wo sie verenden werden. Kann überall sein, aber wenn sie nicht in Ihrer Wohnung verenden, dann brauchen Sie die Kadaver nicht wegzuschaffen. Stahldraht schneidet die Eingeweide durch. Fallen können eine Schweinerei sein, aber wenigstens weiß man, ob man etwas gefangen hat, und das ist ziemlich wichtig, wenn man's mit Mäusen zu tun hat. Man will ja nicht, daß sie hinter irgendwas verenden. Sie verfaulen ja. Scheußlicher Geruch.«

»Ich nehme die Fallen«, sagte ich, und mir war schon bei dem Gedanken ganz mulmig. Ich kaufte drei Stück, und der Mann steckte sie in eine Plastiktüte. Der Laden war derselbe, den Philip in seinen Phantasievorstellungen beschrieben hatte. Ich hatte mich von seiner Beschreibung her erinnert, wo das Geschäft lag, war den Straßen gefolgt, die zum Fluß und zu den alten Lagerhäusern führten. Danach war es ziemlich einfach, den Laden zu finden. Draußen hing die Zinkwanne neben den Gartengeräten, und als ich eintrat und in den hinteren Teil des Ladens ging, lagen da die schweren, widerspenstigen Seile in Rollen auf dem Boden. Sie lagen genau an der Stelle, die Philip beschrieben hatte, genauso wie ich es mir vorgestellt hatte, und doch verstörte mich ihre Gegenwart. Vielleicht hatte Philip gewollt, daß ich herkomme und das Seil selbst kaufe? Vielleicht war das auch ein Teil seiner Phantasie? Ich bückte mich und berührte die dunkelblaue Rolle. Das Seil war so dick wie mein Daumen, und Fasern ragten aus dem Teil, an dem man das letzte Stück abgeschnitten hatte.

»Ich nehme noch ein Stück von dem hier«, sagte ich nervös. Das Seil, jedes Seil war zur Erinnerung an Rose geworden, die vor der Wohnungstür hing. Ich schloß die Augen, und sie war vor mir, verschlossen, vollkommen, aufdringlich.

»Drei Meter?«

»Bitte.« Der Mann maß das Stück ab, dann ließ er es seitlich in meine Plastiktüte gleiten.

»Ist das alles?«

»Ja«, sagte ich. Ich bezahlte und ging.

Die Fallen klimperten, und der Schnee knirschte unter den Füßen. Eine große Maschine streute Salz und Splitt. Man versuchte, die Straßen frei zu halten, und das Salz sollte den Schnee schmelzen, obwohl das bis jetzt nicht zu funktionieren schien. Immer wieder sah man ein kurzes Stück Asphalt, aber kaum tauchte es auf, schneite es schon wieder, und alles begann wieder von vorn. So ging es Tag für Tag, und jeder Tag war wie der andere. Der graue Himmel. Das kalte Schneegestöber. Wieder der graue Himmel. Es war wie mein Leben. Ich ging zur Arbeit. Ich kam nach Hause. Ich ging zur Arbeit. Der Park lag unter einer dicken Decke. Man konnte die Pfade und Blumenbeete nicht mehr sehen, nicht einmal den Teil, der für die Kinder zum Spielen abgeteilt worden war. Ein Teich war ganz mit Schnee bedeckt. Eine leere Flasche lief von Eis über. Ein Fußabdruck war in Minuten zugeschneit und ausgelöscht. Der Schnee drang in jeden Winkel und jeden allerletzten Spalt, der Raum zwischen den Dingen wurde immer kleiner. Ich verlor dadurch ganz die Orientierung.

Zwei Tage zuvor war ich am frühen Abend von der Arbeit zu Fuß nach Hause gegangen. Und da bildete ich mir ein, meine Mutter zu sehen. Die rationale Seite in mir wußte, das konnte nicht sein, aber die dunklere Seite beharrte darauf, die Gestalt zu verfolgen, und meine Brust und meine Lunge verkrampften sich. Zweimal in einer Woche hatte ich geglaubt, zu hören, wie sie meinen Namen rief. Ich konnte die Worte nicht entschlüsseln, wußte nur, daß ich halb verrückt vor Sehnsucht danach war, sie zu sehen. Zweifellos hatte ich mich verhört oder, noch schlimmer, hatte die Stimme selbst heraufbeschworen. Dennoch wollte ich, daß es wahr wäre.

Die Frau ging ein paar Schritte vor mir. Es hatte gerade zu schneien aufgehört, und der Himmel war einigermaßen klar. Was konnte es schaden, ihr zu folgen? Wenn ich sie einholte, konnte ich sie vielleicht am Arm packen, sie zum Stehenbleiben zwingen. Die Frau überquerte die Straße, und ich lief hinterher. Ich folgte ihr mindestens fünfzehn Minuten lang, aber ich konnte mich nicht bemerkbar machen. So schnell ich auch ging, sie ging schneller. Ich rannte, und sie schien automatisch ihre Schritte zu beschleunigen. Ich wollte rufen, aber das schien unpassend. Sie würde nicht langsamer gehen, und sie würde nicht zurückschauen. Nach einiger Zeit begann es wieder zu schneien. Die Straßenlaternen zischten und glühten im Schneegestöber. Die Frau ging sehr schnell, und ich fand es immer schwieriger mitzuhalten, besonders weil ich mit meinen Schuhen immer wieder auf dem Eis ausrutschte. Dann bog sie ohne Vorwarnung in eine kleine Gasse ein, die neben einer Kirche vorbeiführte, und als ich die Ecke erreicht hatte, war sie schon verschwunden.

Die Kälte packte mich. Der Kopf begann, mir wirklich elend weh zu tun. Dann kam ich, von Schmerz benebelt, an eine Straße, die ich erkannte, doch wissend, daß ich nie zuvor dort gewesen war. Die meisten Häuser waren heruntergekommen und grenzten an eine Böschung; Fenster waren zerbrochen und Türen mit Brettern vernagelt. Ich machte ein paar Schritte, und bevor ich aufschaute, wußte ich, daß das Gebäude am anderen Ende der Straße eine alte Wäscherei war und das daneben ein Optikerladen mit einer blauen Flamme in der Auslage. Und natürlich hatte ich recht. Es war diese Gefühl eines Déjà-vu, das Gefühl, an diesem Ort bereits gewesen zu sein. Die Zeit hatte mich in ein früheres Leben getragen. Es war nicht real. Ich verlor die Übersicht, und dann erinnerte ich mich: Wir hatten Bilder von dieser Gegend an den Wänden in unserer Wohnung. Philip hatte sie fotografiert, und ich mußte mich in diese Szene versetzt haben. Das Leben imitiert die Kunst oder, wie in diesem Fall, die Fotografie.

Ich ging die Straße entlang. Die Wäscherei war geschlossen, aber im Fenster des Optikerladens saß ein Mann und drehte langsam eine Linse über der Flamme. Drei Türen weiter links kam ich zu einem Gebäude, das nicht nur heruntergekommen war. Es stand kaum noch. Das Fundament war fest, aber zwei Seitenmauern und der größte Teil des Daches fehlten. Ich stieg über einen Haufen Geröll und stand zwischen Wohnzimmer und Küche. Einige Tauben nisteten auf den Oberschwellen und den Heizungsrohren. Ein Vogelhaus, makellos mit seinem dichten Teppich aus Schnee und Federn. Die Flocken fielen durch die Decke, weiche weiße Sterne, und ich breitete die Arme aus und ließ sie auf mein Gesicht fallen.

Das war vor zwei Tagen. Jetzt klimperten die Fallen neben dem Seil in der Plastiktüte. Die Begegnung mit meiner Mutter verfolgte mich weiter. Es war wie eine Erscheinung gewesen. Ich konnte nicht ganz verstehen, wie die Frau so unglaublich schnell hatte verschwinden können. Wenn ich sie eingeholt hätte? Hätte ich mich doch nur bemerkbar machen können. Doch je mehr ich darüber nachdachte, desto leerer fühlte ich mich. Ich überquerte den Platz vor den Wohnblöcken und versuchte an etwas anderes zu denken. Ich fing an, mich über Philip und Luke zu ärgern, die drinnen herumlagen, endlos Kaffee tranken, endlos ihre Zigaretten rauchten. Das Durcheinander war unerträglich. Überall ließen sie Essensreste herumliegen. Am Tag zuvor hatte ein Glas mit Artischockenherzen neben der Toilette gestanden. Ein Löffel ragte heraus. Am Tag davor war es eine Sardinenbüchse unter der Couch gewesen. Wer immer sie da gelassen hatte, mußte so fest daran gestoßen sein, daß das Öl über die Dielen gespritzt war. Das ganze Zimmer stank nach Katzen und tranigem Fisch. In der Wohnung herrschte Chaos; ein Durcheinander von Tellern und Bechern und Abfall überall. Luke sagte mir, ich solle mich beruhigen. Er sagte, ich solle mich doch über eine Büchse Sardinen nicht so aufregen, und Philip nickte zustimmend. Ich ging am achten Stock vorbei. Jemand hatte eine Geschäftskarte ins Fenster gesteckt, auf der stand: »Oben-Ohne-Model«. Ich stellte mir zwei Beine vor, die durch das Apartment spazierten, ohne Rumpf. Dann steckte ich den Schlüssel ins Schloß und drückte die Tür auf. Philip lag mit einem Buch in der Hand auf dem Wohnzimmerboden und rauchte eine Zigarette. Luke saß auf dem Sofa und las eine Zeitung. Der Heizkörper glühte, und wenn man hereinkam, bildete die Hitze eine Wand.

»Fallen«, sagte ich mit lauter Stimme, aber nur Luke schaute auf.

Philip las weiter in seinem Buch. Er kaute an den Nägeln, und sein Gesicht sah seltsam weiß und aufgeschwemmt aus.

Ich legte das Seil weg, dann ging ich in die Küche. Die Fallen waren sehr einfach konstruiert: kleine Rechtecke aus Holz mit Drahtspiralen und ein paar Schrauben. Sie waren überraschend leicht aufzustellen. Als ich mit einer fertig war, stieß ich mit einer Messerspitze daran. Die Feder schnappte zu, und das Geräusch ließ mich zusammenfahren. Was immer in diese Falle ging, dem würde das Rückgrat gebrochen werden.

»Du wirst nie was fangen«, schnaubte Philip, als er sah, wie ich die Falle unter den Sessel stellte. Dann las er wieder in seinem Buch. Er blätterte die Seiten durch.

»Ich glaub doch«, meinte Luke. »Gut, daß du sie gekauft hast, Anna. Sie sehen mörderisch aus.« Luke zog ein Gesicht, und ich lachte. »Was gibt's da zu lachen?« fragte Philip.

Weder Luke noch ich sagten ein Wort.

Es dauerte drei Tage, bis es passierte. Wir vermieden alle, uns in den Sessel zu setzen; wir tänzelten um ihn herum, als spielten wir »Die Reise nach Jerusalem«. Dann hörte ich Philip rufen. Als ich aus dem Schlafzimmer kam, zeigte er auf den Boden. Das Tier war geköpft worden. Es war keine Maus, es war eine junge Ratte. Der lange Schwanz schaute unter dem Stuhl hervor, wodurch Philip aufgefallen war, daß ich etwas gefangen hatte. Er hob den Stuhl hoch, und da sahen wir die Bescherung. Philip und Luke weigerten sich, näher heranzugehen. Sie blieben auf der anderen Seite des Zimmers.

»Das ist ja scheußlich«, sagte Philip und starrte mich an, als ob ich etwas falsch gemacht hätte. »Schau dir das an. Wie das alles zermatscht ist.«

»Es stinkt«, sagte Luke.

»So lange kann sie noch nicht dasein.« Ich beugte mich über den Kadaver. Man konnte die Zähne der Ratte sehen. Die Falle mußte das Maul aufgedrückt haben, als der Kopf abgeschlagen wurde; der ganze Körper war durch den Schlag deformiert worden. Mir gefiel der Anblick noch weniger als Luke und Philip, doch ich holte ein paar dicke Gummihandschuhe; dann hob ich den Kadaver auf und wickelte ihn in Papier. Danach steckte ich das Papier in eine Plastiktüte und warf das Ganze in den Abfall.

»Ich muß die Falle wieder aufstellen«, sagte ich, und schrubbte den Boden mit unverdünntem Desinfektionsmittel. Ich schob die Falle wieder unter den Sessel und zog die Handschuhe aus. Mein Daumennagel hing lose an einem schmalen Hautstreifen. Ich konnte den grünen Nagellack unter dem Schwarzen schimmern sehen und fleckige weiße Haut auf dem nackten Daumenstumpf. Als ich die abgestorbene Haut berührte, fühlte sie sich weich an. Ich konnte sie abschälen und mit den Fingern wegziehen.

NEUN

Der Schnee wirkte wie Rost. Er fraß sich in die Dinge, zerfraß nicht nur Farbe und Form, sondern auch die Vorstellung der Menschen von dem, was richtig und falsch war. Als die Elektrizität das erstemal ausfiel, war der Ostteil der Stadt davon betroffen. Der Umspanner war überlastet, und es gab mehr als acht Stunden keinen Strom. Genau während dieser Zeit begann das Plündern. Zerstörung besteht zu neun Zehnteln aus Gewalt und zu einem Zehntel aus Gelegenheit. Ich kann gar nicht beschreiben, wie angespannt ich mich fühlte. Menschen liefen durch die Straßen, schlugen Fenster ein, schnappten sich so viele Elektrogeräte wie möglich, gar nicht zu reden von Kleidung, Schmuck, Möbeln, Lebensmitteln, bevor sie sich im Schutz der Nacht hastig wieder nach Hause zurückzogen. Sie sagten, diese Sachen sei man ihnen schuldig. Das war die Realität; so rechtfertigten sie sich. Gleichzeitig sah alles künstlich aus. Das Lebensgefühl änderte sich radikal. Allmählich begannen Menschen, die Stadt zu verlassen. Fenster wurden zugenagelt, Läden geschlossen, und Polizeieinheiten patrouillierten in den Straßen. Es gab Debatten über Ausgangssperren. Kurz gesagt, so ließen uns die Nachrichtensprecher wissen, es herrschte allgemeiner Notstand.

Eines Tages fand ich in einer Gasse eine tote Katze. Sie sah unecht aus, so, als hätte sie jemand ausgestopft und aus Spaß in den Schnee gelegt. Obdachlose schliefen in Eingängen und an überdachten Bushaltestellen, ihre Körper waren zugedeckt. Sie sahen wie alte Tiere aus, mit gewölbter Brust, wettergegerbt. Wenn ich einatmete, stach mir die Kälte in die Brust; sie machte die Luft herz- und lungenförmig. Ich sehnte mich nach etwas, das den Bann brechen würde, doch zugleich fühlte ich mich auch angezogen. Nie zuvor hatte ich eine Stadt in diesem Zustand gesehen. Es schien so bizarr, so bemerkenswert.

Philip und ich kämpften weiter, doch was wir taten, war viel lauter als unsere Worte. Wenn ich ein Zimmer betrat, verließ Philip es. Wenn ich mich auf die Couch setzte, wechselte Philip in den Sessel. Ich mußte nur sagen, daß mir etwas gefiel, damit Philip widersprach. Und wenn Rose erwähnt wurde, stöhnte er gern, oder er tat so, als sei er völlig mit etwas anderem beschäftigt. Ich wußte, er haßte es, den Namen zu hören, denn er bemühte sich nicht, es zu verbergen. Der Name war tabu, man durfte nicht darüber reden. Er schnalzte mit der Zunge, machte kleine gezielte Anspielungen oder starrte mich einfach so lange an, bis ich unsicher wurde. Ich hätte ebensogut etwas Blasphemisches sagen können – so reagierte er. Auch nachts mieden wir einander. Ich ging häufiger früh zu Bett, und Philip wartete, bis ich eingeschlafen war, bevor er zu mir ins Zimmer kam. Und so ging es weiter. Wir berührten oder küßten uns nie. Philip zog sich vor mir nicht mehr an oder aus, und ich tat es auch nicht. Das Persönliche wurde unpersönlich, und wenn es uns wirklich gelang, zu reden, dann war das Gespräch peinlich. Ich sah Philip an, und es fiel mir schwer, mich an eine Zeit zu erinnern, als ich ihn geliebt hatte. Wie konnte ich ihm nur erlaubt haben, mich zu berühren? Vielleicht sah er mich an und fragte sich dasselbe.

Das Essen war übrigens Lukes Idee. Ich glaube, er wollte uns eine Atempause verschaffen, dachte, es könnte vielleicht uns allen dreien guttun, gemeinsam an einem Tisch zu sitzen. Ich war nicht überzeugt davon, aber ich ging trotzdem ins Einkaufszentrum und besorgte verschiedene Sachen. In der Wohnung gab es nur noch sehr wenig zu essen; Philip und Luke hatten alles aufgebraucht. Einige Läden hatten für den Fall, daß sich das Plündern ausweitete, zusätzliches Sicherheitspersonal eingestellt. Die Männer standen, mit merkwürdigen alten Militäruniformen ausstaffiert, vor den verschiedenen Eingängen. Einige trugen die üblichen Khakianzüge mit glänzenden Knöpfen und weißen Streifen an den Ärmeln. Andere Uniformen sahen aus, als hätte man sie aus dem Kostümfundus geholt. Die Jacken waren karminrot und hatten goldene Quasten, die von den Schultern hingen; die Hosen waren schwarz und hatten rote Streifen an den Seiten. Die Wachposten blickten verärgert und gelangweilt. Sie verscheuchten verirrte Vögel, die der Wärme wegen ins Einkaufszentrum geflogen waren. Oder sie spielten an den Knüppeln herum, die an ihren Gürteln befestigt waren.

Zu Hause kochte ich eine große Schüssel Pasta und grillte etwas Fisch. Das Gas flammte auf, als das Öl aus der Pfanne spritzte. Die Fischhaut war schwarz verbrannt. Philip sah leicht erstaunt aus, aber ich wußte, daß er sich freute. Luke half beim Kochen. Dann setzten wir uns alle drei zu Tisch. Und gerade als ich den Wein geöffnet hatte und wir uns recht verlegen auf unsere Gesundheit zugeprostet hatten, ging das Licht aus.

»Typisch«, sagte Philip. »Sie wußten, daß das passieren würde, und trotzdem haben sie nichts getan. Offensichtlich haben sie das Ausmaß des Problems nicht erkannt. Das ist doch kein Einzelfall.«

»Was könnten sie denn machen?«

»Notstandsmaßnahmen. Sie schummeln sich drumherum. Verdammte Witzbolde, die denken, es regle sich schon alles von selbst.«

Ich schaute aus dem Fenster. Am Horizont konnte man vereinzelt kleine Lichter sehen – wie Staub –, doch nach einem Drittel der Strecke war eine deutliche Trennungslinie sichtbar: Die unteren zwei Drittel des Bildes waren unglaublich düster. Im Vordergrund standen die Wohnblöcke. Sie lagen auch im Dunkeln, und obwohl ihre Umrisse sichtbar waren, hatte man den Eindruck, daß sie existierten und zugleich nicht existierten. Es war, als hätten zwei Drittel der Bevölkerung die Flucht ergriffen und die Gebäude wären verlassen und heruntergekommen. Ich stellte mir vor, was wohl die Menschen in den gegenüberliegenden Wohnblöcken machten. Standen andere auch am Fenster? Wurde ich beobachtet? Konnten sie meinen Schatten sehen? Oder war mein Fenster für sie so leer, wie ihre es für mich zu sein schienen? Ich nahm die Silhouette einer Gestalt wahr, die am Kanal entlangrannte.

»Kerzen«, sagte ich. »Ich glaube, wir haben welche in der Küche.« Ich wühlte überall herum, in den Schränken und Schubladen, aber ich kam mit leeren Händen zurück. »Wir müssen sie aufgebraucht haben, als wir das letzte Mal ein Abendessen gemacht haben.« Es war kurz still, dann hörte ich, wie jemand eine Gabel nahm, und wir fingen alle zu essen an.

Wenn das Licht ausgemacht wird oder man in einen dunklen Raum kommt, gewöhnen sich die Augen normalerweise schnell daran, und nach kurzer Zeit kam man bereits die schwachen Umrisse von Dingen sehen. Aber nicht an jenem

Abend. An jenem Abend war es im Zimmer so dunkel wie in einem Sack. Ich dachte darüber nach, wie ich das besser beschreiben könnte. Mit einem Wort, das schwärzer ist als schwarz; doch keines konnte auch nur annähernd die Tiefe oder das klaustrophobische Gefühl in diesem Raum erfassen.

Ich versuchte tastend, meine Gabel zu finden; dann suchte ich nach der Salatschüssel und stieß mein Glas um. Es schlug auf dem Tisch auf, aber es rollte nicht weg, und es zerbrach auch nicht. Ich hörte Philip lachen. Dann sagte Luke: »Das war meine Hand.« Ich hatte sie mit meiner Gabel gepikt. Wir tasteten weiter herum und fluchten, bis wir glaubten, etwas Eßbares auf dem Teller zu haben; dann fingen wir zu essen an. Ich erinnere mich daran, daß die Spaghetti scharf und versalzen schmeckten; als ich Butter für mein Brot brauchte, konnte niemand die Butterdose finden. Luke sagte etwas von »Musik auflegen«, dann fiel ihm ein, daß es keinen Strom gab. Ungefähr an dieser Stelle begannen wir von draußen Lärm zu hören. Wir hörten Leute rufen. Als Philip aufstand und ans Fenster ging, schwor er, Leute sehen zu können, die auf die Straße liefen. Plünderer.

»Ich bin froh, daß wir so weit oben sind«, sagte ich ohne einen bestimmten Grund. Wohnungen wurden ja nicht geplündert. Läden, die Elektrogeräte und Luxusgegenstände verkauften, waren das Ziel. Philip ging wieder an seinen Platz und machte einen schmatzenden Laut mit den Lippen. Ich wollte ihm sagen, daß er damit aufhören sollte; es zerrte an meinen Nerven. Aber mich beschlich der Verdacht, daß er es nur machte, um mich zu ärgern, und dies war nicht der Abend für einen Streit. Statt dessen schob ich meine Hand dorthin, wo Luke saß. Ich berührte ein Glas, orientierte mich noch einmal und versuchte es erneut. Diesmal streifte ich seinen Ärmelbund. Der Lärm von draußen wurde lauter, und mein

Magen zog sich zusammen. Da war ein Jaulen, nicht wütend, eher freudig, dann noch eines – und das Geräusch von Füßen, die hin und her rannten. Eine Autoalarmanlage fing an zu heulen. Ein Fenster zerbrach, und als das passierte, zog ich Luke an mich und berührte sein Gesicht. Ich spürte die Wärme seines Atems auf meiner Wange und lehnte mich an ihn. Er fuhr mir mit den Fingern durchs Haar, dann spürte ich seinen Mund auf meinem. Ich konnte nichts sehen. Ich küßte einen Schattenmann. Eine Polizeisirene heulte, dann noch eine Alarmanlage, und Lukes Hand strich über mein unsichtbares Gesicht. Wir hörten noch ein Fenster zerbrechen und das Klirren von Glas, das auf Pflaster fällt. Luke küßte mir den Nacken, und ich schlang ihm die Arme um die Taille.

Sekunden bevor das Licht wieder anging, ließen Luke und ich voneinander. Die Helligkeit blendete mich. Sie war harsch und unfreundlich. Luke blinzelte, und wir alle saßen mucksmäuschenstill da, wie auf einem Foto. Die Ränder der Gegenstände im Raum waren von breiten Lichtkreisen umgeben. Sie waren leicht verschwommen, unscharf.

»Es schneit noch immer«, sagte ich.

Philip wandte sich an Luke. »Vielleicht sollten wir mal sehen, was da draußen los ist?«

»Sie werden Leute verhaften. Das ist los.« Ich schaute Luke nicht an. Ich wußte, ich würde rot werden. Statt dessen aß ich noch etwas Salat und beobachtete Philip. Sein Mund war rot verschmiert, er sah wie ein Clown aus.

»Natürlich hat es was mit dem Schnee zu tun. Die Generatoren schaffen das nicht.«

»Aber nicht das Plündern«, sagte ich. »Das hat was mit den Leuten zu tun. Die Dunkelheit holt das Schlechteste aus den Menschen heraus. Ich kann gar nicht glauben, daß das alles so schnell passiert ist.«

»Laß uns gehen«, sagte Philip zu Luke. »Ich nehm die Kamera mit.«

»Vielleicht wirst du verhaftet.«

»Nein. Das ist wieder typisch du, Anna. Immer versuchst du, einem den Spaß zu verderben.«

»Anna ist untypisch«, sagte Luke grinsend. »Ich glaube aber, sie hat recht. Wir sollten nicht rausgehen.«

Philip starrte auf seinen Teller. »Vielleicht hast du recht.« Dann erinnerte Luke uns an die Zeit, als Stromausfälle normal waren – und wie damals der Verkauf von Kerzen gestiegen war. Einige Geschäfte hatten überhaupt keine mehr, während die eher praktisch Veranlagten ihre eigenen herstellten; und es gab Sendungen, in denen uns gezeigt wurde, wie wir Energie sparen und mit der Krise fertig werden konnten. Ich wollte nicht, daß er aufhörte, aber dann übernahm Philip und fing an, von staatlichen Statistiken für die neun bis zwölf Monate nach dieser Phase zu reden, die bewiesen, daß die Geburtenrate auf 20 Prozent über dem Durchschnitt gestiegen war.

»Im Prinzip sind alle ins Bett gegangen und haben miteinander geschlafen.«

Das Gespräch schleppte sich weiter. Wir begannen ein neues, in dem es um die relativen Vorteile ging, die das Leben weit oben auf der nördlichen Halbkugel mit sich brachte. Dort war das Tageslicht im Winter auf zwei Stunden reduziert, und den Rest der Zeit lebten die Menschen im Dunkeln.

Als wir später ins Bett gingen, hatte Philip immer noch Tomatensauce im Gesicht. Sie war verkrustet und hart. Ich wies ihn darauf hin, aber es schien ihm nichts auszumachen.

»Ich wasch es morgen früh ab«, sagte er. »Ich bin jetzt zu müde.« Der Fleck sah häßlich aus. Ich drehte mein Gesicht zur Wand. Ich war wütend, aber ich hatte zu viel getrunken, um überzeugend für irgend etwas argumentieren zu können.

Ich schlief beinahe sofort ein, als mein Kopf aufs Kissen fiel. Drei, vielleicht vier Stunden später wachte ich verzweifelt durstig wieder auf. Mehr war nicht nötig. Als ich aus der Küche zurückkam, tat ich nicht einmal so, als wollte ich in mein eigenes Zimmer zurückkehren, sondern ging geradewegs zu Luke. Er wartete auf mich, und als ich durchs Zimmer ging, zog er langsam die Decke weg und streckte die Hand aus.

Ich selbst wußte genau, daß der Grund für mein Hiersein mit Rose zu tun hatte. Es war genauso einfach und genauso kompliziert. Der logische nächste Schritt. Ich hatte schon daran gedacht, mit Luke zu schlafen, und daran zu denken war schließlich nicht weniger ein Verrat als die Ausführung, oder? Die physische Seite war nicht wichtig. Ich wollte einfach nur sein, wo Rose gewesen war. Ich wollte einfach nur so angesehen werden, wie sie angesehen worden war, wollte wissen, wie es sich anfühlte.

Roses Foto lag in der Schublade, und ich dachte an sie, wie sie über die Schulter schaute und lächelte. Ihr langes Haar flog ihr über das phosphoreszierende weiße Gesicht, und als Luke mich berührte, wußte ich, daß er ihre Lippen mit seinen erspürte, sich an jede Linie und jede weiche, silbrige Kontur erinnerte. Er forderte Rose zum Leben heraus, und zugleich legte er sie zur Ruhe. Als er sich an mich drängte, hörte ich, wie er den Duft ihres Körpers einatmete, spürte ich, wie seine Hände einst ihre Glieder berührt und gestreift hatten. Luke schlief mit Rose, modellierte die Erinnerung an sie, und was ihn betraf, so existierte ich gar nicht. Das erkannte ich. Lukes Bewegungen wurden hektischer, sein Stöhnen lauter. Als ich kam, hielt ich mir automatisch die Hand vor den Mund. Ich konnte keinen Ton von mir geben, damit Philip nichts hörte. Ich wollte keinen Ton von mir geben, damit ich Lukes Phantasie nicht zerstörte. Danach berührte ich meinen Bauch und spürte etwas klebrige, kalte Flüssigkeit. Meine Seiten taten mir weh, und ich fühlte mich erschöpft und annähernd befriedigt.

Philip murmelte etwas, als ich zurückkam. Ich schnappte das Wort »Wasser« auf und ein anderes, undeutlicher, dann rutschte er herüber und vergrub seinen Kopf an meiner Schulter. Es war das erstemal seit Wochen, daß wir uns berührten; es fühlte sich merkwürdig fehl am Platz an. Wir waren so entfernt voneinander, und doch drängte er sich jetzt an mich. Seine Hände umklammerten meine Arme. Seine Finger wurden immer länger. Er war erdrückend, und ich haßte ihn dafür. Als er anfing, an mir zu schnüffeln, konnte ich mich buchstäblich nicht rühren. Seine Augen blieben geschlossen, und was er auch tat, lag tief in seinen Träumen. Aber er roch weiter an mir, als wäre er ein Tier, das versucht, eine Spur zu finden. Sein Gesicht bewegte sich blind von einer Seite zur anderen. Ich war wie hypnotisiert. Dann rutschte er nach unten und schnüffelte an meinem Bauch. Ich lag ganz still und ließ ihn gewähren.

Natürlich war der Schnee am folgenden Tag noch tiefer. Ich wußte, daß es so sein würde. Dennoch konnte er die Auswirkungen des Plünderns nicht verbergen. An der Unterführung fielen mir mehrere Fenster auf, die eingedrückt waren. Eine ganze Menge Glas steckte noch in den Rahmen, doch das meiste war auf dem Gehweg verstreut. Einige Scherben waren in den Schnee gesunken, andere lagen auf dem Eis. Es war schwer zu sagen, was was war. Auf der Straße verstreut lag auch eine riesige Menge Müll: zerrissene Kleidung, Lebensmittelkonserven, Holzplanken, die vielleicht benutzt worden waren, um die besagten Fenster einzuschlagen. Ein dreibeiniger Tisch war neben einer bröckelnden Mauer gelandet. Ein Stuhl stand mitten auf der Straße, ein nachgemachtes georgianisches Stück mit hübschen geschwungenen Beinen und Seidenpolstern. Man hatte ihn offenbar aus einem Laden geschafft, um ihn zu jemandem nach Hause zu bringen. Vielleicht war er zu schwer gewesen, oder vielleicht war gerade die Polizei eingetroffen. Er wirkte absurd, wie er da stand, deplaziert. Der Schnee, der in der Nacht gefallen war, bedeckte den Sitz mit einem samtweißen Kissen.

Ich durchquerte den Park und ging an riesigen Schneeverwehungen vorbei. Abgesehen von der Kälte fühlte ich überhaupt nichts. Die Schneeberge glänzten und glitzerten. Ich hätte nicht an die Spitze reichen können, selbst wenn ich mich auf die Zehenspitzen gestellt hätte. Einige waren größer als Schlachtschiffe, höher als Häuser, während andere vom Wind verweht worden waren und merkwürdige gespenstische Formen bildeten. Ein weiteres Ergebnis des Wetters war, daß der größte Teil des Verkehrs verschwunden war. Autos tasteten sich nicht mehr Stoßstange an Stoßstange vorwärts. Die Straßen waren beinahe leer, und die wenigen Fahrzeuge, die sich herausgewagt hatten, fuhren so langsam, daß es weh tat, zuzuschauen. Die Stadt schlief. Die Menschen wirkten wie Träumer oder Geister. Wir stolperten alle vorwärts, teilnahmslose Gestalten, die aus dem Weiß auftauchten oder darin verschwanden. Einmal blieb ich stehen, um ein Kleid in einem Schaufenster zu bewundern, und sah mein Spiegelbild, meinen ganzen Körper; Beine, Gesicht, Arme waren so transparent wie Glas. Der Schnee machte alles auch noch stiller, und diese Stille spiegelte sich in der Wohnung.

Es war während einer dieser ruhigeren Phasen. Philip kam herein, nachdem er Zigaretten geholt hatte, und blieb in der Tür stehen. Wir wußten, daß er da war, aber weder Luke noch ich hatten uns umgedreht, bis Philip sagte: »Ich bin verletzt.« Da erst schauten wir beide auf. Blut tropfte Philip aus der Nase. Selbst da glaubte ich ihm noch nicht. Ich dachte, er würde jeden Moment lächeln und uns erzählen, es sei ein Scherz; daß er in einem Scherzartikelladen rote Farbe gekauft oder sich mit Tomatensauce beschmiert habe. Aber das sagte er nicht. Er stand nur in der Tür, ließ die Schultern ein wenig mehr hängen als sonst, und in seinem Gesicht war Blut.

Er sagte, ein paar Jungen hätten ihn gleich um die Ecke verprügelt. Er sei nicht einmal bis zum Laden gekommen. Er habe ihnen sein Geld gegeben, bevor sie ihn angerührt hätten. Die Gewalt sei purer Spaß für sie gewesen. Er sagte, zwei von ihnen hätten ihm die Hände hinter dem Rücken zusammengebunden und ihn dann festgehalten, während ein dritter ihn immer wieder in den Magen geboxt hätte. Er hatte sie gebeten und angefleht, damit aufzuhören, aber sie hatten einfach weitergemacht. Und als er auf der Erde gelegen und gedacht hatte, es sei endlich vorbei, waren sie zurückgekommen, hatten ihn wieder hochgehoben, und der dritte hatte ihm immer wieder mit der Faust mitten ins Gesicht geschlagen. Danach hatten sie ihn losgebunden und ihn mit dem Gesicht zur Erde auf der Straße liegenlassen.

Philip schluchzte, sein ganzer Körper zitterte, aber ich rührte mich nicht. Luke war es, der half. Ich stand daneben und sah zu, als er Wasser holte und Waschlappen und Watte. Dann sagte er, Philip solle sich auf die Couch legen. Er drückte auf Philips Brust und bewegte alle Glieder einzeln. Philip wimmerte wie ein kleines Kind. »Ist schon gut«, sagte Luke immer wieder. »Alles wird gut. Wo tut es weh? Da?« Die Untersuchung dauerte lang, und danach reinigte Luke die Schnitte in Philips Gesicht und wusch den Lappen aus. »Wir müssen dich ins Krankenhaus bringen. Ich denke, dein Arm ist vielleicht gebrochen, und ein paar Rippen.« Er sprach ruhig, seine Stimme war sachlich. Philip machte kein Theater. Ich war sicher, daß er darauf bestehen würde, auf keinen Fall noch einmal hinauszugehen, aber er sagte kein Wort. Er schaute nur schüchtern zu Luke auf und nickte.

»Was wollten die von dir? Was glaubst du?« fragte ich.

Philip warf mir einen Blick zu. »Die haben sich einen Spaß gemacht. Wie soll ich das wissen?«

»Wir sollten die Polizei rufen.«

»Nein.«

»Aber du bist verletzt. Warum nicht?« Meine Stimme klang wütend. Ich hatte das Gefühl, er sagte das nur, um mir eins auszuwischen. Wollte sich aufspielen, um Mitleid zu erheischen.

»Ich will die nicht hier haben. Hör auf.« Dann holte Luke seinen Mantel und rief ein Taxi. Sie sagten, wegen des Wetters werde es eine Weile dauern, bis sie bei uns wären. Allein in dieser Nacht seien fünf Taxis in Verkehrsunfälle verwickelt gewesen. Also setzten wir uns und warteten, bis eines kam.

Das Krankenhaus war so alt, wie es aussah. Es war ein wesentlich größeres Bauwerk als die Gebäude ringsherum, aber es wirkte auch doppelt so vernachlässigt. Die Ziegel waren in ihren besten Zeiten dunkelrot gewesen. Jetzt waren sie schwarz, und Efeu rankte sich über die Fenster. Zahlreiche Rohre staken in verschiedenen Winkeln aus den Mauern. Aus einigen trat Dampf, aus anderen wucherten Pflanzen. An einem besseren Tag hätte Philip sicher auf den gotischen Spitzbogen hingewiesen, der den Haupteingang des Notaufnahmeflügels bildete. Er war sehr beeindruckend, wenn auch etwas düster. Doch Philip sagte nichts, als wir durch die Türen zum Informationstisch gingen. Dahinter saß eine dicke Frau, die in einen Computer tippte. Ein frischer Blumenstrauß stand in einem Glas neben einem Telefon und einem großen Stapel von Formularen. Die Frau nahm Philips Namen auf und gab verschiedene Details ein, die auf dem Bildschirm erschienen. Danach bekamen wir eine Nummer und setzten uns in den Warteraum, bis Philip aufgerufen wurde. Die Ärztin bestätigte, daß der Arm und auch Rippen gebrochen waren. Sie bestand darauf, daß Philip für ein paar Tage zur Beobachtung dabliebe. Wieder dachte ich, daß Philip ein Theater machen würde, doch wieder hatte ich unrecht. Luke und ich überließen ihn der Obhut einer Schwester. Sie führte ihn in das labyrinthische Innere des Krankenhauses, und Luke und ich nahmen ein Taxi zurück zur Wohnung.

Außersinnliche Phänomene sind gewöhnlich mit dem Gefühl von Todesnähe verbunden. Als ich das zweite Mal mit Luke ins Bett ging, fühlte ich mich dem Geschehen noch entfernter. Wir liebten uns, aber wir liebten uns nicht wirklich. Wir berührten uns, aber ich wußte, daß nicht ich es war, die er wirklich berührte. Er war wie ein Blinder. Er setzte mein Gesicht zusammen; seine Finger tasteten sich über meine Stirn, die Nase, den Mund, aber es war nicht ich, die er sah. Im Grunde genommen schwebte ich an der Decke und schaute auf jemanden hinunter, der ich war und zugleich nicht ich. Wir redeten nicht und beurteilten in keiner Weise, was wir taten. Der einzige Splitter Selbsterkenntnis kam, als ich für einen kurzen Moment Lukes Augen sah und feststellte, daß sich nichts in ihnen spiegelte. Sie waren nicht einmal blau. Dann wandte er sich ab, und ich begann, an Philip zu denken. Mit einem Menschen zu schlafen ist nicht viel anders, als mit einem anderen zu schlafen; die gleichen Bewegungsabläufe – man küßt und berührt einander, rekonstruiert Körper und Bewegungen. Doch jeder Mensch ist anders. In diesem Fall waren Lukes Hände weicher als die Philips, seine Arme glatt und dünn. Philip hatte breite Schultern, während Lukes Schultern und Hüften schmaler waren. Es schien merkwürdig, daß ich neben Philip im Bett gelegen und daran gedacht hatte, mit Luke zu schlafen, und jetzt schlief ich mit Luke und dachte an Philip. Die Symmetrie war beinahe unerträglich. Das Doppelleben, bei dem beide Seiten unvollständig waren. Luke zog mich an sich, und ich schnappte nach Luft.

Als ich später wieder in meinem eigenen Bett lag, vergrub ich mich tief unter der Decke. Mir war kalt, und ich hatte ein taubes Gefühl. Es war so dunkel, daß ich weder die Wände, noch den Boden sehen konnte. Es war wie beim Stromausfall, nur diesmal war ich allein, und die Dunkelheit war wie eine Zelle ohne Wände. Ich streckte die Hand aus, mein Körper verschmolz mit der Schwärze. Ich holte mehrmals tief Luft, und dann versuchte ich, ruhig zu atmen, doch der Raum war so erdrückend, daß ich überhaupt nichts regulieren konnte. Ich schloß die Augen und versuchte die Dunkelheit auszusperren, aber in meinem Kopf war auch alles schwarz. Das einzige, was ich spürte, war der dumpfe Schmerz in meinem Bauch; dann fing auch dieser an zu wachsen, genau wie die Dunkelheit, wie ein schwarzes Samenkorn, das Wurzeln ausstreckt. Er vereinnahmte mich ganz. Er war so tief wie die Erde, so weit wie die Nacht, und mein Körper bewegte und ordnete sich neu, um den Kurven und Einbuchtungen dieser Masse Platz zu machen. Ich dachte an meine Mutter, an ihre Krankheit, den Krebs, der sie getötet hatte. Der konnte auch für meinen Schmerz verantwortlich sein. Alles setzte sich erneut zusammen, und ein panisches Gefühl stieg in mir auf. Ich erinnerte mich an ihren Schmerz, und in meinem Bauch fühlte ich Stiche und Krämpfe. Ich erinnerte mich daran, wie sie immer wieder ohnmächtig geworden war, und mir wurde schwindlig und übel. Die Krankheit war voll ausgebrochen; und je schwärzer und tiefer die Dunkelheit, desto stärker wurde das Gefühl der Kälte und Taubheit.

Wir bereiteten nichts Besonderes vor, als Philip zurückkam. Wir holten ihn vom Krankenhaus ab und brachten ihn in einem Stück die Treppen hinauf. Das war alles, was wir tun konnten. Er deutete immer wieder auf Dinge, die wir anschauen sollten. Ein Auto, das völlig ausgebrannt war. Die Sonne, die eher wie der Mond aussah, weil sie so dünn und bleich war. Er zeigte auf ein Häufchen Brot, das jemand für die Vögel nach draußen gelegt hatte, auf einen blauen Wollhandschuh, der so klein war, daß er einem Kind gehört haben mußte. Es war, als schiebe Philip das Betreten der Wohnung hinaus; er ließ sich Zeit, weil er Angst hatte, aber schließlich trudelten wir alle ein, und ich machte die Tür hinter uns zu. Ich hatte am Tag zuvor noch einen Heizkörper gekauft und machte darauf aufmerksam. Vor der Tür lag jetzt auch eine Decke, da der Schnee unter der Tür hereinkam. Doch Philip war nicht zu beeindrucken. Er ließ sich in einen Sessel fallen und schaute zu uns auf. Sein Arm war eingegipst. Ich hatte meine Unterschrift auf den Gips geschrieben und Luke auch und ein paar Schwestern.

»Ich mach uns einen Tee, ja?« Philip grunzte unverbindlich.

»Philip muß es ganz langsam angehen lassen«, sagte Luke. Er setzte sich neben ihn und drehte den Heizkörper auf. Wir versanken alle drei in Schweigen.

Zum Lunch machte Luke Sandwiches. Ich hatte keinen Hunger und aß daher nichts. Wegen der Schnittwunden an Lippen und Kinn kaute Philip mit offenem Mund. Ich konnte Reste von Schinken und Weißbrot sehen. Luke las die Zeitung.

Sein Blick flackerte hin und her. Als er aufschaute, um mich anzusehen, spürte ich, wie meine Haut brannte. Ich stand am Fenster und starrte in den Himmel. Die Wolken rissen nirgends auf. Alles hatte einen einheitlichen Farbton, ohne Abstufungen, und unter den Wolken wurde alles vom Eis erdrückt.

Am späten Nachmittag machte ich einen Spaziergang. Draußen fühlte ich mich besser, obwohl die Luft bitterkalt war. Ich ging durch den Park und am Jahrmarkt in Richtung Norden vorbei. Das Karussell stand völlig still im Schnee, die Stände und Wurfbuden waren alle geschlossen und verlassen – bis auf die Schießbude. Ein Mann stand da und feuerte mit einem Gewehr auf die kleinen Tontauben. Es war seltsam, dieses Geräusch zu hören, da sonst alles so still war.

Auf einer Überführung blieb ich stehen und beobachtete den Verkehr, der sich unter mir dahinschleppte. Die Luft roch nach Benzin, und Rauch mischte sich mit Schnee. Die Tage waren jetzt so kurz. Visuell ausgedrückt, würden sie von weißen Lichtstreifen dargestellt werden, eingequetscht zwischen dicken schwarzen Tasten. Es war drei Uhr, doch der Himmel war dunkel, und die Autos fuhren mit Licht. Die Straße war vor nicht allzulanger Zeit gebaut worden, doch es war schon viel Verkehr darübergeflossen. Tagtäglich eine andere Gruppe von Menschen, die dieselben Dinge sahen. Ich fragte mich, ob sie daran dachten, wie sehr sich die Landschaft verändert hatte. Ob das langsamere Fahren sie neugieriger gemacht hatte. Irgendwie bezweifelte ich das. Die Menschen waren alltäglichen Dingen gegenüber gewöhnlich blind. Ich stemmte mich auf das Geländer hinauf, damit ich bequemer sitzen und deutlicher sehen konnte. Die wenigen Autos schoben sich weiter die Straße entlang, sie bewegten sich in Zeitlupe. Ich schaute zu, wie ein Wagen langsam seitlich wegrutschte, geradewegs auf das hintere Ende eines Lastwagens zu. Ich konnte die Leute im Wagen nicht sehen, aber ich konnte mir ihre Panik vorstellen, während der Wagen geräuschlos außer Kontrolle geriet. Es war hypnotisierend. Je länger ich schaute, desto leichter würde es sein – das wußte ich –, vornüber zu fallen und sich genau am Punkt des Aufschlags zu verlieren. Ich mußte die Dinge abschließen. Geist und Körper waren eins, und obwohl ich Angst hatte, war ich auch entkräftet. Ich schwankte, preßte die Hände fest auf das Geländer, und nur eine laute Autohupe zwang mich wieder in die reale Welt zurück. Der Lärm kratzte an meinen Nerven. Das Auto unten auf der Straße schlingerte am Lastwagen vorbei in eine Schneewehe. Ich ließ mich auf das Pflaster hinunter. Meine Beine waren wie Pudding. Ich zitterte, ob durch den Schock oder die Kälte, wußte ich nicht. Ich hatte ein ungeheures Verlangen, nicht nach Hause zurückzukehren. Ich wollte in die Gegenrichtung gehen und immer weiterlaufen. Statt dessen drehte ich um und schlurfte langsam zurück zur Wohnung.

»Warum geht ihr beide nicht ins Kino?« fragte ich und bemühte mich, zu verbergen, daß ich die Wohnung für mich allein haben wollte. Ich war nicht sicher, warum. Aber Luke schüttelte den Kopf.

»Ich hab wirklich keine Lust«, sagte er, und dann schaute er auf. »Ist was mit dir, Anna? Du bist weiß wie eine Wand.«

»Alles in Ordnung«, sagte ich, obwohl seine Beschreibung genau das zusammenfaßte, was ich empfand. Meine Mutter hätte gesagt »weiß wie ein Gespenst«, aber wie auch immer, ich fühlte mich ausgelaugt und farblos. Meine Sehnsüchte bereiteten mir Übelkeit, und doch konnte ich nicht anders. Sie waren Stück für Stück genauso wichtig wie das, was um mich herum geschah, vielleicht noch wichtiger. Ich ging ins

Schlafzimmer und legte mich hin, und nach einer Weile kam Philip und legte sich auch hin. Ich hörte, wie er die Schuhe auszog. Sie plumpsten auf den Boden. Ich nahm auch den Geruch von Desinfektionsmitteln wahr; ein Mitbringsel aus dem Krankenhaus. Philip rückte näher. Ich rutschte in die hinterste Ecke des Bettes und starrte an die Wand. Wenn sich seine Hand bewegte, würde ich es spüren; aber er rührte sich nicht und ich mich auch nicht.

Tatsächlich rührte sich Philip während der nächsten paar Tage fast gar nicht, außer um mir durch die Wohnung zu folgen. Er gestand Luke, daß er Angst hätte, besonders nach dem, was draußen passiert war. Er sagte, er sei nicht gern allein. Einmal wollte er die Eisjungfrau inspizieren, aber nur, wenn entweder Luke oder ich ihn begleiten würden. Ein anderes Mal fragte er, ob ich zum Laden gehen und ihm Zigaretten kaufen würde, aber als ich sagte, ich hätte zu tun, setzte er sich wieder in den Sessel, anstatt selbst zu gehen. Ich beobachtete ihn aus den Augenwinkeln. So wie er mich aus seinem Leben gedrängt hatte, drängte ich ihn jetzt aus meinem. Er fragte mich, ob es mir gutgehe, und ich antwortete ihm, es gehe mir gut. Ich fragte ihn dasselbe und bekam die gleiche Antwort. Dieses Programm wurde Dutzende Male durchgespielt; die Antworten waren flott, die Worte vertuschten alle anderen Gefühle. Auch Philips äußerer Zustand verschlechterte sich. Seine Fingernägel wurden länger und waren schwarz vor Dreck. Es sah aus, als hätte er in der Erde gewühlt. Der Gips an seinem Arm wurde schmuddelig, besonders an der Stelle, wo seine Hand herausschaute. Der Schmutz schien sich einfach auf ihm zu sammeln, und seiner gesamten Kleidung haftete etwas Säuerliches an.

Ich arbeitete weiter bei Finmark. Toklas war nicht gerade bester Laune. Wegen des Wetters neigten immer weniger

Leute dazu, tiefgefrorene Sachen zu kaufen, und wegen des Plünderns trauten sie sich auch nicht aus dem Haus. Es gab Berichte im Fernsehen, die die Erde merkwürdig leblos zeigten. Sie war schön, aber sie war leer. Wenn ich zur Arbeit ging, hockten die Vögel hoch oben auf den Schneewehen. Sie waren jetzt viel dünner und zerzauster. Jeder Grashalm, der überlebt hatte, war entweder von Schnee überzogen oder vereist. Die Tage vergingen, und sie brachten keine Erleichterung. Der Wind blies und peitschte eine feste weiße Mauer auf. Die Stadt war wie betäubt. An einem Punkt schien es, als ob die Flocken aufwärts fielen und nicht nach unten; als wäre die Welt falsch herum aufgestellt worden. Und darum hatte sich auch die Mauer gebildet. Wir lebten auf der einen Seite, und auf der anderen existierten die wirklichen Menschen.

Die Schmerzen gingen auch weiter. Meist begannen sie mit einem Schauer tief in der Magengrube, und danach breitete sich der Schmerz an der Oberfläche aus. Er schien ein Eigenleben zu haben. Ich nahm weiter Medikamente und funktionierte so eben, nur an manchen Tagen war es besser als an anderen. Mir kam zwar die Idee, zum Arzt zu gehen, aber ich verwarf sie auf der Stelle. Ja, die Schmerzen waren beängstigend, aber ich fühlte mich wie ein Kind, das auf einer Achterbahn festgebunden ist. Ich war gezwungen, dem Horror ins Gesicht zu schauen, in Wirklichkeit aber zog das Beängstigende mich an. Ich konnte mir nicht helfen. Ich schluckte Medikamente, um den Schmerz zu betäuben. Ich kroch zur Arbeit und wieder zurück.

Fünf Tage nach Philips Rückkehr vom Krankenhaus überraschte Toklas uns alle und schenkte uns Kartons mit Lebensmitteln, deren Verfallsdatum ein oder zwei Tage überschritten war. Die Sachen verschwanden nicht schnell genug aus den Regalen, und hätte Toklas sie nicht verschenkt, dann hätten wir per Gesetz alles wegwerfen müssen. In meinem Karton waren vier Pakete Eis, drei mit Hamburgern, eine Lammkeule und mehrere Beutel Krabben.

Seit kurzem hatte ich mir angewöhnt, »Single-Menüs« mit nach Hause zu bringen. Die Küche war schmutzig, und Kochen war das letzte, wonach mir der Sinn stand. Ein »Single-Menü« bestand aus einem ordentlichen Alutablett mit einzeln geformten Abteilungen, in denen zubereitetes Fleisch, Kartoffelpüree und Grünzeug waren. Es sah aus wie jene Tabletts, die man in Kantinen benutzt, nur brauchten wir uns nicht anzustellen, um das Essen ausgehändigt zu bekommen. Wir setzten uns auch nicht an den Tisch. Wir setzten uns mit den Tabletts auf den Knien um den Fernseher, und hinterher mußte ich mich auch nicht ums Abwaschen kümmern; ich warf einfach alles in den Abfall. Philip mochte diese Menüs sehr. Er sagte, sie seien die beste Erfindung dieses Jahrhunderts. Er mochte die kleinen Abteilungen – wie alles getrennt gehalten wurde, so daß die Sauce und das Fleisch nicht die Erbsen berührten, das Kartoffelpüree sich nicht mit den Rüben vermischte. Er mochte es auch, daß jedes Essen gleich war.

»Was ist mit dem Fernseher?« fragte ich. »Das ist eine bessere Erfindung. Oder Autos, Flugzeuge, Computer? Wir nehmen so viel für selbstverständlich.«

»Oder Telefon und Fax«, fügte Luke hinzu.

»Nein. Diese Menüs sind besser. Das ist eine so einfache Idee. Wenn ich früher davon gewußt hätte, dann hätte ich schon vor Jahren angefangen, sie zu essen.« Ich dachte bei mir, sie erinnerten ihn wohl ans Krankenhaus. Er hatte sich dort sicher gefühlt, war so gut behandelt worden, und ich wußte, daß er nicht in die Wohnung zurück hatte wollen.

Nachdem Toklas mir den Karton gegeben hatte, mußte ich

die Lebensmittel rasch aufbrauchen. Luke sagte, er würde mir helfen, einen Braten zuzubereiten. Er schlug vor, etwas Rosmarin zu kaufen und das Lamm damit und mit frischem Knoblauch zu marinieren. Selbst nachdem Philip zurückgekehrt war, hatten wir weiter miteinander geschlafen. Welche Wirkung das auf Luke hatte, weiß ich nicht genau. Wenn wir sprachen, dann über unwichtige Dinge. Er schien nicht mehr oder weniger glücklich. Er wirkte weder ängstlich noch beunruhigt. Wir teilten ein zweites, verborgenes Leben. Eines, das einen Schatten auf unser wirkliches Leben warf, aber niemals in dieses einbrach. Und darum machte ich mir auch keine Sorgen darüber, was Philip denken mochte. Trotz unseres Streits waren wir immer noch ein Paar, und insofern wußte ich, daß er glaubte, ich würde ihn stets genauso lieben, wie er mich liebte. In dieser Hinsicht fühlte er, daß wir einander glichen. Für ihn gab es keine Alternative, keine Gabelung der Straße, und ich wußte, dieser innere Glaube würde Luke von der Bildfläche verschwinden lassen.

Die Lammkeule war ziemlich groß. Um sicher zu sein, daß sie rechtzeitig auftaute, stellte ich sie auf einem Teller in den Kühlschrank. Ich sagte zu Luke, ich würde sie am nächsten Tag braten, doch es kam nie dazu. Als ich am Abend nach Hause kam und die Keule aus dem Kühlschrank nahm, sah ich sofort, daß etwas nicht stimmte.

»Wie kannst du das wissen?« fragte Luke, als ich ihm sagte, wir könnten sie nicht essen, und auf das rote Ende der Keule zeigte. Es war von einem merkwürdigen Glanz überzogen, der schimmerte, wenn man die Keule unters Licht hielt.

»Ich finde, sie sieht o.k. aus.«

»Ist sie aber nicht.«

»Bist du sicher?«

»Absolut.«

»Wir könnten doch einfach das Stück abschneiden«, sagte er, während er das Fleisch anschaute und es mit dem Finger eindrückte. »Es sieht aus wie verschüttetes Öl. Die Farbe.« Aber es war nicht das blaue oder grüne Schillern von Öl. Es war ganz silbrig. Und das Fleisch war durch und durch verfault.

ZEHN

Während eines unserer immer seltener werdenden Gespräche versuchten Philip und ich, uns zu erinnern, wann Luke eigentlich bei uns aufgetaucht war. Wir wußten, es war ein paar Tage nachdem Rose sich umgebracht hatte, aber das genaue Datum war schwerer zu bestimmen, als wir es für möglich gehalten hatten. Wir waren uns einig, daß er an einem Sonntag gekommen war, aber ob zu einem Zeitpunkt vor Einbruch des schlechten Wetters oder danach, blieb ungeklärt. Jener Tag schien sich zu entfernen, zu verschwimmen. Obwohl sich in der Zwischenzeit eine Menge verändert hatte, taten wir an der Oberfläche weiter so, als wäre nichts geschehen. Wir gewöhnten uns daran, mit dem Wetter umzugehen, den Stromausfällen, den Plünderungen und den Ausgangssperren. Man hatte es einfach hinzunehmen. Lukes Ankunft war nur irgendein Datum auf dem Kalender. Ich meinte, es sei Anfang Januar gewesen. Philip bestand darauf, daß es später gewesen sei, wahrscheinlich Ende Januar oder Anfang Februar. Ich wollte eigentlich erwähnen, es sei um die Zeit herum gewesen, als wir erstmals Probleme im Bett hatten, doch ich hielt es für unklug, die Aufmerksamkeit darauf zu lenken. Philip sagte, er erinnere sich daran, ein paar Fotos gemacht zu haben; aber es fiel ihm nicht mehr ein, was er mit dem Film gemacht hatte.

»Vermißt du deine Arbeit nicht?« Ich sprach leise, und die Worte hingen in der Luft. Man konnte buchstäblich hören, wie die Muschel zuschnappte, die Lippen sich schlossen. Philip wandte mir sein Gesicht zu und starrte mich an, als stelle er sich einem uralten Dilemma.

»Es gibt nur eins, was ich vermisse, und du weißt genau, was es ist.«

»Nein«, sagte ich und spielte die Unschuldige. Ich hatte keine Lust, lieb zu sein.

Er zuckte die Schultern. »Mach, was du willst. Tust du sowieso immer.«

Ich fütterte die Vögel noch immer. Jeden Morgen streute ich Essensreste auf den Balkon. Die Vögel schienen schon zu warten. Wenn ich die Tür öffnete, hörte ich sofort das leise Schlagen der Flügel. Das Füttern machte mir große Freude. Ich wußte natürlich, daß sie wegen des Futters kamen, aber ich tat so, als würden sie mich auch mögen. Ich hatte ihr Vertrauen gewonnen. Das muß man bei Tieren. Sich so still verhalten wie sie, sich ihrer Welt anschließen.

Überall in der Stadt waren Tiere. Im Schnee erschienen ihre Spuren wie mit unsichtbarer Tinte geschriebene Zeichen. Ich hatte früher mit Orangensaft geschriebene Liebesbriefe an Philip geschickt. Er mußte sie bügeln, damit die Schrift sichtbar wurde. Die Hitze verbrannte den Saft. Wenn ich jetzt morgens aus dem Haus ging, konnte ich die Spuren von Vögeln, Hunden, Füchsen verfolgen. Sie verliefen kreuz und quer neben unseren eigenen Fußabdrücken. Die Tiere suchten nach etwas Freßbarem; ihre Körper waren nur noch Skelette.

An jenen Vormittagen, an denen die Temperatur fiel, sah man in der Luft Hunderte von gefrorenen Spinnweben. Wir hörten auch, daß zwei Menschen bei zwei Unfällen draußen auf dem Fluß ums Leben gekommen waren. Sie hatten versucht, Hunde zu retten, die durch das Eis gebrochen waren. Die Besitzer waren ihnen gefolgt, ebenfalls eingebrochen und ertrunken. Eine der Leichen hatte man Meilen flußabwärts gefunden, gefangen unter der Eisdecke. Ein Passant hatte etwas gesehen, das er für ein Tier hielt. Er beschloß, das Eis einzuschlagen und es herauszuholen. Die Hand tauchte zuerst auf. Sie flutschte nach oben und schwamm; eine Boje mit einem menschlichen Anker darunter.

Nicht lange danach fand Luke einen verletzten Vogel auf unserem Balkon und brachte ihn herein, damit er sich erholte. Ich war eines Abends früher als gewöhnlich nach Hause gekommen, weil ich mich nicht wohl fühlte. Die Wohnung war eiskalt. Die Wände speicherten die Kälte, und selbst wenn voll geheizt wurde, war es nicht sehr warm. Als ich die Tür zum Wohnzimmer öffnete, erblickte ich Luke und Philip auf dem Boden hockend; sie starrten etwas an, das sich unter dem Tisch befand.

»Luke hat eine Taube gefunden«, erklärte Philip. »Sie ist gegen das Fenster geflogen. Wir glauben, daß sie sich vielleicht einen Flügel gebrochen hat, aber der Hals scheint in Ordnung zu sein.« Er redete so, als wäre das eine Nebensächlichkeit. Aber es waren schon mehrere Male Vögel gegen die Fenster geflogen, und die waren gewöhnlich sofort tot gewesen. Ich hatte jedenfalls noch nie einen lebend gefunden.

Luke stand auf und hob den Tisch an. Darunter saß ein weiches graues Wesen mit dem charakteristischen Ring aus weißen und violetten Federn. Der Vogel war schön, aber schrecklich verängstigt. Man konnte sehen, wie er zitterte, die Muskeln waren angespannt und vibrierten. Luke stellte den Tisch zur Seite, dann bückte er sich und hob den Vogel auf. Der fing an, sich zu wehren. Die Halsmuskeln spannten sich an, und der Kopf zuckte seitwärts und stieß an Lukes Pullover. Ich sah, daß Lukes Hand das Tier immer fester hielt. Er versuchte zu verhindern, daß die Taube entwich.

»Willst du sie anfassen?« fragte Luke, und ich streckte die Hand aus und streichelte die weichen Federn. Es lag etwas Zwingendes darin. Die Wärme eines Tieres.

»Du willst sie doch nicht behalten?« fragte ich. »Wo soll sie denn bleiben?«

»Hier im Zimmer. Nur bis es ihr besser geht. Es ist grausam, Vögel in Käfigen zu halten, und außerdem ist es draußen zu kalt für so etwas Krankes.« Ich schaute, wohin er zeigte, und sah einen Pappkarton mit etwas Sand darin. Daneben lag ein Haufen zerrissenes Zeitungspapier.

»Sie wird uns Gesellschaft leisten«, sagte Philip. »Jede Familie braucht ein Haustier. Sie ist sehr zutraulich. Nimm ein Stück Keks. Sie frißt es dir ohne Probleme aus der Hand.«

Ich tat, was er mir gesagt hatte, und beobachtete den Vogel. Er pickte unruhig an meiner Handfläche, zog sich zurück und kam wieder vor.

»Er wird überall hinscheißen«, sagte ich. »Die Wohnung ist sowieso schon ein Saustall.« Mein Mund öffnete und schloß sich. Die Worte kamen heraus, aber ich kann nicht behaupten, daß ich wußte, was ich sagte. Ich fühlte mich zu krank, und, nebenbei gesagt, hatten weder Luke noch Philip zugehört. Philip hatte immer ein Tier haben wollen, vorzugsweise eine Katze oder einen Hund, und jetzt hatte ich nicht die Energie, mich dagegen zu wehren. »Ich leg mich ein bißchen hin. Ich fühl mich nicht besonders gut.«

Auf meinem Heimweg hatte ich mich auf der Straße übergeben. Der vertraute Schauer lief mir durch den Bauch, meine Handflächen schwitzten, danach wurde mir übel, und ich konnte es nicht mehr zurückhalten. Bevor ich noch richtig wußte, was geschah, klatschte das feuchte, pfirsichfarbene Erbrochene in den Schnee, dick wie ein Pfannkuchen. Es roch intensiv und ließ ein bißchen Eis schmelzen. Als ich mich aufrichtete, war die Straße so diesig, als wäre sie in einer anderen Dimension gebaut worden. Hoch oben glitt geräuschlos ein Flugzeug vorüber. Die Spannweite seiner Tragflächen entsprach meiner gespreizten Hand. Vor mir blitzte ein Schaufenster auf. Ich hatte es nicht bemerkt, als ich stehengeblieben war, um mich zu übergeben. Jetzt erblickte ich ein Tablett mit glitzernden Gegenständen. Es waren Ringe und Armbänder, und die Edelsteine funkelten auf dem samtig dunklen Hintergrund; Diamanten wie zerbrochene Knöchel, Smaragde wie Blätter, Licht verströmend. Ich starrte sie an. Sie wirkten surreal. Ich wandte mich ab und wartete auf einen Bus, aber wie alles andere war auch der öffentliche Verkehr zum Stillstand gekommen. Er existierte nicht mehr. Die Straße wirkte erschreckend ruhig. Die ganze Zeit erwartete ich, daß ein Auto um die Ecke biegen oder jemand aus einer Tür treten würde, doch niemand kam. Die Stille hielt weiter an. Büros, Häuser, Läden: alles lag verlassen da, und die Flocken schwebten wie kleine schimmernde Skelette an den Fenstern vorbei. Eine Minute verging, dann eine zweite und eine dritte, und ich begann rasch auszuschreiten. Ich stellte einen Fuß vor den anderen. Der Schnee bedeckte den Boden. Er wickelte mich rundherum ein, und ich stellte mir eine Eismauer vor, die immer höher wuchs; ein eisiger Ziegelstein auf dem anderen. Die Mauer wäre jetzt riesig; sie ragte bedrohlich in mir auf. Doch wann immer ich versuchte, mich festzuhalten, spürte ich, daß ich an den glatten Wänden immer weiter abrutschte. Es gab keine Vorsprünge, keinen sicheren Halt. Die Oberfläche war vollkommen vereist, und die düstere, massive Mauer schob sich durch die Meere und durchs Land.

Ich hörte Luke und Philip vor meiner Tür reden und flüstern. Es klopfte, und Philip steckte den Kopf herein.

»Können wir dir was bringen?« fragte er. »Etwas zu trinken? Du solltest wirklich zum Arzt gehen.«

»Ja«, sagte ich. Mir war heiß, meine Achselhöhlen waren feucht.

»Helfen die Medikamente?«

»Ich glaube, ja«, sagte ich. »Ich fühl mich nicht so schlecht.«

»Na ja, du siehst schrecklich aus. Du mußt dich zusammenreißen, Anna.«

»Ich werde jetzt schlafen.« Philip war ruhig. Er stand am Bett, zog die Decken fester um mich und tätschelte mir die Hand. Das Zimmer hatte sich in ein Krankenzimmer verwandelt. Ich hatte eine Schüssel auf den Boden gestellt, falls ich mich übergeben mußte, und ein Glas Wasser, um mir den Mund auszuspülen. Verschiedene Flaschen und Schachteln mit Medikamenten stapelten sich auf dem Tisch; daneben stand eine kleine Vase mit Blumen. Ich hatte noch etwas anderes sagen wollen, noch etwas über den Vogel. Ich empfand ihn als beunruhigend. Er war wild; er gehörte zu den anderen ins Freie. Er gehörte zum Schnee, in die Kälte, nicht in unsere Wohnung. Ich wollte auch etwas über die Unordnung sagen. Daß mir wichtig war, die Wohnung ordentlicher und sauberer zu halten, weil es so unhygienisch war. Darum war ich krank. So viele Dinge in der Wohnung waren nicht in Ordnung: die Invasion der Ratten, die Farbe, die in der Küche und im Bad abblätterte. Die Dielen im letzteren begannen zu faulen, und die Decke im Flur zeigte Risse. Die ganze Wohnung hätte renoviert werden müssen. Alles entglitt mir. Philip legte den Finger an die Lippen.

»Schlaf, Anna«, flüsterte er. »Versuch dich auszuruhen.«

Im Laufe des Abends begann das Klavierspiel wieder. Diesmal waren es nicht Tonleitern, die gespielt wurden, es war eine einfache Melodie. Sie klang wie ein Militärmarsch und wurde immer lauter, während der Spieler auf die Tasten schlug. Als die Musik verklungen war, hörte ich, wie Luke und Philip zurückkamen, aber keiner von beiden schaute zu mir herein. Statt dessen stellten sie den Fernseher an. Ich rutschte tiefer unter die Decke und versuchte, nicht an den Vogel zu denken, den ich vor der Tür scharren hörte, und auch nicht an die schreckliche Kälte und die Krankheit in mir. Hätte ich fliehen können, ich glaube, ich hätte es getan, aber ich war zu schwach, um irgend etwas Praktisches zu tun.

Bei Tagesanbruch war das Licht von einem seltsamen, heftigen Violett. Es war mehr wie ein Sonnenuntergang als ein Sonnenaufgang. Der Schmerz in meinem Bauch war abgeflaut, doch mein Mund war trocken und schmeckte nach Erde, und meine Augen waren von Schlaf verklebt. Ich kämpfte mich aus dem Bett, und auf dem Weg in die Küche hörte ich den Vogel flattern. Der heile Flügel schlug gegen den Karton, und der Schnabel pickte an der Pappe. Luke hatte versucht, den verletzten Flügel des Vogels mit einem Holzspan zu schienen, doch in der Nacht mußte sich der Verband gelöst haben, und der Flügel hing schlaff auf den Boden der Kiste hinunter. Ich machte eine Tüte Milch auf und trank. Draußen auf dem Balkon waren noch mehr Vögel, die gluckten und gurrten. Unser Vogel mußte die Scheibe mit einer ziemlich großen Kraft getroffen haben. Ein Sprung war zu sehen, aber das Glas war nicht zerbrochen. Vielleicht hatte er gedacht, das Spiegelbild wäre seine Flugbahn. Man konnte diesen Eindruck haben, wenn man die Wolken und den Himmel an den Fenstern tanzen sah. Jetzt war der Vogel drinnen. Er hatte das Unmögliche überwunden. Doch tief im Inneren wußte ich, daß das Geschöpf sterben würde. Es war nur eine Frage der Zeit.

Die Füße des Vogels scharrten; das Geräusch der winzigen Krallen klang wie das Trappeln der Ratte. Es lag etwas Verzweifeltes in diesem Ton, etwas Trauriges. Und die folgenden beiden Tage ging es so weiter. Ich fragte Philip, ob wir die Taube nicht vielleicht zum Tierarzt bringen sollten, um sie einschläfern zu lassen, aber er wollte davon nichts hören. »Gib ihr Zeit«, sagte er. »Sie braucht nur noch ein paar Tage, um sich zu erholen.«

Anderthalb Wochen später hatten wir nicht nur den Vogel immer noch, ich bemerkte auch, daß der Küchenboden mit einem glitzernden Muster von silbrigen Spuren überzogen war. Eines Morgens kam ich früh hinein, um mir Kaffee zu machen. Als ich das Licht anknipste, stellte ich fest, daß die Fliesen mit diesen bizarren Markierungen übersät waren. Ich kniete mich hin, um zu sehen, woher sie kamen, aber ich konnte nichts erspähen. Es gab kein erkennbares Muster, keinen einleuchtenden Grund für ihr Vorhandensein. Das oder die Wesen, die die Spuren hinterlassen hatten, waren verschwunden, und ich wollte der Sache nicht weiter nachgehen. Ich marschierte zur Arbeit. Als ich am Abend zurückkam, bemerkte ich, daß die Spuren zwar noch da waren, doch sie waren schwächer geworden. Philip und Luke mußten sie durch ihre Schritte verwischt haben. Es war Luke, der darauf hinwies, daß höchstwahrscheinlich Schnecken dafür verantwortlich seien, und um eine Schnecke zu vernichten, müsse man nur Salz auf sie streuen.

»Warum bringen wir sie nicht einfach nach draußen?« fragte ich, und Luke zuckte die Achseln.

»Ich weiß nicht. Wir haben immer Salz draufgestreut. Ist das Einfachste«, sagte er, als beschriebe er eine Abkürzung durch bergiges Gelände.

Als ich am nächsten Morgen aufstand, waren die Spuren wieder da, nur waren es diesmal mehr. Einige zogen sich an den Tischbeinen hoch, einer der Stuhlsitze war davon bedeckt, und auch auf zwei Schranktüren fanden sich welche. Tatsächlich gab es keine Stelle, wo diese Linien nicht waren. Die Küche war übersät davon, und in meinen Augen sahen sie schleimig aus. Ich schaltete den Wasserkocher ein, und da sah ich das erste Exemplar. Es klebte wie ein Egel an der Seite des Kühlschranks, und nachdem ich erst eines gesehen hatte, sah ich auch andere. Sie waren klein und geriffelt; hatten die Form von Halspastillen. Wenn sie sich bewegten, kräuselten sie sich. Ich wollte kein Salz auf sie streuen; statt dessen nahm ich sie mit einem Papiertuch auf, legte sie in ein leeres Marmeladenglas und schraubte den Deckel darauf. Ich würde sie mitnehmen und das Glas auf meinem Weg zur Arbeit in den Park bringen. Ich machte mir Kaffee, erledigte alles, was zu tun war, dann ging ich. Erst auf halbem Weg durch die Unterführung erinnerte ich mich an das Glas. Es stand noch auf der Anrichte. Den Rest des Tages beunruhigte es mich, daß Luke oder Philip es finden und in den Abfall werfen oder etwas anderes damit tun könnten. Das beschäftigte meinen Kopf den ganzen Tag: das Glas und die Schnecken. Und je mehr ich darüber nachdachte, desto größer wurden die Schnecken. Um fünf Uhr faltete ich meinen Overall zusammen, legte ihn in meinen Spind und ging nach Hause.

Ich hätte mir nicht so viel Sorgen machen müssen. Das Glas stand noch immer auf der Anrichte. Als ich es gerade nehmen wollte, kam Luke in die Küche.

»Du hast sie also gefangen?« fragte er. »Sie sind überall.«

»Ich werde sie rausbringen.«

»Streu doch Salz drauf. Das ist am einfachsten.«

»Will ich aber nicht. Das ist grausam.« Die Mausefallen waren notwendig gewesen, aber die Schnecken zu töten war überflüssig.

»Schnecken haben keine Nerven«, sagte Luke lachend, und bevor ich etwas tun konnte, hatte er mir das Glas aus den Händen geschnappt, den Deckel abgeschraubt und eine Tonne Salz hineingestreut.

»So«, sagte er und stellte das Glas auf den Tisch. »Jetzt schau mal zu.«

Und ich schaute zu. Die Schnecken, die am Glas hochgekrochen waren, fielen hinunter auf jene am Boden, und dann fingen sie alle an, sich aufzulösen. Ihre Ränder schmolzen und schäumten, dann der ganze Körper, und von dem, was einmal fest und schwarz gewesen war, blieb nur ein bedeutungsloser Fleck übrig.

»Sie verschmelzen ineinander«, sagte ich wie hypnotisiert. »Es ist eklig.« Doch ich konnte den Blick nicht von dem Glas abwenden. »Siehst du«, sagte er, »ganz einfach.« Die größte Schnecke brauchte am längsten, um sich aufzulösen, und Luke und ich schauten zu, wie ihr Körper an der Seite des Glases schmolz und flüssig wurde. Luke nahm das Glas und warf es in den Abfall.

»Hier dürften eigentlich keine Schnecken sein«, sagte ich. »Nicht zu dieser Jahreszeit.« Wie die Möwen, die am Kanal aufgetaucht waren. Luke zuckte die Schultern.

»Vielleicht waren sie auf dem Salat, den wir dem Vogel gegeben haben. Jedenfalls sind jetzt keine mehr da, und wenn wir wieder welche haben, dann nimm einfach das Salz.«

Ich war froh, daß sie weg waren, aber ich wünschte, wir hätten sie nicht auf so entsetzliche Weise getötet.

Die Schmerzen in meinem Bauch wurden schlimmer. Ich hatte Krämpfe, meine Muskeln waren angespannt, meistens tat mir auch der Kopf weh. Die Häufigkeit der Anfälle machte mich wütend, doch ich weigerte mich immer noch, zum Arzt zu gehen. Im Schmerz lag auch Trost; und wenn es besonders schlimm war, zog ich eine Art perversen Vergnügens daraus, mich anschließend wie ausgelöscht zu fühlen. Lag ich mit Luke im Bett, dann rieb er mir den Bauch – so, wie meine Mutter es immer getan hatte, als ich ein Kind war. Ich hatte gern den Kopf an ihren Körper gelegt. Ich hatte gern den Rhythmus ihres Herzens gehört. Lukes Hände machten kreisende Bewegungen auf meiner Haut. Ich hatte ihm nicht erzählt, wie groß meine Schmerzen waren, weil ich wußte, er hätte darauf bestanden, daß ich mich untersuchen ließ. Aber er schien mein Unwohlsein zu spüren. Es war dasselbe, wenn wir miteinander schliefen: Je öfter ich mit Luke schlief, desto leerer fühlte ich mich, und Luke schien das zu erkennen. Es war wie ein blinder Fleck, ein Niemandsland, das jedesmal größer wurde, wenn er mich berührte. Luke rieb meine Haut, löschte Erinnerungen und Gefühle aus; dann schrieb er das Skript neu, gespeist von seinen eigenen Bedürfnissen und Wünschen. Meine Arme und Hände, meine Beine, mein Bauch, mein Kopf: alles wurde neu geschrieben.

Es war nach einem dieser seltsamen Mitternachtstreffen, als wir beide unbequem übereinanderlagen. Da sprach Luke erstmals davon, wegzugehen.

»Du willst wieder nach Hause?« fragte ich.

»Ich denke daran. Aber nicht nach Hause. Roses Schwester möchte, daß ich sie besuche, und ich würde gern zum Grab gehen. Ein paar Blumen hinlegen, du weißt schon. Du hast es selbst gesagt: Ich werde hier nichts finden.«

»Nein«, sagte ich. »Aber ich weiß eigentlich nicht, warum

du dann nicht gleich hingefahren bist.« Ich wollte hinzufügen, daß ich ihm ohnehin nicht geglaubt hatte, als er sagte, es sei nur eine Frage der Entfernung, des Geldes. Seine Finger trommelten auf meiner Haut.

»Kommst du mit, Anna? Wir könnten zusammen gehen. Das macht vielleicht Spaß, und dir würde es guttun, wegzukommen. Verlaß Philip und komm mit mir. Roses Schwester ist sehr nett. Dort gibt es auch was zu sehen.«

»Wann fährst du?« fragte ich. Luke hatte sich auf den Ellenbogen gestützt.

»Bald.« Seine Stimme hatte plötzlich einen eifrigen Ton. »Es hat keine Eile. Aber ich kaufe sofort Fahrkarten, wenn du mit mir kommst. Ich bin froh, daß du das Medaillon noch trägst.« Er berührte es mit der Hand. »Ist das Haar noch drin?«

»Ja.«

»Es schneit immer noch. Kannst du dir vorstellen, daß es noch lange so weitergehen könnte?«

Später schlich ich auf Zehenspitzen zu meinem Bett. Um die Wahrheit zu sagen, ich wollte nirgendwohin gehen. Ich wollte mich wie ein Schneeball einrollen. Einschlafen, und wenn ich aufwachte, wieder einschlafen.

Der Zustand des Vogels besserte sich nicht. Am selben Tag, als Philip ins Krankenhaus ging, um sich den Gips abnehmen zu lassen, nahm Luke dem Vogel die Schiene ab; doch der Flügel hing immer noch herunter. Er würde für immer gebrochen und schief bleiben, und die Federn wirkten dünn und zerzaust. Philip kam mit seinem Gipsverband unter dem Arm zurück. Die Form war in zwei Stücke gebrochen, und als ich hineinsah, konnte ich feststellen, wo sich der Gips verfärbt hatte und Hautschüppchen und Haare an ihm klebten. Philip zeigte Luke den Gips und sprach über eine Schwester im Krankenhaus; aber zu mir sagte er kaum etwas. Ich hatte nicht gedacht, daß die Entfernung zwischen uns noch größer werden könnte, doch je mehr Zeit wir in der Gesellschaft des anderen verbrachten, desto tiefer klaffte der Abgrund. Philip passierte nur ein Ausrutscher: Er und Luke saßen eines Tages in der Küche, bevor ich zur Arbeit ging, und als ich hereinkam, sah ich, wie Philip die Hand ausstreckte. Er wollte mich berühren, meinen Arm streicheln oder meinen Rücken tätscheln, so lange, bis sich etwas veränderte. Er war wie ein Mann, dem man einen Arm oder ein Bein amputiert hatte. Der Phantomarm oder das Phantombein juckt, und er will kratzen, bevor er sich daran erinnert, daß da nichts mehr ist. Ohne aufzuschauen, zog Philip mitten in der Bewegung die Hand zurück; dann hielt er sie unter den Tisch.

Toklas war deprimiert. Den ganzen Tag lächelte er nicht ein einziges Mal, und ich vermißte es sehr, seine scharfen gelben Zähne zu sehen. Ich schrubbte die Böden. Die Konservenmusik klang mir in den Ohren. Halb in Trance bediente ich Kunden. Ich staubte die Eisbären ab, dann verbrachte ich eine Weile in den Lagerräumen und prüfte zwei neue Lieferungen. Draußen war es kalt und in der Wohnung noch kälter, doch die Lagerräume waren bislang der kälteste Ort. Ihre Wirkung war durchschlagend. Ich stapelte und zählte die Kisten, hakte die neuen Listen ab. Mein Kopf war leer. Alles funktionierte: Augen, Hände, Beine. Nur als ich fertig war, arbeitete jedes Teil beträchtlich langsamer. Toklas sagte: »Gute Nacht«, als ich ging. »Bis morgen, Anna.« Ich mußte mich konzentrieren, um eigene Worte zu formen.

Ich ging durch das Treppenhaus nach oben. Als ich die Tür öffnete, bemerkte ich als erstes den Pappkarton, in dem der Vogel normalerweise saß. Ich spähte hinein und sah, daß das Tier tot war.

»Es ist heute morgen passiert«, sagte Philip, als wir im Bett lagen. Ich auf einer Seite, Philip auf der anderen. »Wir haben überlegt, ob wir ihn unten am Kanal vergraben? Fällt dir auf, wie kalt es hier drin ist?«

Ich nickte. »Klar. Mir egal.« Es war nicht so, daß mich der Vogel nichts anging. Nur hatte ich gewußt, daß es passieren würde. Und schließlich war es nur ein Vogel. »Tut mir leid«, fügte ich hinzu und streckte die Hand aus.

»Tu nicht so. Du hast ihn von Anfang an nicht haben wollen.«

»Das heißt nicht, daß ich nichts empfinde.« Aber Philip kannte mich besser.

»Du lügst. Im übrigen streite ich nicht wegen einer Taube.« Er sprach ruhig, dann lächelte er. Er lachte mich aus, und je mehr er lachte, desto wütender wurde ich.

»Was ist los mit dir?«

Philip holte tief Luft, dann fing er wieder an zu lachen. Er würgte seine Worte heraus.

»Du bist unbezahlbar, Anna. Du bist unglaublich. Hör dich doch mal an ... Schau dich an. Mit mir ist gar nichts los.« Er holte noch ein paarmal Luft. »Wochenlang habe ich versucht, dir aus dem Weg zu gehen. Versucht, ruhig zu bleiben. Selbst als ich aus dem Krankenhaus gekommen bin. Ich dachte, vielleicht brauchst du etwas Zeit. Die Sache mit Rose ... Ich weiß nicht. Die meiste Zeit weiß ich nicht, was du machst. Wo du hingehst. Vielleicht sollten wir Luke bitten, abzureisen? Würde das helfen?«

»Sag du es ihm«, sagte ich. Ich wußte, Philip würde es nicht tun. Er mochte Luke zu sehr.

»Sie wäre trotzdem hier, stimmt's? Du würdest immer noch an sie denken. Was hatte sie an sich?«

»Nichts.«

»Du lügst. Versuch's doch mal. Ich kann dir nicht helfen, wenn du mir keinen Hinweis gibst. Vielleicht bin ich blöd. Wahrscheinlich bin ich's, aber ich versteh's wirklich nicht.«

Ich zögerte einen Moment. Die Erfahrung sagte mir, daß es keine gute Idee wäre, doch ich schuldete ihm eine Antwort. Philip sah mich an. Er wartete, zwang mich, zu sprechen.

»Ich wünschte, sie wäre nicht gestorben. Wenn sie nur nicht gestorben wäre. Ich würde alles tun, um es wieder rückgängig ... um, aber ...«

»Aber sie ist gestorben, also mußt du damit fertig werden.«

»Ich kann das nicht erklären. Es hört sich dumm an, aber ich fühle mich verfolgt. Nicht in dem Sinn, daß ich Erscheinungen habe«, fügte ich rasch hinzu. Meine Stimme war wie abgewürgt. »Ich kann mich im Moment selber nicht ausstehen, aber ich kann es nicht ändern.«

»Aber du bist diejenige, die verfolgt. Verstehst du das denn nicht? Nicht sie. Nicht irgend jemand anders. Du zerrst die Vergangenheit immer wieder hervor, und das ist pathologisch.«

»Schrei nicht so.«

»Du hörst nicht zu.« Er senkte die Stimme und fing wieder an. Seine Worte waren gemessen und ruhig. Er versuchte, seinen Ärger unter Kontrolle zu halten, sich zu verstellen. »Vor kurzem wollte ich dich einfach nur noch schlagen. Um wenigstens eine Reaktion von dir zu bekommen. Aber das Schreckliche ist: Ich glaube, nicht mal das würde dich zurückbringen. Ich wollte in meinem ganzen Leben noch nie jemanden schlagen. Du bist wie eine Fremde.«

»Mich schlagen?«

»Ja. Kannst du mir das erklären?«

»Du gibst mir die Schuld?«

»Ich erkläre etwas. Ich erzähle dir, wie ich mich fühle. Kannst du das auch?«

»Ich bin müde.« Ich zog mir die Wörter heraus, als hingen sie an einer langen Schnur, dann ließ ich sie fallen.

»Ich auch. Ich bin auch müde. Aber das hier ist häßlich. Wir verwandeln uns in etwas wirklich und wahrhaftig Häßliches. Ist es das, was du willst? Liebst du mich denn überhaupt noch?«

»Ich will nicht, daß es zu Ende ist. Ich will nicht, daß es so zu Ende geht.« Jetzt lag eine Spur von Hysterie in meiner Stimme.

»Liebst du mich noch?« fragte er wieder ruhig. »Ja oder nein.«

Meine Hände waren kalt. Ich starrte auf meine Finger; die Haut hatte eine blaßviolette Farbe, die Halbmonde unter den Nägeln waren brüchig und weiß. Ich kniff zwei Falten ins Laken; dann schaute ich auf.

»O. k.«, sagte ich. »Ja, aber vielleicht nicht genauso wie du mich liebst. Vielleicht ist das nie so.« Philip fuhr sich mit der Hand durchs Haar.

»Wie dann?« Schweigen. »Es tut mir leid, was ich vorhin gesagt habe, aber es mußte gesagt werden. Man kann sich nicht einfach verweigern. Man muß sich stellen. Wir müssen darüber reden, was passiert. Die Dinge zu Ende führen.«

»Zu Ende führen?« Ich flüsterte die Worte und fürchtete mich vor dem, was als nächstes kommen würde. Meine Hände zitterten unkontrolliert. Philip hievte sich aus dem Bett. Er setzte sich auf die Bettkante und starrte auf den Boden, dann schlurfte er auf die andere Seite des Zimmers. Sekunden später fing er wieder an.

»Anna, schau mich an. Ich werde dir etwas sagen, und ich will, daß du mich anschaust ... Bitte?« Aber ich konnte nicht.

Statt dessen drehte ich mich zur Wand und schloß die Augen. Ich kniff sie fest zu. Es war eine alte Kindertaktik: Wenn man die Augen zumacht, kann einen keiner sehen. Man war in Sicherheit. So würde Philip nicht sagen können, daß es aus war, denn ich war ja gar nicht da.

»Anna? Komm.«

Ich antwortete nicht.

»O.k. Tu so, als wär ich nicht da. Mach, was du willst.«

Am nächsten Morgen ging ich weg, bevor Philip aufwachte. Der Vogel lag noch in der Kiste, doch Luke hatte sie vor die Eingangstür gestellt. Erst wollte ich einen Blick hineinwerfen, dann entschied ich mich dagegen und ging gleich die Treppe hinunter. Um mich herum fiel der Schnee. Er taumelte und wirbelte wie eine Art kalter Staub. Vielleicht war da ein Riß im Himmel, und von dort kam er her; oder vielleicht produzierte ihn ein Komet, während er durch die Wolken pflügte. Was auch immer. Die Flocken wurden unglaublich groß. Als ich in das Weiße spähte und mich auf jede einzelne Flocke konzentrierte, hätte ich schwören können, daß ich die Form eines jeden Kristalls sah; die konzentrische Struktur, die einzelnen Verästelungen. Die Flocken schoben sich durch die Luft, drehten sich im Kreis. Luke war es, der mir erzählt hatte, daß die Symmetrie einer Schneeflocke ein Spiegelbild des Wassers ist. Die Geometrie der Atome ist jeweils identisch; ein Element, das sich in ein anderes verwandelt. Ich ging durch den Park. Ein Wächter oder vielleicht ein Vagabund hatte ungefähr in der Mitte ein Feuer gemacht. Man konnte sehen, wo die Zweige durch den Schnee geschleift worden waren. Es saßen mehrere Leute um das Feuer und wärmten sich die Hände. Tatsächlich sah ich fünf solcher Feuer auf meinem Weg zur Arbeit. Zwei waren in Gärten und die übrigen auf der Straße. Ich war überrascht, daß die Behörden das erlaubten, aber niemand schien sich darum zu kümmern. Als ich an einem Feuer vorbeikam, konnte ich buchstäblich hören, wie der Schnee zischte, wenn er auf die Flammen fiel. Doch es war schwer auszumachen, ob die schwarzen Flocken verfärbter Schnee oder in Wirklichkeit Asche waren. Wie auch immer, die Helligkeit der Flammen schockierte mich. Zweimal blieb ich stehen, um mir die Hände zu wärmen und mit den anderen Passanten über die Hitze zu staunen. Wir waren scheinbar alle von den Flammen geblendet, von ihnen angezogen, als sähen wir ein solch wundervolles Schauspiel zum erstenmal.

Ich kam kurz nach neun ins Geschäft und mußte noch meine Uniform anziehen. Ich bat wieder darum, im Lager arbeiten zu dürfen. Normalerweise gab es eine strikte Rotation, damit niemand zwei Tage hintereinander dort arbeiten mußte. Aber ich wollte mit niemandem reden, und keine der Frauen hatte etwas gegen meine Bitte einzuwenden.

Die Türen schlossen sich hinter mir. Beinahe im selben Moment begann ich zu zittern. Ich ging dorthin, wo die Blume versteckt war, und nahm sie aus der Schachtel. Der Deckel war von einer Eisschicht überzogen, die zersprang, als ich ihn abhob. Ich nahm meine Schutzhandschuhe heraus. Die Blume war immer noch in fast perfektem Zustand, obwohl sie ihren Duft verloren hatte und die weichen Blütenblätter hart und kristallisiert waren. Es war keine Blume mehr im eigentlichen Sinn. Ich streichelte die spröden Blütenblätter mit den Fingerspitzen. Ich weiß nicht, was der wahre Grund für die Tränen war. In dem einen Moment konzentrierte ich mich auf die Knospe, und im nächsten spürte ich, wie meine Wangen feucht wurden. Vielleicht war es Philip und der elende Zustand unserer Beziehung; oder weil ich meine Mutter noch immer vermißte. Vielleicht war es das unbarmherzige Wetter oder der Schmerz in meinem Bauch. Die Angst wurde immer größer. Sie wuchs in mir, und ich würde damit leben und sterben. Das Weinen schien nicht mit irgend etwas Bestimmtem verbunden zu sein. Die Tränen waren nicht einmal Teil meines Körpers. Schweigend schaukelte ich vor und zurück, ruckartig; Nervenenden durchschnitten, Synapsen zerstört. Als ich die Rose an meinen Bauch preßte, fühlte es sich an wie Säure, die sich in das Futter frißt. Schließlich gelang es mir, die Rose wieder in die Schachtel zu legen und die Schachtel wieder ins Regal zu schieben. Dann strich ich mir mit der Hand übers Gesicht, und in dem Moment wurde meine Haut zu Eis.

Ich setzte mich auf den Boden. Ich mußte meine Gedanken ordnen. Eine Lösung war ein Akt der Auflösung; eine Trennung der Teile. Wenn ich es in der richtigen Reihenfolge tat, würden die Dinge vielleicht klarer werden. Doch das Sortieren war eine Knochenarbeit. Man mußte wissen, wo alles hingehörte, bevor man es auseinandernehmen konnte. Das war sehr wichtig. Einige Dinge kamen zuerst an die Reihe; dann gab es immer Teile, die man in die Mitte legen mußte, und danach folgten die Dinge am Ende. Ich zählte sie an den Fingern ab. Man mußte rasch handeln, doch ich wurde immer langsamer; abgelaufen wie eine Uhr. Wollte ich mit Luke fortgehen? Ich sollte einen Termin beim Arzt machen. Meine Mutter war gestorben. Hatte sie das für mich getan? War das ihre Welt, in der ich lebte? Leben nach ihrem Tod.

Ich holte tief Luft, die Kälte stach mir in die Lungen. Ich sollte Philip bitten, zu gehen. Brauchten wir Milch? Liebte ich ihn noch? Hatte ich ihn je wirklich geliebt, und was empfand ich für Luke? Wollte ich mit ihm fortgehen? Ich sollte bleiben, wo ich war. Das war es, was man tat. Die Gedanken drängten sich in mir. Hätte ich sie laut ausgesprochen, wären sie unverständlich gewesen. Ich schwankte vor und zurück, spürte, daß ich mir die Arme um den Körper schlang. Nur sahen sie nicht aus wie meine Arme. Sie waren viel dünner als meine eigenen, und die Finger waren länger und weißer. Das konnten doch nicht meine sein? Und dann verlor ich auch zu ihnen die Verbindung. Ich konnte sie sehen, aber ich spürte sie nicht mehr. Auch hatte ich keine genaue Vorstellung davon, wo ich war.

Eine Klingel ertönte. Zeit um. Sie rasselte in meinen Ohren, und alles wackelte. Ich konnte es nicht anhalten, weil ich die Dinge nicht mehr unter Kontrolle hatte. Und dann trat Toklas in den Ring. Er sagte, der Temperaturregler sei nicht in Ordnung, ich dürfte gar nicht hier drinnen sein. Er zeigte nach oben auf das rote, flackernde Licht.

»Haben Sie das nicht gesehen? Was machen Sie denn, um Himmels willen? Sie haben nicht mal Handschuhe an.« Seine Stimme war drängend, wütend. Ich wußte das, und doch wurde es mir nur langsam klar. Als er die Hand ausstreckte, zog ich mich nicht zurück. Es war zwecklos. Ich fühlte mich vollkommen, herrlich erlöst. Ich brauchte mich nicht zu bewegen. Ich brauchte gar nichts zu tun. Toklas und der Wachmann hoben mich auf eine Trage und trugen mich in den Laden.

Draußen versammelten sich die Frauen. Sie standen im Kreis und starrten, während ich auf einem Stuhl saß und zitterte und weinte. Ich fühlte mich wie ein Tier, so, wie sie mich fixierten. Sie starrten durch die Gitterstäbe. Dann nahm jemand meine Hände und rieb sie ganz fest, während eine andere mir etwas zu trinken gab und mich in Decken wickelte. Als ich endlich sprechen konnte, sagte ich, daß ich mich besser fühlte, obwohl das nicht wirklich stimmte. Ich erzählte Philip und Luke nichts davon.

ELF

Ich gab dem Fahrer die Adresse, dann stieg ich ein. Der Wagen kroch, ab und zu rutschten die Räder weg, und das Fahrzeug geriet außer Kontrolle. Das Weiß ließ mich an Philips Fotos denken; Ebene, Oberfläche, flach, eindimensional. Jetzt fiel der Schnee sehr rasch. Die Scheibenwischer schoben ihn erst nach links, dann nach rechts. Der Fahrer schaltete die Scheinwerfer ein. Es war zwölf Uhr mittags, aber es hätte ebensogut Mitternacht sein können. Die Lichtbalken vermittelten den Eindruck, daß man durch zwei enge Tunnel in etwas Unbekanntes gezogen würde.

Ich hatte Luke gebeten, tagsüber heißes Wasser durch die Rohre laufen zu lassen. Wenn man durch die Straßen ging, sah man an jedem Gebäude ein oder zwei Rohrbrüche. Das Wasser war gefroren und hatte das Blei aufgerissen. Aus den Ziegeln schossen Wasserfälle in erstarrtem freien Fall; bezaubernd, verzweifelt. Es hieß, wir sollten auf herabfallendes Eis achtgeben. Stücke brachen ab und stürzten auf die Erde. Elektromasten lagen kreuz und quer auf den Straßen; die Drähte waren ineinander verschlungen und herausgerissen.

Ich saß steif auf dem abgewetzten Ledersitz. Ich hatte weder Luke noch Philip gesagt, wohin ich fuhr. Erst wollte ich es für mich herausfinden, und ich wollte nicht, daß sie Fragen stellten. Es war schon schlimm genug, auf meine eigene Stimme zu hören, ohne die ihre in die Auseinandersetzung einbeziehen zu müssen. Das Schneegestöber wurden immer wilder. Die Flocken waren lebendig, wirbelten wie wahnsinnig im matt orangefarbenen Licht der Straßenlaternen. Wir fuhren mitten hindurch. Ich hätte das Taxi anhalten und rausspringen können. Ich hätte in den Schnee laufen können, aber ich verhielt mich ganz still und hoffte, daß alles vorbeigehen würde.

»Es ist ein Knoten. Irgendeine Blockade«, erklärte die Ärztin, als sie mit den Tests und der Untersuchung fertig war. Dr. Cunningham war eine große Frau von sachlichem Auftreten. »Wir können Ihnen noch nicht sagen, ob er bösartig ist.« Die Stimme hallte in der blitzenden Praxis. Jede Fläche war entweder aus Edelstahl oder mit glänzendem schwarzen Leder bezogen. Als ich ins Behandlungszimmer gekommen war, hatte sie mir zunächst eine lange Reihe von Fragen gestellt. Sie wollte alles über die Symptome wissen, und ich versuchte, den Schmerz zu beschreiben. Sie fragte mich, ob er eine Form habe. War er rund? Verknotet? Spitz? War es ein Stechen, oder war er stumpf? Bewegte sich der Schmerz? War er gleichbleibend? Welche Farbe hatte mein Erbrochenes? Mein Urin? Die Stimme der Ärztin war ruhig, aber ich hatte nicht das Gefühl, antworten zu können. Sprache schien unangemessen. Ich erzählte von meiner Mutter, und sie lächelte und redete mir gut zu. Ich erklärte, daß ich sie während ihrer Krankheit gepflegt hätte und wie verzweifelt ich nach ihrem Tod gewesen sei. Ein Teil von mir sei verlorengegangen, oder zumindest hätte ich das Gefühl, daß er fehle. Während ich das sagte, flogen meine

Gedanken zurück. Ich sah meine Mutter, wie sie gestützt im Bett saß. Ihr kleines totenähnliches Gesicht verschwand fast in den Kissen. War sie in diesem Erinnerungsbild lebendig oder tot? Ich konnte mich nicht entsinnen.

Dr. Cunningham räusperte sich, und ich war wieder im Behandlungsraum. Ich konzentrierte mich auf ihre Hände. Sie zog an ihren Fingern, als versuche sie, sich unsichtbare Handschuhe überzustreifen. Ihr Daumen drückte auf einen Knöchel, dann hörte sie auf herumzuziehen und schrieb ein paar Wörter auf einen Notizblock.

»Erzählen Sie weiter«, sagte sie und blätterte Seiten um, während ich murmelte und stotterte. Ich sah, wie sie ein Wort abhakte, ein anderes umrandete. Das war alles, was zählte. Mein medizinischer Hintergrund. Wir kamen zu den Medikamenten; was mir verschrieben worden sei und was nicht. Sie drehte sich um und ließ ihre Finger durch einen Kasten mit rosa Karteikarten gleiten, zog eine davon heraus und notierte etwas darauf, bevor sie sie wieder in den Kasten steckte. Sie sah sich meine zitternden Hände an; dann schickte sie mich zu einer Reihe von Tests, darunter zwei Serien von Röntgenaufnahmen. Schließlich gab sie mir ihre Zusammenfassung. Sie sprach das Wort »bösartig« aus, und in das Schweigen hörte ich eine Stimme fragen, ob es ein Tumor sei. Sie nickte und lächelte wieder; dann sagte sie, wenn man meine Familiengeschichte betrachte, sei man doch überrascht: Warum hatte ich das nicht schon vor langer Zeit untersuchen lassen? Sie sagte, ich sei die perfekte Kandidatin für das, was geschehen sei; und gemessen an der Größe des Knotens müsse ich die Schmerzen schon ziemlich lange haben. Ich konnte mich nicht genau erinnern, wann sie angefangen hatten.

»Ja, ich hätte früher kommen sollen.« Meine Stimme hallte. Ich fühlte mich schuldig. »Wenn es etwas Bösartiges ist«, sagte ich, »heißt das, ich könnte sterben? Krebs?« Aber sie meinte, es sei zu früh, um zu spekulieren. Sie sprach langsam und sagte mir, der Knoten sei wahrscheinlich gutartig. Das sei die Theorie, von der sie tendenziell ausgingen. Unschuldig, bevor die Schuld bewiesen ist. Mehr Menschen lebten länger, wenn man so darüber dachte. Das Wort »gutartig« strahlte wie ein Stern. Erreichte ich ihn, würde es mir gutgehen.

»Aber er ist sehr groß«, sagte sie und schaute sich noch einmal die Röntgenbilder an, die sie über dem Tisch festgemacht hatte, auf dem ich lag. Sie hatte die Aufnahmen an eine lange, leuchtende silbergerahmte Tafel geklemmt. Ich stützte mich auf einen Ellenbogen und versuchte zu sehen, wohin sie schaute. Das Innere meines Körpers war eine Landschaft aus Schatten und Licht. Ich konnte die Knochen meines Skeletts sehen. Es lag klarer als das Tageslicht in meinem Inneren. Ich konnte merkwürdige Einbuchtungen und Hohlräume erkennen. Einige waren glasig und weiß, andere waren dunkler, welliger. Meine Haut hatte sich aufgelöst, und ich lag da und schaute in mich hinein. Nur war ich gar nicht da. Das hier war ein Duplikat von mir; kein Foto, sondern eine Bestätigung der Abwesenheit, ein visuelles Echo. Ich konnte die Form meines Herzens sehen, doch es war hohl. Meine Lungen tauchten auf, aber sie waren leer. Flocken von etwas Weißem lagen über meine Knochen verstreut.

»Da«, sagte Dr. Cunningham. »Sehen Sie das? Leichte Schwellung des Gewebes.« Sie tippte auf die Tafel und zeigte auf einen phosphoreszierenden weißen Fleck. In mir waren leuchtende Lichttupfen.

»Wir werden die Ergebnisse in etwa einer Woche haben«, fuhr die Ärztin fort. »Ich setze mich mit Ihnen in Verbindung, sobald wir etwas Neues wissen, und dann sehen wir weiter.« Sie knipste das Licht an der Tafel aus, und mein

Duplikat verschwand. »Schauen Sie nicht so besorgt. Es ist nicht gut, wenn man sich sorgt. Kommen Sie nach Hause, oder sollen wir Ihnen ein Taxi rufen?«

»Ich komm schon zurecht«, sagte ich und schüttelte den Kopf. Ich hatte es ja auch bis hierher geschafft.

»Ich setze mich mit Ihnen in Verbindung, sobald die Ergebnisse da sind.«

Als ich aus dem Behandlungszimmer trat, saß ein zweiter Patient im Warteraum; und ein dritter und ein vierter. Sie alle sahen gleich aus, gleich entsetzt. Die Ärztin erschien und rief den nächsten Patienten herein. Ich begab mich in die Eingangshalle und von dort auf die Straße. Genaugenommen wollte ich eigentlich gar nicht in die Wohnung zurück, aber die Kälte verhinderte eine Alternative. Sie lenkte mich. Schneeflocken trieben durch die Luft. Ich streckte die Hand aus und schaute zu, wie sie über meine Haut strichen. Sie waren leichter als Erde, und ich wollte, daß sie meinen Körper bedeckten, einen großen Hügel bildeten, unter den ich kriechen konnte.

Die nächsten Tage verschwammen. Ich ging nicht zur Arbeit. Ich rief an und sagte ihnen, ich sei krank. Philip und Luke erzählte ich, daß ich ganz einfach ein paar Tage freihaben wolle. Philip sagte, es sei unglaublich, daß ich das noch nie zuvor getan hätte, und warum ich nicht überhaupt gekündigt hätte. Er hatte anscheinend die Zeit vergessen, als Luke weggefahren war.

Fünf Tage vergingen, dann kam ein Brief von der Ärztin. Ich hatte Angst; doch der Umschlag sah unglaublich normal aus. Er lag auf dem Tisch neben der Stromrechnung. Ich nahm ihn, legte ihn wieder hin, starrte auf meinen Namen, der durch ein winziges Zellophanfenster zu sehen war. Ich erinnerte mich an die Praxis, die glänzenden Flächen, die Tafeln aus perlweißem Glas; und jetzt dieses kleine Fensterchen aus Papier. Ich öffnete den Brief, und darin stand, daß die Tests keine eindeutigen Ergebnisse erbracht hätten. Ich müsse zu einer Gewebeprobe kommen. Sie nannten mir ein Datum und einen Facharzt.

Ich verlor den Appetit. Das Essen war nicht nur bedeutungslos, es war von schrecklichen Gerüchen durchströmt, und alles schmeckte entfernt nach Desinfektionsmittel. Die Sachen, die ich hinunterbrachte, blieben nie unten. Ich wurde auch lichtempfindlicher; ich lag meistens im Schlafzimmer und versuchte mich so wenig wie möglich zu bewegen. Ich hatte mir das selbst angetan. Das sagte mir meine innere Stimme. Ich hatte ein Monster geschaffen; über das Sterben phantasiert, mir gewünscht und gebetet, daß es geschehen würde, und jetzt ging ich auf meinen selbstgefertigten Galgen zu. Ich drehte mich um und versuchte die Gedanken auszusperren. Ich zählte bis zehn, aber das Kunststück war unmöglich. Ich konnte mich nicht verstecken; die Gedanken waren überall, wie der Himmel oder der Schnee. Wenn ich dachte, ich hätte meine Gefühle besiegt, wenn ich sicher unter der Bettdecke lag und Radio hörte oder ein Buch las, dann kam zehn Sekunden später das Entsetzen wieder an die Oberfläche.

Eines Abends, kurz nach dem Besuch bei der Ärztin, blieben Luke und ich noch auf und redeten. Wir saßen auf der Couch, und ich ließ meine Gedanken zu dem Morgen zurückschweifen, als ich Rose gefunden hatte; als Philip und ich auf demselben Platz gesessen und einander so fest gehalten hatten. Das schien schon so lange herzusein. Ein anderes Leben. Luke fragte mich, was ich dachte, und ich fing an, über meine Mutter zu reden. Ich sagte, nach ihrem Tod hätte ich nicht alles verarbeiten können. Egal, was ich tat, der Gedanke, daß sie verschwunden war, daß ich sie nicht finden könne, hätte mich überallhin verfolgt. Einmal war für die meisten Leute genug, ich aber durchlief alles immer wieder, als hätte die Zeit einen Kratzer und jede Vertiefung und Erhöhung der Struktur wiederholte sich ständig.

Ich fragte Luke, ob er noch vorhätte abzureisen. Er hatte das Thema nicht mehr erwähnt, seit er es angeschnitten hatte. Ich wußte, daß er nicht mit Philip gesprochen hatte.

»Ich glaube, daß es richtig ist«, sagte er. »Ich muß sehen, wo sie begraben ist. Ich muß wissen, wo sie liegt, und ich möchte immer noch, daß du mitkommst. Es wird dir guttun, hier wegzukommen.« Er sagte das und rückte näher zu mir. Für einen kurzen Moment sah ich ihn vor mir, wie er Blumen auf das Grab legte, und danach konnte ich sehen, wie er seine eigenen Schritte zurückverfolgte, all die Orte aufsuchte, an denen er mit Rose gelebt hatte, in der Hoffnung, das wiederzufinden, was er verloren hatte. Es war wie ein Zwang.

»Na, was ist? Kommst du mit, Anna?

»Ich werd's dir bald sagen«, antwortete ich. Er schaute mir ins Gesicht, zog die Augenbrauen hoch.

»Bald?«

»Ja. Versprochen. *Versprochen.*« Ich mußte erst ins Krankenhaus gehen, die Sache hinter mich bringen. Erst dann konnte ich wirklich eine Entscheidung treffen. Luke sagte, er ginge jetzt ins Bett. Er nahm meine Hand und fing an, mich hochzuziehen. Aber ich war nicht müde. Ich wollte nicht zu Philip in mein eigenes Bett gehen, und ich wollte auch nicht mit Luke schlafen. Ich holte mir ein paar Decken, dann streckte ich mich auf der Couch aus. Ich war hellwach, und ich blieb die ganze Nacht so liegen. Wenn ich doch das Gefühl hatte, einzunicken, fuhr ich Sekunden später wieder hoch, mit denselben schrecklichen Gedanken, die in mir wuchsen. Wie würde das Ende für mich aussehen? Was würde geschehen? Ich stand ab und zu auf, machte mir Tee, lief im Zimmer hin und her. Einmal lehnte ich mich ans Fenster und starrte in die Dunkelheit. Die Eisjungfrau thronte noch immer an ihrem Platz. Sie war jetzt untersetzter. Ihr Kopf hatte sich in den Körper geschoben, ihr Körper war an den Rändern eingefallen. Bei Tageslicht sah sie unförmig, schief aus. Sie war schmutziger als zuvor. Jetzt in der Dunkelheit konnte ich diese Einzelheiten nicht sehen, aber ich nahm ihre Umrisse wahr und wußte, wie sie aussah.

Philip kam aus dem Schlafzimmer. Er schaute auf seine Uhr; dann fragte er mich, was ich da tue, und streckte die Hand aus wie in alten Tagen. Er murmelte, daß er sich Sorgen um mich mache.

»Ich kann nur nicht schlafen«, sagte ich. »Geh wieder ins Bett. Ich komm bald nach.« Aber das tat ich nicht. Ich wartete, bis er aus dem Zimmer geschlurft war, dann legte ich mich wieder auf die Couch. Ich sah etwas glitzern. Es war der Flitter. Die ganze Zeit hatte er an der Wand geklebt. Ich stieg auf einen Stuhl und riß das Klebeband ab. Es löste ein handtellergroßes Stück Farbe ab, und der Flitter raschelte; blattartig.

Ich beobachtete genau, wie der Schnee fiel. Ich lag auf der Couch und schaute stundenlang zu, wie er am Fenster vorbeischwebte. Je mehr es wurde, desto dünner wurde die Luft. Der Schnee nutzte Dinge ab, radierte sie aus, indem er immer wieder darüberstreifte. Als Kind hatte ich diese kleinen Glasglocken gemocht, die man schüttelte; dann ergoß sich Schnee über Schlösser und Wälder. Das Wasser war mit Zucker und Glyzerin gemischt, damit die Flocken besonders langsam fielen. – Die Eisjungfrau war von Schnee umgeben. Sie zitterte unter der Glasglocke. Aber das hier war keine Märchenlandschaft. Ich stand auf und legte die Hand an die Fensterscheibe.

War ich drinnen oder draußen? Es war schwer zu sagen. Dann wandte ich mich ab, denn nichts ergab einen Sinn. Der Schnee war zu weiß, um normal zu sein. Es gab zu viel davon, um Schlösser oder irgend etwas Hübsches darin zu sehen. Es gab nichts, auf das man Geist oder Auge konzentrieren konnte.

Ich stand in der Tür zu Philips Zimmer und schaute zu, wie er schlief. Sein Körper lag ausgestreckt auf dem Bett, und ich war versucht, zu ihm zu gehen und ihn zurechtzurücken, es ihm bequemer zu machen, sogar ihn zu küssen.

»Philip?« sagte ich. »Philip?« Er machte die Augen auf, doch bevor er noch etwas sagen konnte, machte er sie wieder zu und schlief weiter. Ich ging noch ein bißchen hin und her. Durch den Flur, in der Küche herum. Ich fand einen kleinen Handspiegel und untersuchte mein Gesicht. Ich wollte sehen, ob ich dünner, blasser, weiser geworden war. Ich wollte sehen, ob sich irgend etwas in meinem Gesicht abzeichnete. Gab es einen Hinweis darauf, daß dieses Gesicht an einem Punkt in der nahen Zukunft nicht mehr existieren würde? Ich starrte mich an, berührte meine Lippen, ließ meine Hand über meine Wangen gleiten; dann berührte ich den Spiegel. Aber es war zu schwer, sich das vorzustellen. Ich zog an meinem Haar, ein paar Strähnen lösten sich, und ich hatte sie in der Hand. Ich hatte Angst. Das war es, was das Gesicht auf der anderen Seite sagte.

Ich machte mir noch eine zweite Tasse Tee. Ich goß kochendes Wasser in die Tasse, aber als ich einen Schluck nahm, konnte ich nur daran denken, daß die heiße Flüssigkeit meine Krankheit berühren und den Tumor füttern würde. Früher, wenn ich Halsschmerzen oder Kopfschmerzen oder sogar Magenschmerzen gehabt hatte, hatte mein dringlichster Wunsch darin bestanden, ein Messer zu nehmen und den Schmerz herauszuschneiden. Die Flüssigkeit lief durch meinen Körper. Sie schoß wie ein Wasserfall meine Wirbelsäule hinunter und verzweigte sich wie ein Baum. Sie drang in meinen Magen ein und sickerte in meine Lungen. Wenn die Krankheit schon in meinem Inneren war, vielleicht konnte man dann wirklich nicht mehr viel tun. Vielleicht war das Ende schon beschlossen, egal, wie sehr die Ärzte sich auch bemühten, es zu verhindern. Ich schüttete mir ein paar Pillen auf die Hand. Sie waren rund, und kleine schwarze Zahlen waren auf die Ummantelung gedruckt. Ich schluckte sie mit etwas Wasser hinunter.

Ich lief noch ein wenig in der Wohnung herum. Ich hatte keine Ahnung, wie spät es war. Vielleicht war es Morgen. Vielleicht würden jeden Moment die ersten blassen Lichtstreifen am Horizont auftauchen. Ich lief den Flur auf und ab und glaubte, aus Lukes Zimmer ein Geräusch zu hören. Es klang so, als redete er mit jemandem, aber als ich die Tür aufdrückte, schlief er fest. Ich beobachtete ihn, wie ich es bei Philip getan hatte. Luke atmete tief, aber irgendwie machte er den Eindruck, als stelle er sich nur schlafend. Seine Lider flackerten. Gleich würde er die Hand ausstrecken und mich berühren.

Ich ging zurück und legte mich wieder auf die Couch. Ich hielt die Augen geöffnet und starrte an die Decke. Ich spürte keinen Impuls, mich zu bewegen. Ich wollte nur für immer so daliegen, am liebsten in einem weißen Zimmer, in dem keine anderen Menschen existierten. Meine Gedanken schweiften ab. Ich stemmte mich gegen die Spannung und dachte an das blaue Seil, das hinten im Kleiderschrank versteckt war. Und an den Tag, an dem Rose sich umgebracht hatte. Ich schwebte zwischen Leben und Tod – aber wann setzt sich ein Gedanke in die Tat um? Zu welchem Zeitpunkt werden die zwei zu einem?

Ich ging ins Schlafzimmer und holte leise das Seil aus dem Schrank. Falls Philip mich hörte, so sagte er nichts. Dann setzte ich mich an den Tisch, das Seil vor mir, und legte ein Ende zu einer Schlinge zusammen. Es war schwieriger, als ich es mir vorgestellt hatte. Das Seil ließ sich nicht so leicht knoten. Es entglitt meinen Fingern immer wieder, schnitt mir in die Haut. Schließlich war die Schlinge fertig, und ich stand auf und ging nach draußen. Es schneite noch. Keine Überraschung. Nur konnte ich diesmal durch das Schneegestöber den Mond sehen. Er sah schrecklich zerbrechlich aus. Ich kletterte die kleine Eisenleiter hoch und machte das Seil an dem eisernen Geländer fest. Es war schwierig zu bestimmen, wie fest es sein mußte. Ich wollte nicht, daß es sich löste und ich hinunterfiel. Ich saß auf dem Geländer und ließ mir das Seil um den Hals gleiten. Mein Rückgrat erstarrte. Der Schnee durchnäßte meine Kleider, Arme und Füße zitterten vor Kälte. Ich mußte mich nur vorbeugen. Kein Grund, sich zu wehren. Überhaupt kein Grund.

In Wirklichkeit war es gar nicht so. Ja, ich holte das Seil, und ich setzte mich und legte es vor mir auf den Tisch, aber ich ging nicht nach draußen. Statt dessen rekonstruierte ich die Ereignisse und tauschte plötzlich den Platz mit Rose. Als es soweit war, sich auf den Rand des Geländers zu setzen, dachte ich an die Frau da drinnen. Durch Roses Augen lösten sich Ziegel und Zement auf, und ich sah die Zimmer und den Flur, die Möbel und die Frau, die da drinnen hin und her flatterte. Alles war so gewöhnlich, normal. Die Frau lag neben einem Mann im Bett, und dann erhob sie sich und zog sich an und wusch sich schweigend. Ich synchronisierte ihre Gedanken, schrieb das Drehbuch für jede Bewegung. Sie wählte einen langen Wollrock. Sie starrte aus dem Fenster über den Kanal. Sie schaltete den Wasserkocher ein, um Kaffee zu machen. Ich dachte, sie wäre gerade dabei, sich anzuziehen, Frühstück zu machen, sich eine Zigarette anzuzünden; beim zweitenmal lag selbst in der allerkleinsten alltäglichen Handlung eine wunderbare Süße. Ich wollte schreien, denn in der Rückschau waren die Dinge außerhalb meiner Kontrolle, unbarmherzig, durch nichts zu erschüttern. Niemand kann die Uhr zurückdrehen.

Der Schlaf kam in den frühen Morgenstunden. Ich kann nicht sagen, ob ich irgend etwas träumte, wenigstens konnte ich mich beim Erwachen nicht erinnern. Mein Kopf war schwer, und ich wollte mich nicht bewegen, da mir davon vielleicht übel würde. Statt dessen schob ich die Beine von der Couch und bewegte sie hin und her. Die Laken waren kälter als Eis. Und dann überkam mich die gleiche Panik wie nach dem Gespräch mit der Ärztin. Vielleicht hatte das taube Gefühl in den Beinen etwas mit dem Tumor zu tun? Vielleicht gehörte das zu der Krankheit, teilweise Paralyse, gefolgt von raschem Tod. Aber ich wollte nicht sterben. Der Gedanke traf mich hart. Ich wußte, ich würde alles tun, nur um nicht zu sterben. Selbst zu Gott beten, an den ich nicht glaubte. Ich würde mein Leben ändern, in die Kirche gehen, Vergebung suchen. Ich wollte nicht sterben. Ich nicht. Soviel war klar, beinahe durchsichtig.

Als es hell wurde, war ich völlig erschöpft. Luke stand als erster auf und trabte durch das Wohnzimmer. Dann Philip. Keiner von beiden erwähnte das Seil. Ich legte es diskret unter den Tisch. Schon bei seinem Anblick wurde mir schlecht. Luke sagte, er werde weggehen. Ich begann aufzuräumen; alles nur, um mich zu beschäftigen. Zu meiner Überraschung half Philip mit.

Wir begannen mit dem Schlafzimmer. Ich ordnete unsere Kleidung in zwei Stapel; in das, was gewaschen werden mußte, und das, was wegzuräumen war. Wir falteten den zweiten Stapel, und ich stopfte den ersten in zwei Plastiksäcke für den Waschsalon. Ich zog das Bett ab und legte die gebrauchten Laken zu der übrigen Wäsche. Philip holte den Staubsauger und saugte, während ich die Möbel polierte. Die Küche kam als nächstes an die Reihe. Philip wusch freiwillig ab, während ich den Kühlschrank saubermachte. Dann stellten wir alle Stühle auf den Tisch, fegten den Boden, und anschließend wischten wir ihn. Während er trocknete, machte Philip sich ans Wohnzimmer; ich kümmerte mich um das Bad. Es bereitete mir eine riesige Befriedigung, unverdünntes Desinfektionsmittel in die Toilette zu spritzen, den dunklen Schmutzrand in der Badewanne zu schrubben, den Spiegel blank zu putzen. Ich tat das alles, und hinterher blitzte das Bad. Erst als ich fertig war, erinnerte ich mich an die letzte Aufgabe. Ich hatte noch die Gummihandschuhe an, und ich kniete mich neben die Badewanne und langte in den Abfluß. Ich bekam eine feste Masse von Haaren zu fassen und zog sie heraus; vollgesogen, nestartig. Ich spürte, wie meine Kehle sich vor Ekel zuschnürte. Er zog an den Bändern in meinem Magen. Ich ließ das Ganze in die Toilette fallen; noch bevor ich gespült hatte, sank das Nest auf den Grund.

Eins führte zum anderen. Als wir fertig waren, bat ich Philip, die Schere zu holen, und als er zurückkam, saß ich auf unserem Bett vor dem Spiegel. Das Deckenlicht durchflutete den Raum.

»Schneid es ganz ab. Jetzt ist deine Chance gekommen.« Er schaute mich an. »So wie es jetzt ist, finde ich es schrecklich. Es geht mir auf die Nerven.«

»Bist du sicher?« Ich nickte, und Philip nahm die erste Strähne. Er schnitt sie nah an der Kopfhaut ab und starrte auf mein Spiegelbild. Er nahm eine zweite Strähne und schnitt auch diese ab. Ich wußte, wir spielten ein Spiel. Darum ging es, darin lag das Vergnügen. Die Schere machte ein kratzendes Geräusch, die Scherenblätter schoren und schnipselten. Ich schaute zu, wie mein Gesicht sich verwandelte. Hinter mir, im Spiegelbild, stand Philip und ringelte sich mein Haar um die Finger; er zog es ganz stramm und schnitt es an den Wurzeln ab. Dann erwischte er mein Ohr, und es kam Blut. Ich spürte, wie es an meinem Hals hinunterlief. Als er fertig war, lag ein ganzer Ring von Locken auf dem Handtuch. Sie waren verwoben, kompliziert ineinander verschlungen, aber ich berührte sie nicht. Am Ende legte er mir die Hand auf den Kopf und fuhr mir über die Kopfhaut. Er hatte das Haar so kurz geschnitten, daß es aussah, als hätte er mich rasiert.

»Hat dir das gutgetan?«

»Die Erde hat gebebt«, sagte ich und lächelte seinem Spiegelbild zu. Vier Augenpaare. Sein Gesicht war unlesbar. »Hast du es dir so vorgestellt?«

Er zuckte die Schultern. »Nichts ist so, wie ich es mir vorgestellt habe. Aber ich wollte es immer tun. Wie fühlst du dich?«

»Gut«, sagte ich. Mein Kopf war geschrumpft. Er war leichter. Doch mein Mund und meine Augen waren größer geworden.

»Wie bist du darauf gekommen?«

»Kleine Spiele erhalten die Freundschaft?« Mein Ton sollte witzig sein. Ich zitierte jemand anderen, aber es kam alles falsch heraus.

»Anna, du weißt, daß es nicht mehr so sein kann wie früher, oder? Eigentlich können wir überhaupt nicht mehr weitermachen. Das hier. Rose. Luke. Etwas ist passiert. Vielleicht war es immer schon da und hat gewartet, aber auf jeden Fall ist es passiert.«

Der vertraute Stich. Die Angst. Mein Atem stockte. Der helle Raum wurde noch heller.

»Wir könnten versuchen, von vorn anzufangen?« sagte ich, doch selbst als die Worte herauskamen, wußte ich, sie waren nicht wahr.

»Ich sage das genauso zu meinem Besten wie zu deinem. Ich habe versucht, dir zu geben, was du wolltest. Wirklich. Aber du hast mir Angst gemacht. Selbst das hier macht mir Angst. Die meiste Zeit lebst du in deiner eigenen Welt.« Wir sprachen noch miteinander, aber durch unsere Spiegelbilder. Sein Blick war starr, glasig. Die Wirkung beunruhigte mich. »Das mußt du zugeben. Was ich sage, ist wahr. Wir waren schon vor langer Zeit am Ende.«

»Es gefällt dir nicht, was du siehst? Ist es das?« Sein Gesicht verzog sich, dann schaute er auf den Boden. Ich wollte ihn nur berühren, ihm meine Hand auf die Schulter legen.

»Es gefällt mir nicht, was ich gesehen habe. Es ist unschön. Das sind wir nicht, du und ich.«

»Es tut mir leid«, sagte ich.

»Glaubst du, ich war je das, was du haben wolltest?« Ich dachte an Luke, und das Schuldgefühl war wieder da. Ich wußte, warum ich bei ihm sein wollte, warum ich es hatte tun müssen. Aber was Philip betraf, war das nicht so klar.

»Ich könnte dich dasselbe fragen«, sagte ich und drehte den Spieß um, so schnell ich konnte. »Wir sind nicht ein und derselbe Mensch, du und ich. Ich bin nicht du.«

»Nein«, sagte er. Er beugte sich zu mir und küßte meine Lippen, aber anstatt es anzunehmen, schob ich ihn weg.

»Nein. Küß mich nicht.«

Philip runzelte die Stirn und fing an, mit einer Hand durch die abgeschnittenen Haarbüschel zu fahren. Die andere Hand lag auf seinem Schoß. Das war also das Ende. Kein

Geschrei, keine Tränen, nur ein paar Tropfen Blut. Er war nicht wütend, nur unglücklich.

»Soll ich ausziehen?« fragte er ruhig.

»Nicht nötig.« Ich erzählte Philip vom Krankenhaus. Von den Tests. Er schien ernsthaft besorgt.

»Wie schlimm ist es?«

»Ich weiß nicht. Sie machen erstmal eine Gewebeprobe. Ich komm mir lächerlich vor. Aber ich werde eine Woche weg sein. Vielleicht länger, je nachdem, was passiert. Und danach geh ich vielleicht weg.« Ich schaute ihn nicht an, als ich das sagte.

»Du hättest schon vor Urzeiten zum Arzt gehen sollen.« Ich nickte. Philip spielte immer noch mit den Haarbüscheln herum. Ich beobachtete ihn im Spiegel, sah, wie er eine Locke in seine Tasche gleiten ließ. Er dachte, ich hätte ihn nicht gesehen. Dann wickelte er das Handtuch zu einer Kugel.

»Kann ich irgendwas tun?«

»Mich im Krankenhaus besuchen. Kommst du zurecht? Damit?«

»Es ist so, wie du gesagt hast ... Ich brauche dich nicht. Ich werde morgen aufstehen. Ich mache so weiter ... Wo willst du denn anschließend hingehen? Du hast gesagt, du gehst vielleicht weg.« Ich zuckte die Schultern.

»Ich weiß noch nicht. Nicht hierher zurück.« Ich schob die letzten Worte hinterher und wartete. Ich weiß, ich hätte über Luke sprechen sollen, aber die Angst war zu groß.

»Ich glaube, so was nennt man verzögerte Reaktion«, sagte Philip. Er spielte auf die vielen Gelegenheiten an, bei denen er mich gebeten hatte, umzuziehen. Ich habe recht. Du hast unrecht. Seine Stimme war kalt.

Als Luke zurückkam, lag ich zusammengerollt auf der Couch. Es war mehrere Stunden nach dem Haarschnitt, doch als er mich ansah, hob ich die Hand und berührte meinen Kopf.

»Was hast du gemacht, um Himmels willen?« Seine Stimme war laut. »Warum hast du das getan? Es ist schrecklich.« Ich starrte auf meine Finger. Dunkle Haarschnipsel klebten an der Haut.

»Es wird schon wieder wachsen«, sagte ich. Die Erschöpfung holte mich ein, und mein ganzer Körper fühlte sich schwer an. Luke legte seine Hand auf meine.

»Ich könnte mich daran gewöhnen«, sagte er.

Ich erzählte ihm vom Krankenhaus. Die Worte ließen das panische Gefühl wieder hochkommen. Ich erzählte ihm, es könnte für ziemlich lange Zeit sein.

»Wie sind denn die Symptome? Du kommst wieder in Ordnung. Mach dir keine Sorgen. Bist du beunruhigt?«

Philip tauchte aus der Küche auf.

»Sie hat's dir also erzählt?«

»Du wirst wieder ganz gesund«, sagte Luke und ergriff meine Hand. »Es kann gar nichts passieren.«

»Es wird dir wieder gutgehen«, fügte Philip hinzu, doch er klang weit weniger überzeugt.

Ich lächelte und schloß die Augen.

Das Krankenhaus war dasselbe, in dem Philip gewesen war. Als ich mich anmeldete, brachten sie einen Rollstuhl, und ein Pfleger schob mich durch eine Reihe von weißen Räumen und Fluren. Meine Station war in einem anderen Flügel als die Philips, aber es sah überall gleich aus. Kein Versuch, das zu verbergen.

Das Zimmer war lang und hatte Neonröhren, die die Dekke teilten. Auf einer Seite standen zwölf Betten und passend dazu zwölf auf der anderen Seite. Am Fußende eines jeden Bettes hingen unsere Krankenblätter. Ich lag auf der linken Seite in Bett zwölf, am weitesten von der Tür entfernt, und neben mir lag eine Frau namens Ruth. Mit ihren dreiundzwanzig Jahren litt sie an Rheuma. Sie sagte, es sei so, als hätte man den Körper einer alten Frau. Ihr Geist war jung, aber alle ihre Gelenke waren steif und geschwollen. Sie hatte starke Schmerzen. Die übrigen Patienten waren ältere Menschen. Eine Schwester sagte mir, sie litten unter Hypothermie. Zwei waren in der Nacht zuvor gestorben. Der erste Tag verging mit einer Visite des Chirurgen, doch nicht viel anderes geschah. Ich sah die Schwestern kommen und gehen, ab und zu stand ein Patient auf. Ich schlief, aber ich durfte nichts essen. Ich redete mit Ruth. Ich beobachtete die gleichmäßigen Bewegungen der Uhrzeiger. Warum konnte ich nicht sagen, daß morgen um diese Zeit alles gut sein würde?

Am zweiten Tag rasierten sie mich. Es war eine absolut erniedrigende Erfahrung. Die Schwester zog die Vorhänge um mein Bett und zog den Wagen heran. Ich erzählte ihr, das sei eine der Phantasien meines Freundes gewesen. Das lag wohl in der Luft. Der Kreis schließt sich. Ich zeigte auf meinen Kopf, und wir lachten, aber das verringerte nicht die Angst. Nichts konnte das.

»Glauben Sie an den Himmel?«

Die Schwester schüttelte den Kopf. »Nein. Ich glaube an nichts. Keine Zeit.«

Ich preßte die Hände zusammen, so wie ich es bei meiner Mutter unzählige Male gesehen hatte. Man hatte mir schon etwas von ihren Medikamenten gegeben.

»Ich bin fertig«, sagte die Schwester. Sie zog die Vorhänge mit einem Ruck beiseite. Das letzte, was ich sah, bevor ich in den OP kam, war Ruth, die durch die Station humpelte und ihre Imitation einer verkrüppelten alten Frau zum besten gab. Ihre Beine waren nach innen verdreht. Sie wirkte schmerzgequält.

»Es schneit noch immer«, sagte sie.

Die Worte waren wie ein Refrain.

»Ich seh dich auf dem Rückweg.«

Menschen bewegten sich in Kreisen: Ärzte, Schwestern. Ihr Flüstern, das Geräusch der Wagen, der mechanischen Geräte, alles verstärkte das Gefühl, daß gleich etwas Schreckliches geschehen würde. Ich lag auf dem Rücken, mit angespanntem Körper, und betrachtete ein langes Rechteck aus Licht. Der OP bestand nur aus der Decke, und das Rechteck vergrößerte sich und schrumpfte, je nachdem in welche Lage ich meinen Kopf brachte.

»Können Sie rückwärts zählen?«

»Zehn, neun, acht ...«

»So ist es richtig.«

»Sieben.« Ich schloß die Augen. Das letzte, an das ich mich erinnerte, waren die Schnecken in dem Glas. Es ist lustig, wie bestimmte Dinge wiederkehren, wenn man sie am wenigsten erwartet. Sie lösten sich auf, verwandelten sich in Schleim, und auch mein Körper löste sich auf. Die Angst hatte keine Mitte. »Sechs, fünf ...« Als ich die Augen öffnete, sagte jemand: »Es ist schon vorbei.«

»Das hat nicht lange gedauert.« Eine andere Stimme.

Ich tauchte aus dem Schlaf auf und wieder ein. Durch die Betäubungsmittel fühlte ich mich ohne festen Boden. Alles war weich und dunkel. Das hier war nicht meine Station.

»Intensivstation.« Dieselbe Stimme schnitt durch meinen Schmerz.

Fensterloser Raum. Unterirdische Dunkelheit.

»Postoperativ. Schlafen Sie.«

Ein Arzt beugte sich über das Bett. Sein breites Lächeln schwebte auf mich zu. »Was ...? Ist es ...?« Ich konnte mich nicht überwinden, das Wort auszusprechen: Krebs.

»Lassen Sie mich erklären.« Er beschrieb mir den gesamten Vorgang. Gab mir einen Punkt-für-Punkt-Bericht. Seine Stimme war langsam und höflich. Worte wie »kein Gefäßverschluß«, »intestinale Hämorrhagie« und »Ileus« schwammen auf mich zu. Gelegentlich kratzte er sich mit einem Stift am Kopf. »Wir haben es aufgehoben, wie Sie es wollten«, sagte er schließlich und hielt etwas in die Höhe, das wie ein Marmeladenglas aussah. Eine von den Schnecken lag darin. Seine Stimme leierte weiter. »Das ist kein schlechter Fund. Eine Zyste. Nicht pathologisch. Tatsächlich enthält sie eine ganze Menge Sachen. Einen Fingernagel und ein paar kleine Knorpelstücke.« Ich wußte schon, bevor er es sagte, was als nächstes kommen würde. »Und da sind Haare«, sagte er. »Sie sind sehr lang und ganz silbrig. Sieht nicht so aus, als ob es Ihre wären.«

»Nein. Nicht meine.«

Der Arzt stellte das Glas an mein Bett, und ich starrte den Inhalt an. Es sah aus wie etwas, das man aus dem Meer fischen könnte. Die Haare waren wie Draht. Kein Wunder, daß so viele Dinge in ihrem Geflecht hängenblieben. Die feinen Drähte wanden sich um das Fleisch.

Philip kam kurz nach zwölf. Ich kam mit dem Gesicht ans Kissen gepreßt zu mir. Eine Ecke war feucht, denn ich hatte auf den Baumwollbezug geseibert; doch mein Mund war trocken. Philip hatte mir ein paar Sachen mitgebracht, die er auf das Bett legte: eine Zahnbürste, eine neue Tube Zahnpasta und ein Buch, falls ich mich gut genug fühlte. Er fing an, über Luke zu reden. Ich hörte die Worte, aber ich konnte mich nicht konzentrieren und schlief ein. Als ich das nächste Mal die Augen aufmachte, saß Luke an der Stelle, wo Philip gesessen hatte. Er nahm meine Hand und streichelte sie.

»Wie fühlst du dich?«

»Immer noch matt«, sagte ich. »Es tut ein bißchen weh. Wie spät ist es?«

»Fünf. Schau mal, die hab ich dir mitgebracht.« Er holte einen Strauß cremigweißer Blumen unter seinem Stuhl hervor. Das Zellophan knisterte. »Ich sag einer Schwester Bescheid. Sie soll sie ins Wasser stellen.«

Als er zurückkam, setzte er sich, diesmal aber auf den Bettrand. Er begann wieder, meine Finger zu streicheln. »Ich bin in ein Hotel gezogen. Nicht weit von hier. Philip wollte nicht, daß ich bleibe.« Er sprach mit ganz sanfter Stimme. Jedes Wort zartfühlend.

»Du hast es ihm gesagt? Geht es ihm gut?«

»Es geht ihm gut. Und ja, hab ich.«

Ich schüttelte den Kopf und dachte an Philip, wie er allein in der Wohnung saß.

»Habt ihr euch gestritten?«

»Ein bißchen. Es geht ihm gut, Anna. Es ist besser, wenn man offen über diese Dinge redet. Viel besser.«

»Du wirst bald abreisen?«

»Ja. Und du kommst mit mir.«

»Ich weiß nicht. Ich möchte mich nur ausruhen.« Meine Stimme verlor sich. Luke konnte alles in Ordnung bringen.

»Wann lassen sie dich nach Hause? Ich komme und hol dich ab. Ich kaufe heute noch die Fahrkarten.« Er stand auf, und ich beobachtete ihn, als er durch das Zimmer zur Tür ging. Er drehte sich um und winkte. Ich glaube, in der Geste war beinahe so etwas wie Liebe.

In der Nacht schoben sie mich wieder in die Station, und vom Fenster aus konnte ich über den Hof sehen. Er wurde von einem großen Scheinwerfer beleuchtet, und die Schneeflocken wirbelten um den Lichtstrahl wie Bienen um den Stock. Sie befruchteten den Himmel, und sie sahen weicher aus als gewöhnlich. Ich schaute eine Weile zu. Die Flocken warfen seltsame Schatten über den Boden. Am anderen Ende der Station murmelte jemand etwas, und eine zweite Stimme antwortete. Ich hörte Schritte, roch Desinfektionsmittel, gemischt mit Eintopf; dann machte ich die Augen zu. Die Ereignisse der letzten paar Monate hatten sehr viel mit diesem Krankenhaushintergrund zu tun: meine Krankheit, Lukes Ankunft, Roses Selbstmord, das Leben meiner Mutter und dann ihr Tod. Das letztere war schon so lange her, daß es außer Reichweite und doch auf stille Weise anwesend war. Vielleicht würde das immer so sein? In diesem Fall hatte alles eine innere Logik, sowohl einen Inhalt als auch eine Form. Ich konnte mich jetzt hinsetzen und die ganze Geschichte von hinten nach vorn aufrollen. Doch erst am nächsten Morgen wußte ich, was ich wirklich wollte.

Ein Teewagen weckte mich. Er klapperte durch die Station, seine Räder rutschten immer wieder auf dem blaßgrauen Plastikboden weg. Eine Dame in mittleren Jahren hatte Dienst. Sie bediente alle Patienten nacheinander. Tee, Kaffee, süße und salzige Kekse. Ich nahm eine Tasse Kaffee, und danach stand ich auf. Die Nähte waren wund, und jede plötzliche Bewegung riß an der Haut. In den letzten zwei oder drei Wochen hatte ich viel Kraft verloren. Ich setzte mich auf den Rand meines Bettes und starrte das Glas mit der merkwürdigen Wucherung an, die darin schwamm. Sie hatten sie eingelegt, und das Glas verzerrte die Form. Ich wußte, wenn ich sie herausfischen würde, sähe sie nicht halb so groß aus und in der Tat nicht halb so wichtig. Darüber mußte ich lächeln. Die Luft würde sich ausbreiten und den ganzen Inhalt auflösen.

Um zehn Uhr zog ich mich an, faltete mein Nachthemd zusammen und legte es in meine kleine Tasche. Eine Schwester bestand darauf, daß ich einen Entlassungsschein unterschreibe. Sie eilte davon, um einen Arzt zu holen. Ich vertrieb mir die Zeit damit, daß ich Blumen anstarrte. Da stand eine Vase an einem Platz in der Mitte des Zimmers, den die Schwestern »die Oase« nannten. Die Blumen waren dunkelgelb – die Farbe von Eidotter. Die Schwester kam mit leeren Händen zurück. Der Arzt hatte offenbar gesagt, ich könne unter der Bedingung gehen, daß ich mich ausruhte; aber die Schwester wirkte verärgert. Ich spielte das Spiel nicht mit, und sie behandelte mich mit überraschender Feindseligkeit. Sie machte ein finsteres Gesicht, als ich meine Tasche nahm.

»Bitte warten Sie hier auf einen Rollstuhl. Sie müssen geschoben werden.«

Wir folgten der Beschilderung zum Ausgang. Ein Arzt und mehrere Patienten gingen an uns vorbei. Wir kamen zu einer großen Metallkiste mit der Aufschrift »Abfall«. Ich ließ das Glas hineinfallen, und nach einer scheinbar unangemessen langen Zeit hörte ich es am Boden zerspringen. Ich sah jemanden Kaffee aus einem Automaten kaufen und hörte, wie die Flüssigkeit zischend den kleinen Styroporbecher füllte. Ich sah ein Kind, das sich auf Krücken vorwärts kämpfte. Am Ausgang blieb der Pfleger stehen. Draußen wogte das Sonnenlicht in Orange und Gelb.

Das Bild war perfekt. Vor mir säumten Platanen beide Seiten der Straße. Ich ging die Stufen hinunter. Obwohl alles noch schneebedeckt war, obwohl alles wie auf einer Schwarzweißpostkarte wirkte, war jetzt eine Spur von Grün im Hintergrund zu erkennen. Leute gingen vorbei. Auf der Straße wimmelte es. Die Luft war frisch, und mit jedem Atemzug füllten sich meine Lungen. Ich erreichte die Straßenecke und glaubte zu hören, wie jemand meinen Namen rief. Die Stimme klang männlich. Als ich aufschaute, sah ich einen Mann an einem Fenster. Er lehnte sich weit hinaus, schaute auf etwas hinter mir, und als die Sonne auf das Glas traf, drehte ich den Kopf und blickte über die Schulter. Ein Taxi war am Krankenhaus vorgefahren, und Luke stieg aus. Er wirkte seltsam verloren, seine Schultern waren hochgezogen. Er sah mich nicht. Ich dachte: »Vielleicht sieht er mich doch?«, und wenn es so gewesen wäre, hätte ich womöglich auf ihn gewartet, bis er mich eingeholt hätte. Doch er ging geradewegs ins Krankenhaus, und im Bruchteil einer Sekunde drehte ich mich um und bog um die Ecke.

Ein Vogel sang, und die Töne stiegen auf und schwebten über die Dächer.

www.deuticke.at

Umschlaggestaltung: Klaus Meyer/Costanza Puglisi, München
Umschlagfoto: © Image Bank
Druck: Wiener Verlag, Himberg
Printed in Austria
ISBN 3-216-30509-0